小矮人
全書

「聽說有些人從沒見過小矮人，真教我吃驚。我覺得這些人實在可憐。我敢說他們的眼睛一定有毛病。」

——瑞典作家阿克塞爾·孟德（Axel Munthe）

小矮人全書 Gnomes

作者：威爾·海根 (Wil Huygen)

繪者：瑞安·普特伍里葉 (Rien Poortvliet)

編譯：潘人木、林良、馬景賢、曹俊彥

翻譯：韓書妍

積木文化

第一部：初遇

Leven en werken van de Kabouter

作者的話

經過二十年的觀察，我們認為現在可以把所有的經驗和心得寫下來了。當然，我們也得到了有權處理這件事的小矮人委員會的許可──偷偷告訴你，他們整整考慮了五年才批准。我們敢說，這本書彌補了一個很大的缺陷，那就是，一直到現在為止，還沒有人出版過像這樣的一本有關小矮人的書。這本書的主要依據之一，就是威廉‧溫德理（Wilhelma J. Wunderlieha）在1580年出版的大部頭著作*De Hominibus Parvissmis*（關於小人兒之研究）。他那本著作雖然有不少引人入勝的記載，卻往往把小矮人和其他的侏儒或身分不明的鬼神混為一談，因此可靠性也就有限了。

在今天，小矮人早已成為被人遺忘的精靈。話說，小矮人這個名稱的來源，是古代日耳曼語裡的 Kuba-Walda，意思是「管家」或「家裡的精靈」。這可不是隨便取的，因為小矮人儘管通常都是黑夜裡才在林間出沒，有時候卻也會住進一般的人家。在鄉間，這些「管家」通常住在穀倉的房梁上。只要主人好好對待他們，他們就會幫主人照料牲畜和穀物。他們的名稱還有另外一個含義，翻譯出來就是「收拾」或「幫工」──不論是否真的繫上了圍裙現身。

古時候，在歐洲、俄羅斯和西伯利亞，小矮人都被人視為社會的成員。各行各業的人，隨時都能看到小矮人。大家不是得到小矮人的報答，就是遭到小矮人的報復；不是得到小矮人的保佑，就是嘗到小矮人的苦頭（全看他們怎樣對待小矮人），每個人都覺得再正常不過。然而時代畢竟不同了，那時候的世界是河水清澈，林木清新，平靜的道路通往一村又一村，布滿天空的是飛鳥和星星。

好景不再有，小矮人不得不躲藏在地面和地下的

隱蔽角落，盡量不在人前露面。因此，相信真有小矮人的人，也就越來越少了。不過話說回來，如果你看東西不仔細，你就看不見草地裡的野兔、樹林中的花鹿。小矮人也一樣，看不見歸看不見，有就是有！

現在我們對保護天然資源都很關心，想再看到小矮人出來四處活動，已經有些希望。越來越多的人，逐漸醒悟他們一向太不關心大自然，大自然卻依然慈悲明智，就像一位好母親。這些人一定會有機會看到小矮人，我們願意將這本書獻給他們，希望他們和小矮人相逢的時候，能夠得到更多的樂趣。

為了編寫這本書，我們向幾個小矮人徵詢過意見。對我們提出來的某些問題他們不肯說得太多，因此這本書難免會有一些欠缺和不完美的地方。我們歡迎淵博的讀者多多提供有價值的資料。這些資料我們一定會逐項收入再版版本。

這本書對森林地帶的小矮人描述得最多，不過其他類型的小矮人我們也沒忽略。小矮人既然是在傍晚和黑夜出沒的精靈，我們的調查工作就只能在昏暗或漆黑中進行。如果我們堅持要把真實情況表現出來，那麼書中有許多幅圖畫就非畫成藍色或暗灰色不可了。為了克服這個難題，也為了把小矮人的生活描繪得明確一點，這些圖畫只能一律改用鮮明的顏色畫，因此畫中的各種事物，就都好像是出現在大白天一樣了。

rien poortvliet

Wil Huygen

小矮人的歷史背景

西元200年左右，瑞典人弗烈德利‧吾加弗（Frederik Ugarph）在挪威的尼達洛斯港（現名為特隆海姆港），看到一個漁民家中有一尊保存完好的木雕像。那尊雕像，不包括基座，高15公分，基座上刻有幾個字：

NISSE
Riktig Størrelse

意思是「小矮人，實際高度」。

這尊雕像供在漁民家裡不知多少歲月了，吾加弗和漁民商量了好幾天，這才花錢把雕像買下來。它現在是瑞典阿沙拉市奧立維家族的收藏品。經過X光檢驗，證明這尊雕像已有兩千多年歷史。雕像可能是用某種現在已經不知其名的樹根雕成，木質很硬。基座上的文字是幾百年後才補刻上去的。雕像的出現地點和歷經的歲月，正好說明了小矮人自己常提到的一句話：他們的先祖是早期的斯堪地那維亞半島居民。

小矮人出現在荷蘭低地的時間大約在西元449年，當時，開始於西元395年的民族大遷徙才剛結束，羅馬帝國的前哨基地大不列顛島，也才剛被盎格魯—撒克遜人和朱特人占領。關於這個說法，從退役的羅馬軍人普卜留斯‧渥大瓦斯（Publiusa Octavusa）的筆記中，我們可以找到一些證據。這名退役軍人在荷蘭的魯格杜藍市（現名為雷登市）外的森林中有自己的別墅和農場。他與當地一名女子結婚，所以就在這裡落地生根。他的產業能夠逃過蠻族的破壞，完全是運氣好。

西元470年，他寫了下面這段話：

「今天我親眼看到一個小人兒，他戴紅帽，穿藍襯衣，留白鬍子，穿綠褲子。他說他已經在此地住了二十年，用的是我們的語言，夾雜著一些怪字。彼此認識後，我和他談了好幾次話，他說他是庫瓦頓族的後代，這個我們沒聽過的族名，如今活在世上的族人已經寥寥可數了。他愛喝牛奶。我一再看到他在草原上為動物療傷治病。」

收藏在阿沙拉市的雕像

儘管找不到確切的證據，但是我們可以推測，在日耳曼國王奧多阿塞推翻西羅馬帝國最後一任皇帝之後，一直到西元500年這段混亂時期，這些小矮人必定已經在歐洲、俄羅斯和西伯利亞定居了。不管這些小矮人是真的討厭寫歷史，還是故意放出這種風聲，據說他們倒是保存了一些祕密的記事。威廉·溫德理在他那本西元1580年出版的書裡說，在他那個時代，小矮人所維持的一個平等社會，已經有一千多年歷史。除了由大家選出來的國王，所有的小矮人都沒有貧富貴賤之分。說不定這就是當年小矮人利用民族大遷徙的機會，找到新地方建設新社會的成果。

　　他這些話說得很有道理，不料後來他偏偏又描述了一張藏有金礦的王宮地圖（現已遺失）。很顯然的，小矮人國王的金礦場用的是奴工，奴工有時還會起而造反。

　　根據我們手頭上的有限資料，可以斷定小矮人與他們周遭的人類接觸越來越頻繁。在查理曼大帝（西元768-814年）在位之前的五十到一百年間，小矮人早就和我們人類混雜在一起了。

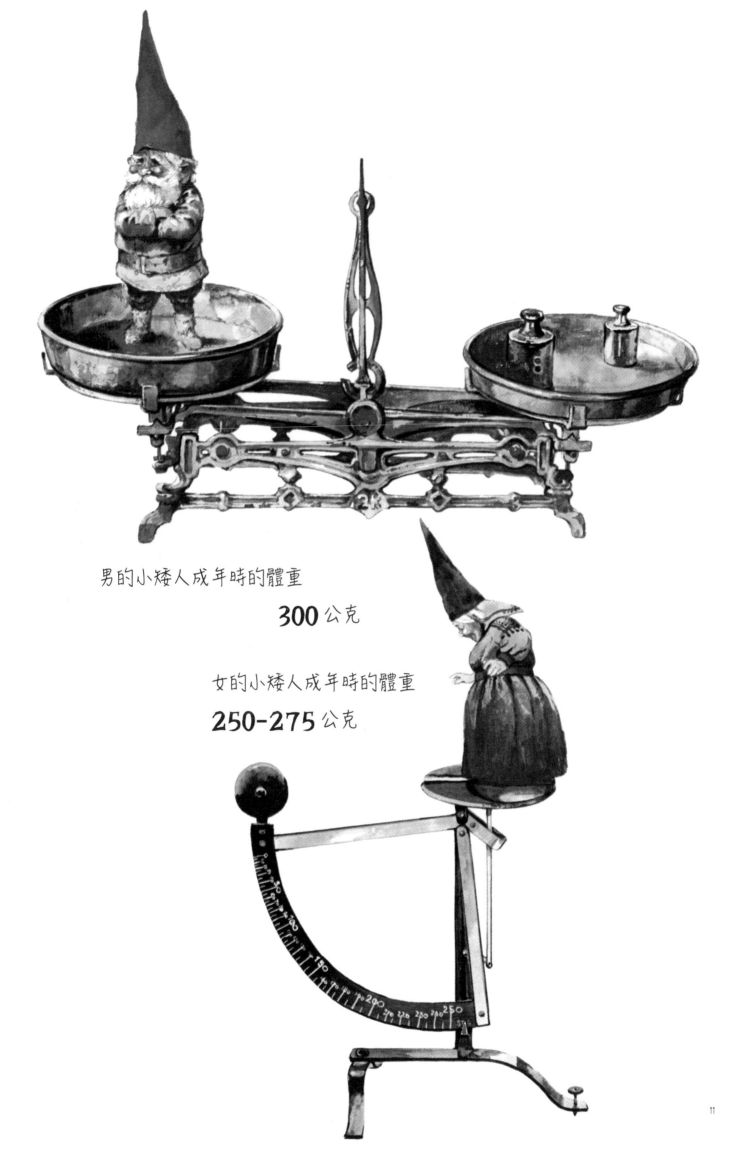

男的小矮人成年時的體重

300 公克

女的小矮人成年時的體重

250-275 公克

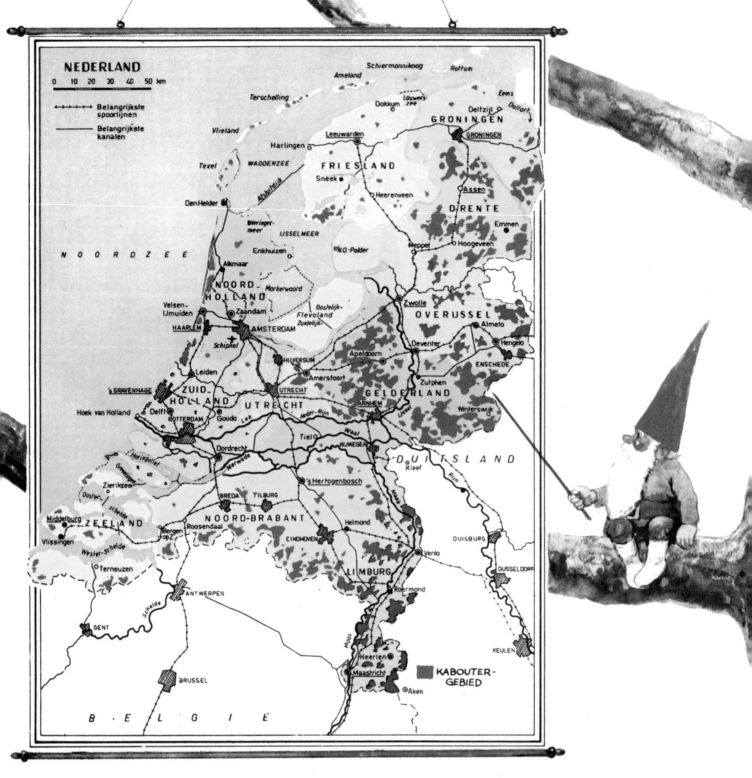

小矮人的生存地區

荷蘭方面

　　荷蘭森林小矮人密度最高的地區，就屬費呂威（Veluwe）、德倫特（Drenthe）、上艾瑟爾（Overijssel）、阿徹霍克（Achterhoek）以及南林堡（South Limburg，最高數量上達每100公頃15個小矮人）。

　　平原：為數不多的農場及磨坊小矮人。

　　城市：家宅及花園小矮人分散各處。

　　北海沿岸：幾乎全部都是沙丘小矮人。

歐洲方面

西界：愛爾蘭海岸

東界：西伯利亞內地

北界：挪威、瑞典、芬蘭、俄羅斯和西伯利亞

南界：從比利時海岸畫一條線，經過瑞士、巴爾幹半島、黑海海岸以北地區、高加索、西伯利亞（這條線以北都是白晝較短、冬夜很長的地區）

小矮人在歐洲語言中的名稱

愛爾蘭語	Gnome	波蘭語	Gnom
英語	Gnome	芬蘭語	Tontu
法蘭德斯語	Kleinmanneken	俄語	Domovoi Djèdoesjka
荷蘭語	Kabouter	塞爾維亞—克羅埃西亞語	Kippec; Patuljak
德語	Heinzelmännchen	保加利亞語	Djudjè
挪威語	Tomte or Nisse	捷克語	Skritek
瑞典語	Tometbisse or Nisse	匈牙利語	Manó
丹麥語	Nisse		

13

森林地帶的小矮人

275歲

正是一生中的盛年時期

實際身高
（不戴帽）
15公分

他皺眉頭
是因為
對白天
的強光
不習慣

繫在
腰帶上的
工具袋

他的腳有點內八字
這樣才跑得快（例如通過草地……）

日常服裝
都採用與環境相似
的色調

小矮人的老太太 346歲

（350歲以上的老太太會長出一些鬍子）

小矮人的模樣

小矮人和我們一樣有男有女，平常我們只能與男小矮人打交道，因為女小矮人都是不輕易邁出大門一步的。

男的小矮人

戴的是紅色的尖頂帽。
留著從不修剪的長鬍子，
頭髮還沒白
鬍子就先白了。
穿的是無領的藍色罩衫，
稱為拜倫式或土耳其式
（領口通常被鬍子遮住）。

他的腰繫著

一條皮帶，
皮帶上掛著工具袋，
裡面放有小刀、
釘鎚、鑽子和銼刀等。

下面是
綠褐色的
褲子和鞋子

由格林童話〈漢瑟和葛莉特〉改編的歌劇中，有一段趣味的謎語詩：

Ein Mannlein steht im Walde ganz still und stumm;
Es hat von lauter Purper ein Mantlein um.
Sagt, wer mag das Mannlein sein,...das da steht auf einem Bein...

孤單的小人兒在林中，靜立不動；
一身鮮麗的紫罩衫，用紫線縫。
請問：這小人兒是誰……只用一條腿站著……

這與小矮人毫無關聯。這幾句話描寫的是一棵毒蕈，很可能說的就是蠅蕈。大家弄錯的原因，恐怕是來自一個不可靠的傳說：小矮人一遇到危險，就會把自己變成一棵毒蕈。

氈靴

樺樹皮做的鞋

或木頭鞋

住的是什麼樣的地區，
就穿什麼樣的鞋。

他有一張白白的臉，雙頰紅得像蘋果，年紀越大越是這樣。
他的鼻梁筆直，只是鼻尖略微向上翹，眼珠通常是灰色。
有些小矮人眼珠的顏色不純，那是因為在遠古時代，
祖先與醜怪族的小人兒雜配的緣故。

他的眼眶四周都是皺紋，
這些皺紋全是

笑紋
不過他的眼神說變就變，
一下子就能變得威勢逼人。
小矮人的眼力不只能看到眼前物體
的形象，還能進一步看穿東西的性
質，衡量當場的形勢，簡直可以說
什麼事都瞞不過他。

您好、再見和晚安
這些問候都靠鼻子碰鼻子來表達。

有人認為這個動作可以讓小矮人就
近看清楚對方的眼神，其實沒有這
回事，只不過是表示友善的小動作
罷了。小矮人對待彼此向來非常坦
白，這種猜測是多餘的。事實上，
小矮人都在遠處看人，而且一眼就
能看透來人的心意。

小矮人穿著耀眼的服裝，是為了在傍晚
或者夜間時防避食肉飛禽的攻擊。
儘管食肉的飛禽對待小矮人很友善，
但要是小矮人不戴那頂紅帽子就匆匆走過，
牠們會誤以為是一隻大老鼠而加以攻擊。
這件事情恰好可以證明鳥類能分辨顏色。
這一點，生物學家直到今天都不大確定。

從另一個角度看，要是他
遇到的偏偏是些討厭的動物，
例如鼬、貓、蛇、
雪貂、銀鼠、大黃蜂等等，
那麼鮮豔的服裝對小矮人
就有點不利。

夜裡在外
獵食的貓頭鷹

不過小矮人也並不怎麼在乎那些
討厭的動物，因為他的智慧實在
比那些傢伙高明多了。

小矮人只要存心想快走，他們就能成為飛毛腿，甚至於走遠程速度也一樣快，快到那些食肉動物根本沒法子追上他。速度比小矮人快的只有大黃蜂，不過大黃蜂螫人是在白天，恰好小矮人白天通常都不出門。一旦小矮人有必要在白天出門辦事，他就會用番木鱉樹（也叫吐果樹）的樹汁擦遍全身。這種樹汁能散發有毒的氣味，任何動物（小矮人除外）只要吸進一點點，就會噁心想吐。因此，愛螫人的大黃蜂也就不敢挨近他了。

小矮人的腳印

小矮人在地上留下來的腳印都很清晰顯眼──只要你知道怎麼找！小矮人為了避免留下自己的行蹤，就巧妙的利用地上的石子、硬青苔和松針；他踩在這些東西上面，因此可以不留下蹤跡。有時候小矮人會故意繞圈圈，或是順著走過的路線往回走，或是穿過樹林前進。小矮人只要一發現背後有人跟蹤，一定會溜進地下的通道裡。

萬不得已非在空地上通過不可時，小矮人就會利用靴底上雕的那個顯眼的鳥爪圖案。他靠這個狡計來掩飾自己的行蹤。不過，小矮人有時候也會管不住心中的一點虛榮，洩露了自己的蹤跡：如果你看到地上有一片樺樹葉，葉面正中有一攤惹眼的痰，那麼你就可以斷定有個小矮人剛剛走過，而且在這裡賣弄過吐痰打靶的絕技了。他要炫耀瞄準的本領──也就洩露了自己的行蹤。

前面說的那些服裝，不分夏天冬天，一律照穿不變，
也不會另加外套。男小矮人很能適應各種氣候變化，
要是真的遇到特別寒冷的天氣，他頂多也只加穿一件
背心或**連身長內衣**罷了。

21

女的小矮人

這是
96 歲的
女孩子
（還很
害羞哪！）

穿的是灰色或土黃色的衣服，
結婚以前都戴綠帽子，
長髮編成兩條辮子露在帽子外。

結婚以後頭髮就用頭巾包起來，
藏在顏色暗淡的帽子裡。

316 歲
的婦人

女小矮人胸部雖然非常豐滿，
但是因為地心引力作用不大（人矮嘛），
並不覺得累贅，所以一生不穿胸罩。

上衣

長裙

深灰色長襪

還有高筒鞋或便鞋

女小矮人因為身上穿的是灰色衣服，所以待在屋子
裡比較安全。要是穿這身衣服出去，貓頭鷹往往把她錯
看成森林中的小動物，用利爪抓傷她，等到弄清楚原來
抓傷了朋友，那已經太遲了。不過，穿這種灰色衣服也
有一個好處，就是顏色容易融入四周的景物，我們人類
很難認出她來。女小矮人萬一被人捉住，常常會裝死，
讓人不想要她。她就靠這個本事逃生。

帽子

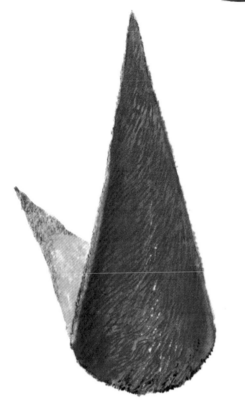

關於小矮人的帽子，這裡得特別說明幾句。他的帽子毛氈做的，從帽尖到帽緣都很堅硬（參看左邊的剖面圖）。小矮人不輕易脫帽子，除非是熄了燈準備上床睡覺的時候，或者是洗澡的時候（這是推測，作者倒沒親眼見過）。小矮人不戴帽子就不成一個小矮人了。這一點，所有小矮人都心裡有數。

有些民俗學家認定這種帽子有特別的法力，能使小矮人隱形。就算是這樣，帽子的主要功能也不在那裡。我們寧可說，帽子是小矮人保護頭部萬不可少的東西。帽子可以使小矮人避免被空中掉下來的東西打傷，例如樹枝、橡實或冰雹；還可以避免受到食肉動物的傷害。（有趣的是，蜥蜴會扯掉尾巴來逃生，小矮人被兇貓捉住時，也會扯掉帽子來脫身。）

小矮人靠帽子來認人，正像靠鼻子的模樣來認人一樣。小矮人的兒童，年紀小小的就有帽子戴，一戴就是一輩子。他們因為老戴著帽子，帽子磨損得快，所以隔一段時間就要在帽子上小心的加上一層新毛氈。他們做這件事時，用的是和自己的腦袋大小相同的帽模子，每隔幾年就要忙一次。

剖面圖

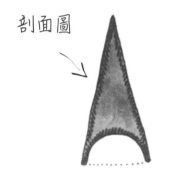

小矮人正在**帽模子**上加一層新氈子，
做這件事真教他心煩！
這種活兒做起來真要命，但誰叫他是
不怕沒褲子穿、只怕沒帽子戴的小矮人呢。
（注意：小矮人不戴帽子時就用一塊布包住頭）

生理方面

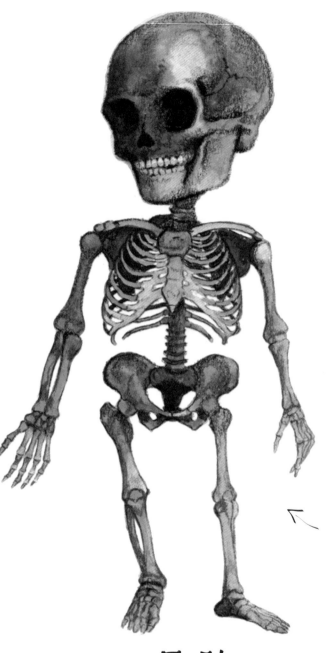

骨骼

骨骼
肌肉系統
循環系統
大腦和神經中樞
消化系統
腎臟和膀胱系統
呼吸系統
結締組織
皮膚＋毛髮
血液
感官
荷爾蒙系統
生殖器官

相較於人類，小矮人的腦殼
占全身的比例要大得多。
他有 8 對肋骨，還有 4 根不和腹壁接觸的
浮肋。
（人類是 7 對肋骨，5 根浮肋。）
他的手臂長，腿短，腳部筋骨特別有力。

大自然好像有心把一些動物分別造出大小兩型：有高頭大馬，也有美洲小馬；有蘇格蘭大鹿，也有小紅鹿；有田鼠，也有小耗子；有野兔，也有家兔；有鵝，也有鴨。因此，有了人類，也就有本書提到的小矮人。

就因為一大一小的差別太明顯，所以身體構造的相似就特別教人感興趣了。下面要說的，是我們人類和小矮人在身體上的一些（小小的）差異。

鵝

鴨

肌肉系統

一件東西由大變小，它的體積自然隨著變小，連帶著重量也減輕了。這情形，就像四方形的邊線變短會使面積縮小、立方體的邊線變短會使體積縮小一樣。因為這個緣故，一名小矮人儘管是個大胖子，走動起來也比我們人類靈便得多（你可以拿跳蚤和大象作比較）。比照身材的大小來說，小矮人比我們人類跑得更快、跳得更高，力氣也大了七倍。

小矮人的腿部比人類多了一束肌肉。他全身的肌肉還區分成兩類，一紅一白。白色肌肉是做劇烈活動用的，能收納過量的二氧化碳，再由急喘中排出體外。紅色肌肉則專做需要耐力的工作。

小矮人能把耳朵豎起來

小矮人的體力是人類的七倍……

循環系統

心臟比較大（和運動員、賽馬場的馬類似）。

血管暢通，性能很好（他們從來沒聽說過心臟病）。

血液循環比我們人類快（因為身體很耐寒，做事有持久力）。

動脈硬化的現象，要在400歲以後才發生。

大腦和神經中樞

他的腦，體積比例比我們人類的大。

消化系統

腸子的全長超過人類的腸子（小矮人一向不吃肉）。肝臟效能很強。膽囊比較小，從來沒聽說過有膽結石。

腎臟和膀胱系統

儲存得下一整天的尿。

結締組織、皮膚、毛髮

小矮人身體上各部位的結締組織都很強韌。他的頭髮在早年就變成灰色，從來沒聽說有禿頭的小矮人。

呼吸系統

他的兩片肺葉又大又厚（所以耐力強、跑得快）。

感　官

眼　睛

有角膜，有水晶體，有虹膜，也有視網膜（包括網膜上的桿狀和錐狀感光細胞）。

小矮人視網膜上的黃斑裡，所含的錐狀感光細胞有800萬個；人類的感光細胞並沒那麼多，因此在黑暗中的視力就比較有限。此外，桿狀感光細胞也非常密集。尤其他那收放自如的瞳孔，在天黑時能放得很大，讓光線盡量的進入，這使他能像貓頭鷹一樣，在黑暗中有很敏銳的視力。

耳　朵

耳朵的外聽道又短又寬。耳郭比較大，可以自由調動方向，可以分辨音調。聽神經向腦部輸送聽覺訊息時，動用的電量也比較大。

嗅　覺

鼻腔裡全是黏膜，所以鼻子特別大。嗅神經用電波把氣味的訊息傳送到大腦，他會立刻知道那是什麼東西（狗和狐狸也是這樣）。

味　覺

一如人類，小矮人只能嘗出甜、酸、鹹、苦四種味道（其餘味道要靠鼻腔裡的黏膜去「嘗」）。

觸　覺

小矮人的手指尖像盲人一樣靈敏。指紋大都成螺旋狀，也就是「斗」。

嗅覺的世界

小矮人和動物一樣，可以用鼻子「看到」大半個世界。就算他又瞎又聾，照樣知道自己走到了哪裡。在森林中，他也知道身邊發生了什麼事，熟悉的氣味就能引導他的進退。

人類早已經失去這個本能，只不過偶然因為來了一陣春風，聞到野花的芬芳、破落農村的氣味，以及撲鼻的海水氣息，這才知道鼻子管用，或多或少懷想起幸福的年輕時代或一去不復返的往事。城市的居民，只會用鼻子去辨別一些強烈的氣息，例如濃煙、香水、食物、廚房的飯菜香和身體的氣味。

再說，鼻子還有另一個重要功能，就是品嘗「滋味」。除了甜、酸、鹹、苦是靠舌頭上的味蕾品嘗之外，其他的口味都經由鼻內的黏膜傳送到喉嚨和鼻腔，作進一步的辨別。（請參看前章〈生理方面〉的「味覺」部分。）

對大多數的動物來說（包括魚類和昆蟲），鼻子至少與眼睛、耳朵一樣重要。小矮人用靈敏的鼻子尋找食物（土狼的鼻子能聞到10公里外的氣息），判斷食物合不合口味（狗的牙齒後面就有這種特別的「鼻子」管這件事），找配偶（蝴蝶的鼻子能聞到11公里外的異性），分辨敵友，辨識走過的路徑和確定自己在陌生地區的方向。簡單的說，鼻子對一般動物提供一連串的訊息——這些訊息人類卻沒辦法利用。人類的鼻腔黏膜已經失靈了，它高高退居在鼻腔上部，面積只有5平方公分——狼犬的是150平方公分，小矮人的是60平方公分。這一點，我們可以用嗅覺細胞的數目來表示：

人類：500萬個。

獵犬：1億2500萬個。

狓犬：1億4700萬個。

狼犬：2億2000萬個。

小矮人：9500萬個。

由上面的數字，我們可以算出小矮人的嗅覺能力比人類強19倍。不過，再用測量器作實際的測量，卻顯示小矮人的嗅覺比人類強10萬倍，原因是他的嗅覺細胞質地比較好——與狐狸、鹿和狗的一樣好。

物質散發出來的一些分子，要是被鼻子吸進去，就產生嗅覺作用。舉例而言：腳印都有丁酸氣味。丁酸由腳底散發出來，是味道強烈的物質（腋窩裡和皮膚上也有），可以輕易穿透皮鞋。橡膠鞋要是沾上丁酸，那氣味48小時內都去不掉。我們每邁一步，就會有上百萬個丁酸分子穿透鞋底跑出來，小矮人或動物一下子就可以聞出來了。更妙的是，他們還分辨得出這氣味是從左向右，還是從右向左。萬一跟錯了方向，用不到幾秒鐘，就會因為丁酸氣味轉淡（蒸發了）而領悟過來，立刻折返。

靈敏的鼻子應該能區分千萬種氣味，世界上任何東西的味道都沒有聞不出來的道理。以小矮人來說，他就能聞出各種不同種類的樹木、草藥、青草、灌木和苔蘚，各種會爬的、會飛的，和冷血、溫血的動物，各種不同類的礦物、水和金屬；當然了，我們人類的一切活動，更逃不過他的鼻子。

如果你能看出這片風景裡有一隻母鹿，你的眼力就算很不錯了。除了一隻母鹿，這裡好像再也沒有其他動物的形跡。對你我來說，確實是這樣。但是對鼻子靈敏的人來說，這裡頭可看的東西還真不少呢！（請看下頁。）

　　假設有個小矮人在黎明時刻走路回家，那麼我們就借用他的鼻子來「看看」這片景色。先說我們人類所能看到的，只是清新雪地的早晨一條穿過樹林的石子小徑。小矮人（哪怕天色還很陰暗）卻能認出什麼動物從小徑穿過，或者在附近走過。他看到的是這樣：

　　從半夜到清晨一點半這段時間，有一隻獾匆匆走過（請看綠色虛線）。

　　清晨三點鐘左右，有一隻母狐狸經過，為了到處聞聞氣味，不時走離了小徑（請看紅色虛線）。

　　將近四點鐘，又來了一隻狐狸——年輕的公狐，是出來找配偶的（請看彎曲的紅虛線）。

　　四點半，有一隻野豬吃過了草，穿過小徑回家（請看藍色虛線）。

　　有幾隻兔子，整夜在這一帶走動（黑色虛線）。

　　前一天晚上八點一刻左右，兩隻公鹿出來吃草（黃色虛線）——牠們很可能還停留在樹林中。

　　十五分鐘以前，一隻母鹿出來作早晨的散步（粉紅色虛線）。

　　以上是小矮人立刻就能發覺的重大事情。至於其他的細微小事，例如鼴鼠成雙來到，黃鼠狼單身路過，野兔跳躍，雉雞漫步，以及各種小動物的活動，他也都注意到了。

　　（你不難明白，小矮人要是鼻子著涼，事情就嚴重了。）

超感覺的能力

小矮人不必依靠報告，就能知道遠地發生的事（例如大火、地震和洪水）。

他能預測天氣（例如雷電、下雨、暴風雨、高氣壓和低氣壓地區等）。請參看後面〈小矮人和天氣〉一章。

他有方向感（辨認方向的能力可以比擬傳信鴿和候鳥），所以從來不用指南針。要是把指南針當禮物送給他，他會拿去掛在客廳牆上做裝飾。

手拿探測杖的小矮人

荷爾蒙和生殖器官

進行這方面的研究是有困難的。在文獻中，執筆的人對這個題目都採取審慎的態度，不願談論。

小矮人的血液中，除了一般腎上腺素之外，還有一種超級腎上腺素，因此他們的體力、精力、性慾都格外旺盛。他們的生殖器官在形狀上和人類的相似。女子一生只排卵一次。

我們並不知道為什麼會這樣——不過很可能是受到某種未知因素的影響，至少一千五百多年來，這已經成為常態。男人到了350歲左右還可以作新郎。

生病和治療

小矮人很長壽，大家自然會推測他們的血壓一定會越來越高。為了避免血壓增高，小矮人不但吃的食物很清淡，並且經常飲用薺菜茶。

每2公克的薺菜，可以用開水沖泡50cc的薺菜茶。

薺菜

男小矮人都很勤奮，不分晴雨的不斷工作，因此很容易罹患**風溼症**。他們拿山金車搗汁做外用藥，拿晒乾的蕁麻沖開水做內服藥。

山金車

蕁麻

為了預防傷風、流行性感冒和支氣管發炎，他們都用開水沖泡接骨木花當茶喝。

泡製漱口水就用

夏枯草

學名 *Prunella vulgaris*

接骨木花

治療腹瀉和消化系統的各種疾病，所用的藥是：罌粟果汁或割開成熟的罌粟以提煉鴉片。

罌粟

甘菊茶或蒔蘿子茶用來治療失眠症。

甘菊

他們飲用茴香子茶來預防腸胃脹氣。

茴香

每天服用幾小片蒲公英葉，可以預防便祕。

蒲公英

每天服用一片龍膽草葉，可以預防動脈硬化。

龍膽草

他們服用小連翹茶或胡桃樹的白色鬚根沖泡的茶，來治療憂鬱症和一般的倦怠症（這些病症並不常見）。

小連翹

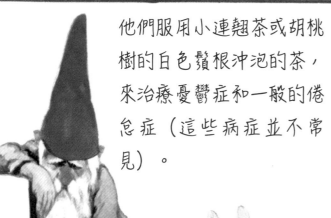

預防腎結石的方法，是飲用樺樹嫩葉沏的茶。

樺樹葉

此外，小矮人就不再罹患什麼嚴重的疾病了。

治傷

治療

腿骨骨折

方法是先用紫草汁擦抹皮膚，再鋸下一些接骨木的樹枝，在傷腿的周圍綁牢，以便固定剛接好的腿骨。

如果傷口**大量出血**

就用黃鳶尾草來止血，另一種好用的止血藥是

紫珍珠菜

就像我們，小矮人也會縫合傷口。他們用的是一根彎針和用沸水煮過的亞麻線。針和鑷子要在滾開的油裡燙過。他們還把罌粟汁當麻醉藥滴在傷口上。

縫合傷口

治火傷

初級傷：抹抹油

二級傷（起水泡）：用橡樹皮或楓樹皮泡成的藥水塗抹傷處。（早在幾百年前小矮人就已知道，要用剛燙過摺好的繃帶包紮傷口，才不會引起感染。）

三級傷：沒有資料可查（因為從來沒發生過）。

治毒瘡

用的是**毛茛草**泡的藥酒。

學名 Anemone pratensis L.

扭筋
閃挫
肌肉扭傷
用山金車和其他草葉配製的藥
膏塗抹扭傷的部位；比較嚴重
時，以腿骨骨折的療法處理。

蟲咬傷
用水果釀造的醋塗抹傷處。也可以塗抹**沼澤茶**泡製
的藥酒。

學名 *Ledum-palustre*

蜂螫傷
綁上止血帶，
割開傷處，然
後放出毒血。

蛇咬傷
綁上止血帶，割開傷處，然後吸出毒液。

如果無效或遭咬傷的人仍有生命危險，
小矮人認為最好的辦法是立刻轉送王宮，王宮裡的全能醫師（所謂的巫醫）
身邊有的是各種解毒劑。

搬運受傷的小矮人

男小矮人要是受了重傷，走不動，就會吹口哨，叫喚別的小矮人來幫他。他吹的是父親教他的斷斷續續的調子。這種特別的調子，只有緊急的時候才可以吹，小矮人從來不隨便吹著玩。別的小矮人一聽到這種信號，就會立刻前去營救，他們會用兩根棒子做成的擔架，把受傷的小矮人抬回家。

如果是傷勢十分嚴重，就要進行「緊急搬運」。那些在旁邊照料的小矮人之一，就會跑到外面去吹出另外一種特別的哨音，叫來一隻母雉雞。同時，還會有兩名小矮人，用細細的樺樹嫩枝編成一個籠筐。編多久？只要十到十五分鐘就夠了！籠筐的口和底，都繞上一圈帶子。另外還有一條帶子，繫在籠筐邊上（那是用來掛在母雉雞脖子上的）。

接下來，這隻母雉雞就會加緊腳步，跑到附近的王宮去找個巫醫（一種又是法師、又是醫生的人）。路途中要是有河湖阻隔，有險惡的地形，母雉雞就飛過去。

小矮人的壽命大約是 **400** 歲。
他們懂得保養身體，不會大吃大喝，
不會自尋煩惱，而且愛運動。

倒是很愛抽煙斗，
淡酒也不離口。

這是宴會上的
一對未婚伴侶

這是煙斗，要
把它支在地上來抽。
酒杯是鹿角做成的。

小矮人也會老

　　小矮人雖然長壽，也有死亡的一天。男小矮人活過了400歲，很快就會變得遲鈍健忘，不過其他的小矮人還是滿懷敬意的對待他。到了最後，這位乾癟的老人家會越來越愛到處遊蕩。他的妻子由於年齡相近，也會有同樣的徵候。家事慢慢的沒人處理了，房子破落敗壞，屋裡骯髒黑暗。

　　到了某一天晚上，這對上了年紀的老夫老妻就會一去不回。也就是說，他們要出發前去朝拜那座死亡山（人類從來不曾見過這麼一座山）。這對夫妻像候鳥一樣，深信他們能夠走到那座山，只要半路上避開那些食肉野獸的攻擊。

　　小矮人一旦死去，與他同生共死的一棵生命樹也會跟著枯萎；除非那棵生命樹是他與另一名小矮人共有，而這個小矮人還活在世上。（請參看〈計時的方法〉一章。）

　　小矮人的資料裡，很少有關於400歲以上老人的記載，只有住在巴爾幹半島的一對老夫妻例外。這對老夫妻都活到550歲，不過他們是靠著一戶農家幾代人的長期照料，才能活得那麼長壽。那一家人歷代相傳，每天都要放一碗凝乳在馬廄裡，供養這對年老的小矮人夫妻。這對夫妻各有自己的一棵生命樹，都是橄欖樹，種在亞得里亞海岸。

小矮人的種類

小矮人可以分為好幾種：森林地帶的小矮人、沙丘小矮人、花園小矮人、家宅小矮人、農場小矮人和西伯利亞小矮人。

森林地帶的小矮人

森林地帶的小矮人，或稱森林小矮人，可算是最常見的小矮人。常不常見實在也很難說，因為他們不喜歡與人類接觸，躲避人類的手法也很多。他們的外貌可算是一般小矮人的典型。

沙丘小矮人

沙丘小矮人的身材比森林地帶的小矮人高大些，也不喜歡接觸人類。他穿的衣服有時候特別單調晦暗，這類小矮人的婦女不穿灰色衣服，而是穿土黃色的。

41

花園小矮人

花園小矮人是最普遍的小矮人，他們居住在老舊的花園，甚至是現代城市裡那些夾在時髦新房子當中的老花園。他生性陰沉，老愛說些悲慘的故事。一旦認為居住的地方不夠寬敞，他就會搬到森林裡住。不過他自以為見多識廣，時不時又覺得住在森林裡有點委屈。

農場小矮人

農場小矮人和家宅小矮人很相似，不過比較有耐性，處世態度也比較保守。

家宅小矮人

家宅小矮人是比較特殊的一群，雖然形貌與一般小矮人並沒什麼不同，他卻是最了解人類的小矮人。因為他通常住在年代久遠的老屋裡，所以見識過繁榮和衰微的變化，聽過的人世滄桑也多。他會說會聽人類的語言。小矮人的國王就是由這一族選出來的。

前面提到的各種小矮人，天性都很善良，愛尋開心和互相逗樂。他們心中不懷惡念，但例外當然總是難免。邪惡的小矮人——千人中最多只有那麼一個——大多是上一代在外地和異族通婚生下來的混種小矮人。

西伯利亞小矮人

西伯利亞小矮人就是異族通婚生下的混種小矮人，身材比歐洲種的小矮人高出幾公分，並且與一種叫醜怪的精靈交往密切。在某些地區，其中的小矮人簡直是沒有一個靠得住。西伯利亞小矮人很會記仇，為了一點芝麻小事，就可能會用殺害牛隻、引發歉收、旱災、酷寒等等的手段進行報復。

關於這種小矮人，還是少談為妙。

小矮人全家住進農舍的風車磨坊，是常有的事。

計時的方法

小矮人根據宇宙運行的規律，早就會用他們本身獨有的方法計算時間。他們能夠預知隔多少年會有乾旱或豪雨的天氣，隔多少年會有溫和或酷寒的冬天，說來並不希奇。除此之外，小矮人也用我們的鐘點制度來計算時間，有些小矮人還戴著金錶、銀錶，每個人家裡都掛著一個咕咕鐘，那是新婚當天親友依照習俗送給新郎的結婚禮物。

小矮人出生那一天，家中的人會為他種下一顆橡實。日後這個小矮人就根據這棵樹來計算自己的年齡。（只要不錯過日子，種菩提樹也可以。）

咕咕鐘

等樹長到夠粗之後，孩子的父母就會在樹幹上刻下幾個字母做標記。這幾個字母，同時也要在一塊石板或泥板上刻下一份。這塊刻字的牌子，在孩子25歲生日那天，就由父母交到他手裡。孩子要把這塊牌子藏在一處祕密的地方，直到他老死。一棵高大的老橡樹幹上，往往刻有好幾個同齡孩子的標記。

小矮人每年在夏至當天的晚上，都要去看一看自己的生命樹，並且在字母旁邊添加一個記號。有些小矮人索性就住在樹下，以便記不得自己歲數的時候可以隨看隨查。

小矮人取笑我們人類的一種迷信：

「大樹高高葉如蓋，種樹的人已不在。」

小矮人的生命樹要是遭人砍倒，他們就會格外懊惱。一旦這種事真的發生，他會很快再種一棵，好繼續計算年齡。

他們的生命樹從不會遭到雷擊、暴風雨摧殘或感染病蟲害，只有當小矮人死去之後，生命樹才會開始枯萎。如果樹是與別的小矮人共有的，只要其中一人還活著，樹就會繼續生長。

小矮人不會慶祝生日，他們會撥出幾個星期的時間參加靜默聚會，大家默想自己又添了一歲這件事。如果有遠地的朋友要趕來參加，他們會把已經舉行了好幾個星期的生日聚會再隨意延續下去。

戀愛、結婚和家庭

　　男小矮人一到了100歲，就會想成家；不結婚的只是少數。年輕的小矮人開始四處找合適的女孩子。為了找對象，他難免長途跋涉，原因是小矮人的人口不多，而且散居各處，再加上能與他相匹配而又不是近親的女子，也不過幾個罷了。豐滿圓胖的女人，最是人見人愛。一旦他能找到這麼一個，就會百般獻慇懃，討女孩子的歡心。他會先和未來的岳父、岳母談妥一切，然後安排婚事。未來的岳父在答應婚事以前，都要嚴格周密的看過準女婿的房子。

結婚儀式

結婚儀式相當簡單（貴族人家當然另作別論）。

　　婚禮是半夜裡在新娘的生命樹下舉行。雙方的家長和親友都在場觀禮。新郎、新娘鄭重彼此承諾永不變心。

　　婚禮一定在月圓的晚上舉行。如果遇到雲遮月，典禮罩上陰影，他們就會戴上有尾囊的發光帽。尾囊裡裝滿螢火蟲，可以維持好幾個小時的照明。這些帽子都是傳家寶，一定要在這種特殊場合才可以拿出來戴，因為戴這種帽子，會使囊中的螢火蟲筋疲力竭吃不消。

典禮過後，就把這件值得紀念的大事和日期刻在一塊石板上，
然後賀客們都聚集在新房，隆重的將那塊石板嵌在牆上。
（新房早在幾年前就裝飾好了。）

大家喝過喜酒之後，新婚夫婦就
出發去蜜月旅行。

蜜月旅行的行程是老早就商量好的。他們全靠動物來代步和保障安全，這些動物有大雁、天鵝、鸛鳥……

……還有狐狸、水獺，到了西伯利亞還有狼——各有各的用處。

這對度蜜月的新人，夜裡就住進空心的樹幹、
兔子洞或空鳥巢。回程的路上，他們會去瞻仰
本族的王宮，向國王和王后致敬。元首伉儷會
親切垂詢這對新人的姓名。

夫妻結為連理，生下來的孩子通常是
一對雙胞胎

小矮人婦女的懷孕期是12個月。很
久以前——可以說是一千多年前——
小矮人喜歡多生孩子，有時候多達
10到12個。後來不知出了什麼事故，
小矮人都不願提起，他們就不再生那
麼多了。

雙胞胎可能是兩男、兩女或一男一女

因為沒有生病致死的情形，所以小矮人的總人口大致維持不
變。不過因為有些小矮人保持單身，有些小矮人發生意外致
死，有些小矮人被野獸傷害，所以人數略有減少的情形。小矮
人的小孩在12歲以前還會尿床呢。100歲以前都和父母住在
一起。

做父親的小矮人，把教養女兒的
工作完全交給做母親的，父親的
職責不過是偶爾把自己的背讓女
兒當馬騎，講故事給女兒聽，為
女兒雕刻各種動物木雕。

和女兒一同
玩耍。

小矮人的男孩子（一個或兩個）一到
13歲，做父親的就會把他帶到外面，
教他許多小矮人應該知道的事務。

認識菌類和藥草，區分可以吃和
不能吃的植物，分辨友善動物和
危險動物。

學習如何提高
奔跑速度
（要跑得像
野兔一樣快）

逃走的方法（在空曠的地方，採用所謂
「拍鞋跟」的跳步，或者以「之字形前進」
來擾亂對方的跟蹤；在森林地帶則利用鼴
鼠隧道、兔子洞或地下溝渠來逃脫。）

還要學習使用**探測杖**。小矮人個個都能用探測杖來
尋找泉源、
發現寶藏和探測各種地下能量。

另外一項世代相傳方重要技能是
吹口哨
——要吹得很響，響到即使在很遠的地方也聽得
見——他們用這種哨音提醒族人逃避危險。

小矮人的男孩子，還要學習如何使
用金屬片反射日光或月光，在危急
的時刻發出閃光信號。

81 歲的
年輕小矮
人，鬍鬚
就開始變
白了。

在家裡，年輕的小矮人學的是
木工和漆工
的手藝。

在社區裡的鐵鋪和製陶工廠（都坐落在樹林和田野的中心點），小矮人學徒可以學到幾種手藝——他們都是活到老、學到老。

這學徒學到75歲，就由父親把他帶到本區的評議會去見那些委員先生，其中自然有幾位是他早就認識的。這個引見程序往往演變成一場嘲弄，一連折磨他好幾個晚上，不過到了最後，總還是准他辦理登記，讓他成為團體的一員。

女孩子都由母親
和鄰居的婦女來
指點，傳授一些
家事技能。

她們學的是烹飪、紡線、編織，和
如何辨識食肉野獸。簡單的說，她
們學的是家庭主婦應該會的一切
事務。

女孩子最喜歡做的是在住家
附近摟摟把把小兔子，用奶
瓶餵小兔子。她尤其疼惜那
些媽媽被獵人或野獸殺害的
孤苦伶仃的小兔子。

子女長大，自立門戶以後，做父親的又重新過起往日那冷冷清清，只有妻子和他作伴的生活來了——這種日子，頭幾天也許過不慣，慢慢的也就不放在心上，反而覺得格外寫意。家中並不因為子女離去缺少了樂趣，只要能找到名目，一聲招呼，遠近的族人都會趕來聚會。大家談天、喝酒、吃東西、跳舞，往往一樂就是好幾天。

小矮人的舞蹈與南斯拉夫的民間舞蹈同源：大家圍成圓圈，長靴踏著節拍，掌聲連連。婦女們身上都佩戴鮮花和漿果枝。

參加舞會的特別服飾

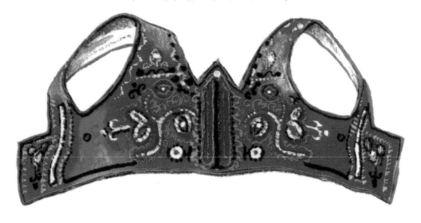

賞心悅目的**短上衣**和「民間舞蹈」的舞鞋

「拍靴」舞蹈，
演奏舞曲的樂器是

牧笛
弦樂器
(偶爾也用小提琴)，
橫笛
木頭或空心兔子骨做的，
還有老鼠皮做的**鼓**
他們輕柔的跟著音樂歌唱。

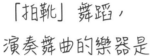

在溫暖的春天黃昏，他們喜歡讓
畫眉鳥領頭先唱，再跟隨著
那個曲調唱出自己的
柔和、憂傷的變調
唱到後來，畫眉鳥和山鳥都入睡了，
他們就用顫音，伴著更嘹亮、更清脆的
夜鶯的鳴聲，互相唱和。

小矮人蓋房子

小矮人蓋的房子，有各種不同的形狀和位置，完全要看他們是在什麼地區蓋。

森林小矮人和花園小矮人，居住在粗壯古老的大樹下方的地底。沙丘小矮人有的把現成的兔子洞整修整修來住，有的在松樹的樹根底下蓋房子。要是流沙使他們的屋角顯露出來，那麼他們就會用松毬的鱗片來遮蓋。

在往年，沙丘地層下的水分夠多的時候，地上的大松樹會長出像柚子大小的松毬，那些松毬的鱗片恰好成為合用的屋瓦。可惜的是，這些大樹眼前已經沒剩下幾棵了。

家宅小矮人固然可以住在花園中自己的房屋裡，不過在一般人家的牆壁夾層裡，他們也一樣可以住得很安適。

農場小矮人可以住在稻草堆下面——只是要時刻提防雪貂。有時候，他們也住在農家堆東西的棚子裡，或者是那些斜放在農場牆邊的木頭下面——這些木頭都是農家隨手堆放的，往往一放就是二十年。不過，農場小矮人因為怕雪貂、貓和老鼠的傷害，通常喜歡選一間堅實的小農舍，在屋瓦下面安頓下來；或者乾脆就在牲口棚裡找地方住。

隱蔽的
入口

樹下的房子

小矮人在婚前十五到二十年，就要著手
蓋自己的房子。第一件事，就是在花園
或樹林裡，找一塊長滿青苔、苔蘚的好
地點。這種地點，表示附近一帶的空氣
都很清新，否則青苔一定活不了（例如
廢氣就對青苔有害）。他還要用探測杖，
測探測探這個地區到底有沒有各種有害
的地下射線。

雪貂陷阱的功用

在第一道階梯下面，有一個裝著一塊活板的雪貂陷
阱。住在這裡的小矮人（還有來訪的客人）因為身
子輕，碰不開陷阱上的活板，可是那些白鼬、雪貂、
黃鼠狼和老鼠就不同了，這些貪吃鬼會一直往洞裡
走進去，這麼一來就會碰開活門，落入陷阱。（小
矮人會讓牠們受夠罪了，才放走牠們。）

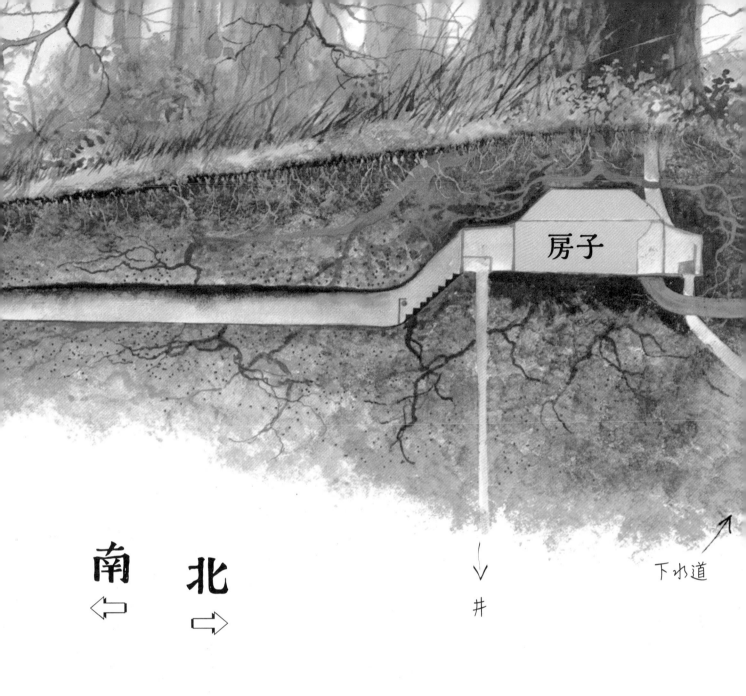

房子

南 ⇐

北 ⇒

井 ↓

下水道 ↗

　　蓋房子的第二件事，就是要找兩棵挨得很近的橡樹（樺樹也可以，這全要看情況）。小矮人會先在第一棵樹的樹根下面，選靠南的一邊做出門廳，並挖好一個隱蔽的入口。從入口起，先在樹底下挖一道曲折的水平地道。（這要靠野兔幫他；之後會說明。）這地道在不遠的地方變成向下走的陡坡。接著又是水平的向前挖去，一直挖到第二棵樹的下面。到了這裡再

向上挖，這才通到樹幹下準備蓋房子的地洞。（地洞挖得很細心，絕對不損傷樹根。）

　　房子的坐向，大致是坐南朝北。小矮人會在進入房子的斜坡上造一道梯子，而且有欄杆。梯邊掛著一面鑼，附有鑼槌。梯子的最下面一級，還擺了一塊迎客的擦鞋墊。

A 鑼
B 前門
C 靴子間
D 井和吊桶
E 看門蟋蟀住的籠子
F 嫁妝箱
G 鋪在屋頂上的鹿毛隔熱防寒氈
H 置放果類的乾爽頂樓

I 煙囪和通氣口
J 雕像
K 浴室門
L 睡櫥
M 松針籃
N 廁所
O 放置乾樹葉的箱子

P 耶誕節飾物（整年都放在桌子上）

Q 當寵物養的小老鼠

R 客廳兼休閒活動場地

S 客人的睡櫥

T 祕密出口的活門

小矮人最先隔出來的一個隔間就是

靴子間

　　小矮人蓋房子，先從鉋牆板開始，他要把牆板鉋得又直又光。接著就做地板的防水工作。然後再用強韌的草葉，把鹿毛、羊毛和青苔絲編在一起，鋪在天花板和牆板的底層來防熱防寒。地上鋪的是拌勻的混合土或木板。（所用的一切木板，當然是小矮人自己動手，用樹幹鋸成的，要鋸好幾年才夠用。）

屋子裡的大房間

　　做好了靴子間,就做大房間。大房間裡有三個睡櫥;一個是父母親用的,一個是兩個孩子用的,第三個是招待客人用的。大房間的一角用來當廚房;另外還有浴室、壁爐、休閒活動場地,和一間小小的廁所。這個大大的活動空間,照樣處處都要鉋光,而且得用一層厚厚的羊毛、獸毛、植物纖維做底層來隔熱防寒。牆壁和地面都鋪著木板,用梁柱支撐著。這個工程沒有父親的幫忙,一個人是幹不了的。

煙囱
（也是通氣口）
爐子的煙囱與啄木鳥啄出
來的樹洞相連。

　　鼴鼠是小矮人的好朋友。牠會在廁所的下面，挖一個垂直的
洞，有好幾公尺深，假使小矮人每次上過廁所以後，不忘記丟下去
幾片乾樹葉，那麼深洞裡的髒東西不但不必清除，日後還會成為大
樹的養料。在從前，為了怕深洞崩塌，洞壁要用嫩枝編成的圓筒來
支撐。現在，他們已經改用黏土燒成的一節一節的管子來代替了。

鼴鼠

在靴子間的一角，鼴鼠還會再挖一個垂直的地道，這就是井。與井底相通的，是一個泉口、純淨的地下水，或者是地下的流泉。井挖好之後，小矮人會在井口砌一圈石牆。小矮人不會製作水泥，不過有時候也會拿些東西去跟人類交換些水泥來用。他們通常是用泥、灰、牛糞做成的混合土來把石頭砌起來。井壁都要安裝一節一節的瓦管，這是為了預防崩塌和污染。所有這些地下管道的築造，是小矮人建築師最耗時日的工作之一。

房子蓋好之後，
那是耗費許多年的**耐心、毅力和手藝完成的工作**
就成了下面的模樣，我們就從
第二棵大樹底下的部分介紹起吧。

在第二座樓梯的梯頂，是一扇很有分量、雕刻得非常精
美的前門，推門進去就是靴子間。門扇的中間部分，是同樣
精美的鐵格子窗，窗背後裝的有內門。這扇內門經常開著，
好讓從門廳來的輕風能夠穿堂而過。這股輕風也許是從地道
外面吹進來的，也許是壁爐裡的吸力造成的。

靴子間的另一個角落，就是那口井，
井邊有滑輪架和吊桶。沿牆邊有另外幾
個水桶和一個大木桶。各種鍋子、罐子都
擺在一張工作檯上。工作檯上面的牆上，
掛著看門蟋蟀住的籠子。這隻蟋蟀耳朵很
靈，要是外面的通路上有什麼動物走近，
牠就會叫起來。小矮人通常都是在老煙囪
的石頭縫裡找到這種蟋蟀的。他們對待這
種蟋蟀很好，總是把牠們餵得飽飽的。

新娘的嫁妝，就是那口嫁妝箱，放在靴子間的另一邊，箱底有短短的箱腿。箱子的雕工和油漆都十分精美。訪客告別時，主人就會把放在箱子裡的某份禮物拿出來送給他。那些禮物，有的是天然的東西，有的是日常用的器具，有的是有意思的文字，例如奇句、詩歌，或是令人琢磨半天才了解的深奧格言。

嫁妝箱

前門的背後就是二門，
推門進去就是

➡ 大房間

　　一進門，右邊是一張長方形桌子，桌子的一頭擺著一張單獨的椅子，椅背向著牆。另外一邊，擺的是父親和母親的坐椅（小孩子都是站著用餐）。桌子上是終年擺著不動的耶誕飾品。

　　右邊再過去一點，是遊戲和休閒消遣的地方。客人的睡櫥也在那裡──很大，睡得下兩位客人。這裡的地板上有一道活門，可以通往一條地下通道。在遊戲間或桌子下有一個大籠筐，住的是一窩田鼠*。小矮人全靠田鼠來撲滅各種昆蟲和蚤、蝨。

　　小矮人養田鼠一養就是三、四隻，這些田鼠都很溫馴聽話，就像人類養的狗。幼鼠是小矮人小孩有趣的玩伴，幼鼠長大之後，小矮人會把牠拿去和別家交換，或是直接放牠走。

　　這些田鼠因為受到良好的照顧，所以也很喜歡親近小矮人。可惜的是，牠們的壽命都不長。

*褐毛田鼠身長約9-13.5公分，尾巴約4-6公分。背部赤褐色，腹部白色，四腳也是白色。頭部矮粗，眼睛、耳朵都很大。擅長挖土和爬高。母鼠每年生2-8隻鼠仔，鼠仔出生10天之後睜眼。懷孕期約17-18天。壽命2-3年。

褐毛田鼠

為了捕捉討厭的地下小蒼蠅，小矮人會在天花板上吊一株野捕蟲菫（學名*Pinguicula vulgaris*）。小蒼蠅一碰上黏黏的葉子上就跑不掉了。

遊戲間再過去，就是廁所的門。門很華麗──有些小矮人還為它嵌上寶石，門裡的那個「寶座」更是華麗。小矮人裝飾這張寶座，無論是雕工還是油漆，都力求完美，砸下多少精力和錢財都在所不惜。小矮人上廁所一向不慌不忙，而且還會躲在裡面做手工藝品。他們靠著造紙黃蜂的幫助，製造自用的衛生紙，衛生紙就掛在「寶座」邊的牆上。近旁還有一個高高的石頭罐子，裡面裝著乾樹葉，每次大完便之後，就要抓一片扔進糞坑。

大爐灶

　　在大房間最靠裡邊的牆下，排列著一堆整齊的木頭，那就是生火用的木柴。另外有個大籮筐，裡面裝滿香香的松針，那是保持空氣清新用的。（小矮人很會生火，他用兩塊打火石敲出一些火花，點燃晒乾的火絨蕈，這種蕈都寄生在山毛櫸上。）

　　另外還有一座很大的爐臺，坐南朝北，油漆得花花綠綠，非常悅目。爐臺下就是大灶，燒飯和保暖都少不了它。爐臺的牆上，掛著湯杓、撥火棒、煙袋桿和燭臺。

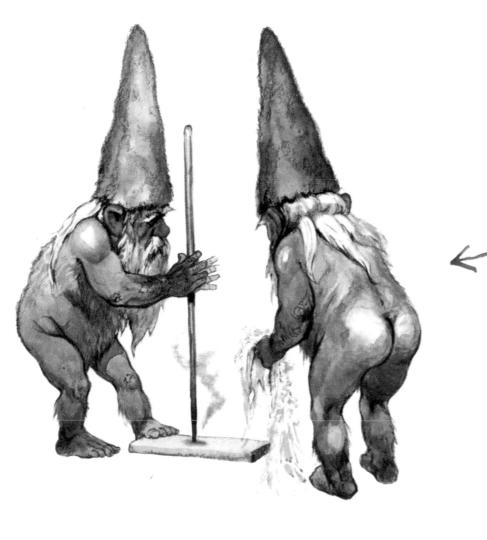

在**原始**時代，
小矮人只會
鑽木取火，
那是最古老的方法。

幾世紀以後，
方法有了一些改進
（請注意那時候的
帽子是灰色的）。

小矮人懂得用顏料土*製造油漆，比我們人類早得多。人類要等到范‧艾克兄弟（Jan & Hubert van Eych, 法蘭德斯的畫家）來到人間的時代——也就是西元1400年左右——才懂得製造油漆、利用油漆。小矮人用油漆來美化家具和房屋的內部，但是並不用油漆來畫油畫。他們喜好的，是為祖先、親愛的人和偉人做雕像。

*製造油漆的顏料是從土壤和黏土裡提取的，濾淨以後，再拌油混合。這種油漆可以經久不變色，色彩有赤色、焦茶色、土黃色、赤褐色和深褐色。

與廁所一同規劃的，是一間同樣大小的浴室。熟鐵製的浴盆裡，裝得下好幾桶剛在爐灶上燒熱的洗澡水。有時候，他們還裝了淋浴用的蓮蓬頭。由屋頂接雨水的水庫取水。洗澡水用過了，就從一條斜斜的水管流到垂直的大排水道裡。浴室的牆上掛著一面亮亮的銀鏡，這面銀鏡製造起來要耗費很多時日和心血，功效可不比玻璃鏡子差。

下水道

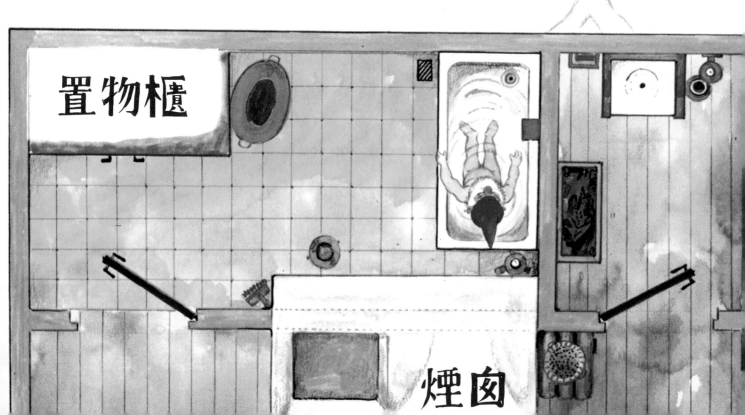

置物櫃

煙囪

　　站在大房間的門前，順時針方向看過去，就是這一家人的睡櫥（壁櫥床）。每個睡櫥前面都有一張長板凳，是上下床時墊腳用的。睡櫥裡的牆上，掛的是雕像和有柄的暖床器。兩個睡櫥的中間是一排整齊的抽屜。

　　最後，再回到門邊，一眼看到的是咕咕鐘。這是小矮人每家必有的用具。前面已經說過，新郎結婚時，都會收到這件禮物。

　　大房間有雙層天花板，夾層是用來晾乾蔬果的。小矮人用一架小梯子墊腳，打開天花板的活門，就可以爬上去。大房間裡掛搖籃的鉤子，就釘在天花板下層的橫梁上。

　　小矮人住家的內部結構，多少要與地面上那棵大樹的樹根位置相配合。有的小矮人喜歡蓋深藏在地下、沒有窗戶的房子；有的小矮人卻喜歡在房屋的斜頂上開一扇高窗——尤其是在潮溼的樹林裡，蓋那種深藏在地下、沒有窗戶的房子，是不容易辦到的。

　　小矮人用蠟燭來照明。做蠟燭的原料是蜂蠟。（請參看後面〈家庭工業〉一章。）

　　小矮人和野兔、鼴鼠保持良好關係，除了享受和諧相處的樂趣以外，還有其他的好處。小矮人所需要的通路和地道，都是牠們耐心挖掘的，更難得的是，牠們絕不可能粗心大意，挖穿小矮人蓋在地下的住家，因為既然幫小矮人蓋過房子，牠們自然知道那些房子的位置。

　　為了報答鼴鼠幫他挖地道，小矮人只要在路上發現有捕鼴鼠的
陷阱，就會趕快通知鼴鼠，免得牠一不小心受害。小矮人如果發現
附近有人打獵，也會通知野兔留在窩裡別出來。有的野兔不幸罹患
了黏液瘤病，臨死時寂寞悽涼，小矮人就會立刻過去陪伴牠。儘管
野兔活不成了，但是小矮人會以慈悲的心腸，給牠幾滴止痛鴉片，
讓牠能安然瞑目。

　　所有小矮人的屋子裡、牆上或是地板上，都有一個祕密的出
口，外面用一塊布蓋著。這個出口和野兔洞相通，遇到極端緊急的
時候，小矮人就利用這條出路逃生。

　　在地下水很滿的地方，或是有流沙的地區，小矮人只能把儲藏
室蓋在樹根下。儲藏室從樹根下露出來的部分，小矮人會以松毬的
鱗片遮蓋，這在前面說過了。日久年深，鱗片上長出青苔或地衣之
後，就成了最好的偽裝。

第三棵樹

小矮人會在住家附近的第三棵樹下，建造儲藏室。他們在這裡存放穀物、豆子、種子、馬鈴薯和乾果。這些糧食在平日已經是萬不可少的，漫長的嚴冬更不用說。值得一提的是，小矮人一向都很樂意賙濟缺糧的貧苦族人。這種蓋在第三棵樹下的儲藏室，有些也與小矮人的住家相通，不過並不全然是這樣。

最滑稽的景象是：小矮人忙著把糧食搬進儲藏室，背後卻來了一隻短尾鼠在糧食堆裡猛吃。當然了，短尾鼠這種德行一旦被小矮人發現，雙方難免大吵一架。

倉鼠

　　在農莊或是古屋內外居住的小矮人,儘管要設法適應不同的環境,但是他們的住屋,基本構造與前面提到的並沒有什麼不同。這些小矮人住屋的入口,照樣有一個捕捉雪貂的陷阱。這裡的小矮人,會巧妙的在自己的屋簷下裝設承霤,收集雨水,存在蓄水池裡。他們的廁所和浴室裡的髒水,通常都順著農家牛舍的髒水溝流出去。

　　與小矮人住屋的基本樣式大不相同的,就是柳樹屋。小矮人把柳樹屋看成他們度假的房子。被風吹歪的柳樹或樺樹的空心樹幹(有的已經被風颳倒在地上),都是合用的度假小屋。小矮人住的,過常只是空樹幹三分之一的地方罷了。野鴨也常在這些空樹幹裡造窩。有小矮人同住,那些野鴨無論是游泳還是覓食,都能逍遙自在,格外放心。

每天的家事

太陽下山後，小矮人的屋裡就開始有了動靜。（就算房子沒有窗戶，小矮人也會知道什麼時候天黑了——何況，屋裡的那幾隻田鼠紛紛出來走動，等於是告訴他們天黑了。）屋裡的主婦會從睡櫥裡爬出來，穿上拖鞋，跟跟蹌蹌走到爐臺邊，扔幾片乾樹葉到火種上，生起一爐火來。

接著，她會提一兩桶水倒入大鍋裡燒熱。（假如前一天，如果丈夫有交代要洗澡的話。）另外再燒一壺用來沏茶的開水。做完這幾件事，她就走進浴室梳妝打扮。

主婦走出浴室後，丈夫會在床上
多賴個幾分鐘，然後從睡櫥裡伸
出兩隻腳來（有時嘴裡難免咕咕
噥噥的嘮叨幾句）。

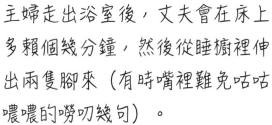

丈夫穿上拖鞋，把睡袍、睡帽脫下來掛在鐵
釘上。他看著妻子正往澡盆裡倒水，心裡格
外高興。試了試水溫之後，他就跨進了澡盆。

他一邊泡著身子，一邊伸手往掛在牆上的盒
子裡抓一兩把晒乾的**石鹼草**（學名 Saponaria
officinals）在洗澡水裡攪和攪和，弄出許多泡
沫來。

父親母親此時沒空，
小孩就來幫忙擺桌子。

（不久）做父親的
把身子擦乾了。

父親穿好了衣服，就把田鼠窩裡的糞便拿到
廁所清理，然後坐下來吃早餐。

小矮人的早餐如下：

A

薄荷茶
玫瑰實茶
菩提花茶
茉莉花茶

{ 其中的一種

薔薇果

B 鳥蛋 小鳴禽生的蛋

C 蕈菇 （種類繁多，請參考附圖）

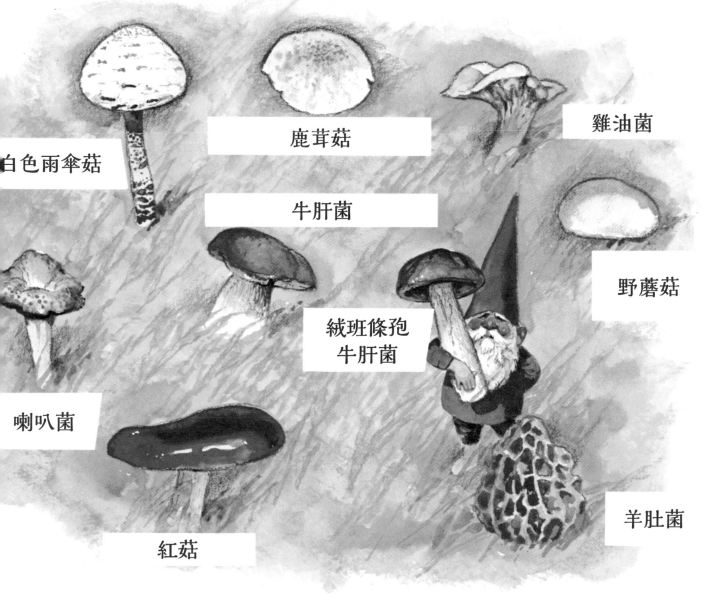

白色雨傘菇

鹿茸菇

雞油菌

牛肝菌

野蘑菇

絨班條孢
牛肝菌

喇叭菌

羊肚菌

紅菇

D 油脂 用葵花子油或蘿蔔子油製成

E 粥 用草子煮成，有許多種

F 麵包 用橡實粉做成

G 螞蟻蛋

H 果醬 有越橘、藍苺、覆盆子、黑莓等多種

I 香糕 所用的糖以蜂蜜或甜菜製成

妻子會為丈夫的夜行準備一份點
心，包括裝在空心橡實裡的茶和
一袋餅乾。餅乾是用草子磨粉烤
成的，有好多種，都很滋養。

丈夫點上第一斗煙，慢慢
抽著。等妻子把早餐的碗
盤收拾乾淨，夫妻倆就商
量著當晚要做的事，以及
有關子女的問題。

丈夫離家的時候，會拍拍看
門蟋蟀。然後走上長長的通
道，爬上矮梯，在出口處停
一下，「觀察」＊一番田周的
動靜。

＊**觀察**＝再三的細心聽、細心看。

如果當時的天色還不夠黑，
小矮人就會坐在一隻和氣的
野兔身邊等待，一直等到天色全黑
了才上路……

他出門去做什麼事並沒有定規。有時候
他是看到該做什麼就去做什麼,有時候
則是早有安排,他也許去鐵工廠,也許
去陶窯,也許去鋸木廠。

這些廠房的屋瓦,都是用松
毬的鱗片做成的。

他也可能去藥草園，在那裡不
是播種、除草、耙地、
剪枝，就是收割。

他也許去搬運柴薪，也許去採草莓⋯⋯

總歸一句話，無論是又短又熱的夏天，又長又冷的冬夜，
昏黑無光的暗夜，明亮如畫的月夜，甚至雨夜，凡是做得
到的一切事情他都要做。

如果是下雪天，他就要穿上長
途旅行用的滑雪板。這副滑雪
板是非有不可的裝備，沒有
它，他就會陷在雪地裡。特別
是大雪剛下的時候，情況更是
險惡。

如果沒有什麼特別的事情需要他在外頭過夜，小矮人一定在天快亮的時候趕回家。在那個時刻，家裡也正在為他準備一天的正餐。（小矮人一天只吃兩餐，當點心的牛奶和粥不算在內。）

小矮人的正餐包括：

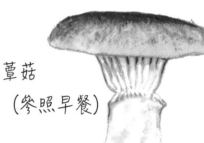

榛果
胡桃
槲實

蕈菇
（參照早餐）

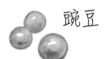

豌豆

豆子

一小顆馬鈴薯

各類蔬菜

蘋果醬
水果
各種莓類
球根和香料

飲料

小矮人不吃肉，
所以要經常食用含有豐富蛋白質的野豌豆（學名 Vicia sepium，別名大巢菜），這種菜的葉汁也含有豐富的養分。

蜜露
（發酵的
蜂蜜）

發酵的覆盆子
（有時候酒精的含量實在太高了，唉！）

睡前酒
杜松子酒加香料

甜點：蜜餞

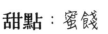

嬰兒要連續
畏好幾年的
母乳

做妻子的（如果是正在帶孩子）
整夜忙的就是換洗尿布、燙尿
布、推搖籃、餵奶、哼兒歌——
不然的話，她就是忙著玩遊戲、
煮飯、打毛線、織布、打掃屋
子、鋪床、和野兔聊天、與鄰
居的婦女們聚會、餵看門的蟋
蟀，以及對田鼠發發牢騷。

太陽升起時，做父親的就會
給家人讀一章**神祕寶經**
全家人都會恭恭敬敬聆聽著。
讀完經之後就閂門熄火，
送孩子們上床，
家裡養的田鼠也不再出聲。

太陽高掛在小矮人住屋的上空，下了床的一家人互道一聲slitzweitz（意思是「晚安」）。剛開始，孩子的睡櫥裡會傳出幾聲格格的笑聲，再過一會兒，父母親的睡櫥裡鼾聲漸起。籃筐裡的田鼠一再翻身，想找個最舒適的姿勢安睡。爐上的水壺涼了。靴子間的看門蟋蟀一遍又一遍的唱著那首老曲子，屋裡一切安好。也許屋外有歹徒窺探，風雨雷電也許會突然降臨，野獸也許已經出來走動，但是小矮人堅實的住家頂上，大樹依然挺立。萬一真有什麼變故，警醒的看門蟋蟀、鼴鼠和野兔也會立刻出聲告警，不必擔憂會有什麼災難發生。

每逢月初，小矮人會在正午時醒來。他會輕手輕腳的下床，搬出一本厚厚的「家庭記事簿」，坐在桌前一一寫下四星期以來的重要事件。他寫字用的墨水，是以墨汁鬼傘製成的。這本記事簿要按時呈交宮中，好讓國王逐頁細讀，以免不知民間疾苦。

家庭工業

照明的方法

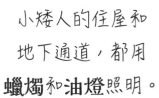

小矮人的住屋和
地下通道，都用
蠟燭和**油燈**照明。

小矮人的住屋和地下通道，都用蠟燭和油燈照明。他會自己用蜂蠟做蠟燭。他把蜂窩──都是規格很小的──藏在林間和田野的隱蔽地點。給蜜蜂分新窩的時候，小矮人就用蜂蠟壓成薄片，上面有一格格的蜂蠟圖案。他把這張薄片豎直放在蜂窩裡，讓蜜蜂按照圖案來造新窩。（薄片上的蜂窩圖案，是利用六角形管子的管口壓印的。）蜂窩裡的那些格子牆，都是由蜂蠟做成。這些蜂蠟，全靠整群的蜜蜂（兩萬隻不到）辛辛苦苦從腹部的蠟腺裡擠出來。

蜂蠟的原料，就是蜜蜂所吃的花粉。蜂卵都下在蜂窩的格子間裡，卵上有胎膜密封起來。這些孵卵的小產房，因為每次生產都要用到，經過幾次之後，禁不住蜜蜂的進進出出，顏色都變黑了，這時小矮人會把蜂窩倒轉過來，割掉那些舊格子間。他把這些舊格子間裝在一個金屬盒子裡，盒子的下端有排蠟的管路。盒子蓋是用雙層玻璃做的。這套設備要安置在太陽下。小矮人在排蠟管的出口下，放好一個蠟燭模子。模子的中央事先掛好一根燭芯。金屬盒子在太陽下曝晒，溫度越來越高。不久，盒子裡的蠟融化了，就順著管子流進蠟燭模。蠟燭模晾涼了之後，模子裡的蠟燭會稍微收縮，因此很容易從模子裡取出來，而且還有一根合適的燭芯。

蜂蠟薄片

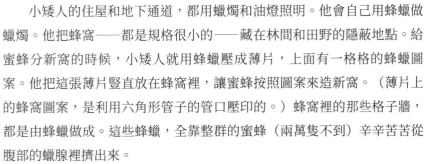

小矮人融化蜂蠟製造蠟燭，當然要在白天出門。他們不習慣在太陽的強光下活動，為了保護眼睛，不得不戴上**護目鏡**（形狀和愛斯基摩人所用的很相似）。護目鏡是用一小塊木頭做的，上面有一道看東西的細縫。

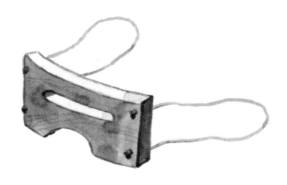

製陶

　　小矮人所用的陶器，都是自己製作的。陶器的材料是天然陶土*。陶土裡含有三種水分：

　　1.含有矽酸鹽的水分。

　　2.陶土本身吸收的水分。

　　3.為了使陶土柔軟新加的水分。

　　用手捏好一件器皿的粗坯（例如盤子）後，就把上面列舉的三種水分，依相反的排列順序，一樣一樣排除。最先是把這件陶坯拿出去吹風晒太陽，排除拌陶土的水分。然後是用攝氏150度的火來烤，排除陶土自己吸收的水分。再用攝氏800度的猛火烤一次，排除的是矽酸鹽中的水分。最後的製成品，就只含有矽酸鹽，成為堅硬耐用的器皿了。相較於陶坯，製成品大約縮小百分之二十到四十。

　　由於陶土裡含有一些天然雜質（主要是一些氧化物），因此燒出來的陶器都是赤褐色的。

　　如果小矮人在陶土裡加添一些鈣，燒出來的陶器顏色就很淡，接近黃色。這種陶土的名稱叫做「赤土陶」。

　　陶土中的矽酸鹽（包括鈣、鉀、碳、硫磺等），含量越多，燒出來的陶器上氣孔就越少。小矮人為了防止陶坯在窯中過分收縮（也就是破裂），因此在製坯的時候，陶土裡要拌一些細沙和石灰。

*陶土的成分是含水的矽酸鋁和各種天然雜質。

靠不停的水滴製碗：
古時候的小矮人，如果要製作碗或其他的器皿，就得先找到一處能夠不斷滴水的水源，然後將一塊圓石頭放在水滴滴落處，日久年深，水滴不斷侵蝕圓石，就會在石頭上弄出一個凹坑，這就是碗。現在的陶器工用的則是陶土和轉盤。

轉盤是靠一部腳踏機器來轉動的，盤子、罐子、瓶子、杯子和碗，都能利用轉盤製作出來。

水壺的壺嘴和把手，要等壺身做好後再安上去。

陶器上的花紋，是在陶坯放進窯裡燒之前，用刻好圖案的木頭圖章事先印上去，陶坯烤過之後再上顏色。

陶窯

　　在地面上或在土坑裡生一堆火來烤陶坯，這種古老的方法小矮人早已經不用，而改用陶窯了。燒陶器的火，要高到攝氏800度，這只有用密閉的爐灶才辦得到。

　　其他的一些家用器皿，包括杯子和碟子，都要靠小矮人中的工匠，用挖空的鹿角來製造。刀把、叉子、湯匙和鈕扣，也是用鹿角精雕的。

吹製玻璃

　　水晶礦石經過熔解後，可以製成玻璃。小矮人所用的玻璃器皿，一律用石英玻璃製造，質地比一般的玻璃好得多。石英玻璃遇到極冷極熱都會不破裂，這種玻璃不容易打破，而且有天然的光澤。用這種玻璃吹製器皿，一定要在極高的溫度下進行。

　　如果要給玻璃染色，小矮人就在熔解的水晶中加入紫水晶、黃水晶、瑪瑙、血石或綠玉髓這些礦石。他們也用這些礦石為小孩子製造一些彈珠。

　　最純淨的石英玻璃是用來製造眼鏡、望遠鏡、酒杯和窗玻璃的。他們用各種有色、無色的玻璃來做室內、戶外的油燈、風燈。最有趣的是，小矮人做的風燈，形狀就像他們自己的腦袋（當然也戴帽子）。

金屬器皿

金、銀、銅、鐵，對小矮人都很有用。他們並不是把金子、銀子看成錢，他們愛用、常用金、銀，是因為這兩種金屬有迷人的光澤，而且不論氣候如何變化都不會變質。小矮人的王宮裡、王宮外，貴重金屬的存量非常豐富（來源不清楚），因此每個小矮人要用多少就用多少。

銅也是一樣。小矮人在瑞典和匈牙利收集這種金屬的原生礦，然後轉運到一個總站。

鐵是以熔解赤鐵礦的方法提取，赤鐵礦含有赤褐色的 Fe_2O_3（三氧化二鐵）。他們用的熔爐，是石頭砌成的圓筒，高三十公分。熔爐裡鋪滿一層層的木炭和砸得很細的鐵礦石。熔爐點火後，還要用好幾具風箱配合起來把火扇旺。等火候夠了，礦石熔化，就把鐵漿倒出來。然後還要經過一再的提煉，這才做成了鍛鐵或鑄鐵。

小矮人用「脫蠟法」把金、銀、銅、鐵鑄造成器皿。這種最古老的方法，直到今天還在使用。第一步是按照器皿的形狀用蠟做出一個模型，再用黏土把整個蠟模裹起來，但是要留一個小洞口。然後用火把黏土模子烤硬。這樣一來，黏土模子裡的蠟模就會融化，很容易利用那個小洞口把它倒出來。蠟漿流乾淨之後，土模裡就留下一個空洞，與要做的器皿形狀一模一樣。（把這種過程叫做「脫蠟法」，原因就在這裡。）下一步是把熔解的金屬注入空心的黏土模裡。等金屬熔漿冷硬後，再敲破黏土模，器皿於是鑄成，只要再進一步磨亮就可以使用了。

木製家具

小矮人天生是手藝高超的木匠。他所用的家具都靠自己製造——碗櫥、椅子、板凳等等——而且從來不用一根釘子；無論什麼家具，他都能用柱頭、圓栓和膠做出來，很少用五金零件，就連碗櫥門也是用小圓木棍做轉軸，在門的上面和下面垂直接連在門框上。

造**鳥屋**是小矮人愛心流露的勞動。針對不同的鳥，他會造不同的屋，一間間都像量身訂做的。鳥屋都掛在樹林中隱蔽的地方。在鳥屋裡孵蛋的鳥為了報答他，特別允許他可以在窩裡挑鳥蛋，把孵不出仔鳥的瞎蛋帶來回家吃。

如果路過樹林，請注意觀察那些留在樹幹上的小洞扎，那就是小矮人特製的**爬杆鞋**留下的痕跡。

亞麻或亞麻子

小矮人全家的衣服，都是主婦一雙巧手做出來的。主婦用亞麻編織亞麻布。

布料的生產

小矮人把亞麻子種在一座祕密花園裡，細心的把種子種得很密，免得麻莖發枝。等亞麻長高之後，有些發育不良的黃莖都要拔掉。如果這些黃莖長了種子，還要用麻梳梳下來扔掉。

長成的麻莖，經過泡爛、發酵、晒乾後，再用鐵梳把一根根的纖維梳開、錘扁、纏成球。

小矮人家裡的主婦，會把這些亞麻纖維紡成細麻線，纏到細軸上之後，就可以拿到織布機上織成布了。

鹿身上的毛可以用來做毛線（特別是在毛長得又長又粗又韌的時節）。小矮人的妻子會用鹿毛線織內衣、長統襪、短襪、手套和圍巾。

母鹿毛對森林地帶的小矮人來說簡直「多如牛毛」，收集起來一點也不費力。

小矮人如果想織一些柔軟的衣物穿，
野兔會讓他進窩去撿拾脫落的兔毛，
要拿多少就拿多少……

野地裡被風
吹得到處飄飛或被圍欄上的鐵蒺藜
扯了下來的零散羊毛，可以用來織
成厚毛毯和羊毛上衣。

前面提到的各種毛，都要經過洗滌、去油、晾乾、
梳理、篦淨、紡績纏捲，才能拿來編織物品。

毛料的染色

種類很多，方法如下：

染
紅色
用
龍芽草

染**黃色**用**鋸子草**（學名
Serratula tinctoria）或**耬
斗菜**的葉子

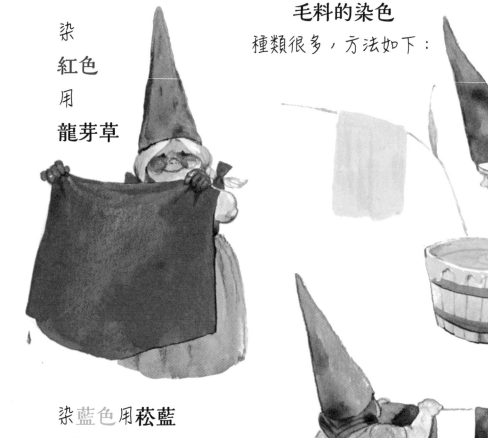

染藍色用**菘藍**
（學名 Isatis tinctoria）
（由這種藍草取出的粉
末，原本是赤銅色，經
過氧化作用後就變成藍
色。）

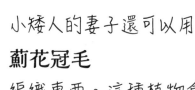

小矮人的妻子還可以用
薊花冠毛
編織東西。這種植物會結絨球，梳理
過後可以成為毛纖維。

籃細工 和 編織工

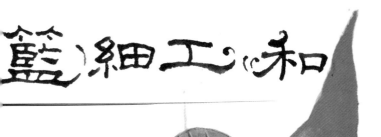

這叫「圓編板」，用來編圓形的東西。

編成圓形的地墊

編籃子

編籬笆

（編法可以從圖中看出來）

← 老式織布機

改良型織布機

年輕婦女現在用的
懸掛式織法

這是織布用的工具，偶
數的線可以上下移動。

樺樹皮

小矮人把樺樹皮捶了又捶，捶軟之後，就可以拿來製作外衣和鞋。（這些衣物當然也可以用鹿毛氈或強韌的青苔布來縫製。）

皮革很不容易找。皮革的來源當然是獸皮，老鼠、松鼠、野兔等，這些動物身上的皮都很合用。可是小矮人不愛殺生，除非是這些動物意外死亡——例如車禍、凍死、農藥中毒或打鬥。

小矮人也用獸皮製作褲子、煙草袋、靴子、鞋、錢包和皮帶——有時候還拿它做合頁。

有些小矮人還有自己的**蠶房**，不過所收的蠶絲主要是供王宮所需。

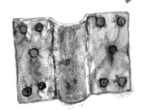

小矮人和動物

小矮人和動物十分親近，這很容易就看得出來。換個有趣的說法：小矮人和動物使用的是同一「波長」的無線電波在互相溝通，小矮人會說動物的語言，並且了解動物遇到的問題。所有的動物——連之前提過的討厭像伙像雪貂、老鼠之類的也包括在內——都能放心與小矮人相處，也能得到他們的信任。只有貓——尤其是那些惡狠狠的家貓——算是例外，貓不是野生動物的一分子，而且極不可靠。

就連一些大塊頭的動物，例如狼、山貓、熊、狐狸和野豬（沒有一種稱得上是可愛的），也常常去求小矮人幫忙。只要有需要，牠們都知道在什麼地方找得到他。要是小矮人支使牠們去辦事，儘管有時候不太樂意，但為了報答，牠們往往還是照辦。

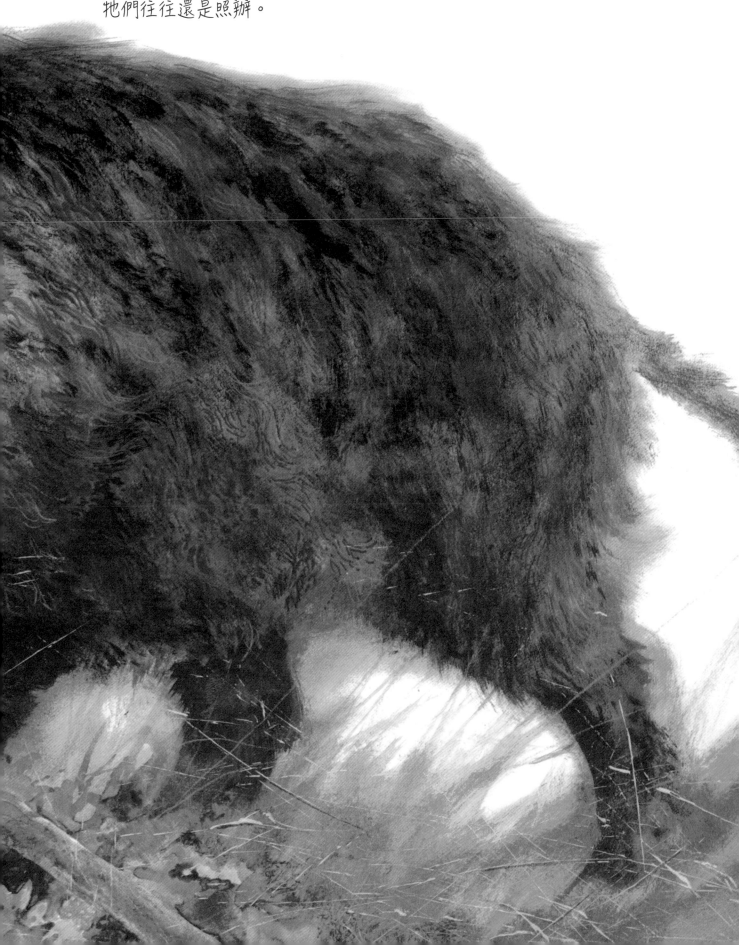

小矮人急救法實例

　　小矮人確實是動物世界裡不可缺少的角色。凡是動物自己辦不到的事情，小矮人都能憑智力和專門技術幫牠們的忙。

　　狐狸或一些別的動物，要是身上、頭上自己抓不到的地方生扁蝨，就會很不舒服。牠用身子去蹭樹幹，想把扁蝨蹭掉。扁蝨偏偏死叮在皮下，怎麼蹭也蹭不掉。牠會因此暴躁起來。小矮人的方法是等扁蝨睡覺時，捏住牠的身子，依照逆時針的方向猛一扭，就拿下來了。

有時候，兩隻公鹿在打鬥中發生「糾纏」，也就是說，犄角絞在一起分也分不開（大半是因為犄角上有額外的分叉和畸形的椿子），小矮人就會拿鋸子鋸開犄角。兩隻受窘且早已餓得半死的壞傢伙，這才脫了身。犄角沒有感覺，所以整個手術是無痛的。

　　有時候，因牛或山羊吃了「扎扎」，也就是說，肚子裡跑進了尖銳的東西（例如吞下果皮刀、碎玻璃或鐵絲），小矮人就會替牠開刀取出來。通常農人或飼主一發覺牲口的痛苦，就會去請獸醫；但有時候卻因為疏忽，或是飼主窮得請不起獸醫，傳說小矮人就會接管這件事。

　　（腰窩的毛要先剃掉，然後在肚皮上割開一個小切口。肚子上的三重肌肉層，要向三個方向翻開，夾牢。切開腹膜，就可以看到胃臟側面的肌肉。檢查以後，測準尖銳物的位置；只要再割開一個小小的切口，就可以把那個東西取出來了。胃壁、腹膜、肌肉、皮膚，都要一層層重新縫合。）

　野兔如果掉進獵人的圈套，只要保持鎮定，冷靜等候，就會有一個小矮人跑來救牠。不管圈套上的鐵絲把野兔的喉嚨勒得多緊，小矮人也能用銼刀和鉗子解開或剉斷鐵絲。

　小矮人對野兔的照料，前面提到過的有：通知野兔提防人類的侵害；安慰患有黏液瘤病的野兔，陪牠度過臨終的悽涼時刻。

　此外，小矮人還會用特有的方法療治折斷的腿肢（無論是鳥槍、步槍射傷，還是車輛軋傷），效力奇妙，使人不能不相信有神人傳授。嚴重受傷的動物，通常要藏進灌木林裡十四天左右，好讓小矮人有充分的時間照料。

小矮人覺得最過癮的事,是為一場清晨的打鬥
做裁判,對打的是兩隻**黑松雞**。

有時候一隻貪心的鵝猛吞東西，讓橡實或更大的食物卡在喉嚨裡，小矮人就會用雙手從外面將橡實往裡面擠，讓它滑進鵝的肚子裡。

針灸術

　　好幾千年前，小矮人就已經懂得針灸術了。他們用的是金針和銀針。

　　（插圖裡的那隻獾，夜間走動時不小心撞上斷枝，刺穿了眼角膜。小矮人在獾的左耳四周扎上幾針，使牠的左半邊臉失去知覺，然後趁牠麻木時，依原樣縫合眼角膜。）

　　小矮人也用針灸術，幫動物取出爪子上扎進肉裡和斷在肉裡的刺——這種技術跟地球一樣古老。

無論是在馬廄裡或草原上，從來沒有一匹馬踩傷過小矮人（母牛或其他大型動物也不曾有過）！小矮人在馬蹄間來來去去，甚至在馬的肚子下面睡覺，一點也不害怕。

有時候，鹿角會與從圍欄扯下來的鐵絲纏在一起；有時候，一堆帶鉤的鐵絲或杈枒的樹枝會掛在鹿角上。小矮人不但覺得這樣不好看，而且知道早晚會出事。他會熱心的將那些礙眼的東西拿開。

松　鼠

松鼠常常會忘記一些儲藏堅果作冬糧的地方。記性這麼差，在又長又冷的冬天會餓死。附近的小矮人都是天生的好記性，遇到這種情形就會及時過來援助牠。

蜘　蛛

蜘蛛並不是小矮人的什麼好朋友，但是小矮人卻從來不肯捅破蜘蛛網，怕的是做這種事會遭壞運。

水　獺

小矮人利用水獺幫他渡過溪流、河川或其他的水面。水獺總是一邊游泳，一邊咯咯笑，把小矮人運送到對岸。

（對小矮人來說，游泳實在太危險，因為有些魚特別「喜歡」他。小矮人當然也可以坐樹皮船，不過這種船並不是到處都有。）

瓢　蟲

有一首古老的兒歌，唱的是：「瓢蟲瓢蟲飛回家，你家房子著火啦……」這首真能把瓢蟲趕走的兒歌，就是當初小矮人的孩子們編出來唱的。

歐洲盤羊是從南歐的薩丁尼亞、科西嘉兩大島輸入北歐的野生綿羊。牠們的新居留地到處是沼澤，沒有足夠的岩石，因此原本該時常磨損的羊蹄，一下子就長得像波斯人穿的尖頭鞋！小矮人會幫牠把蹄尖部分鋸掉，再用銼刀銼成該有的蹄形。

小矮人自認為
有責任在天長地凍的冬天把
糧倉裡的食物拿出來
救濟小齧齒動物。

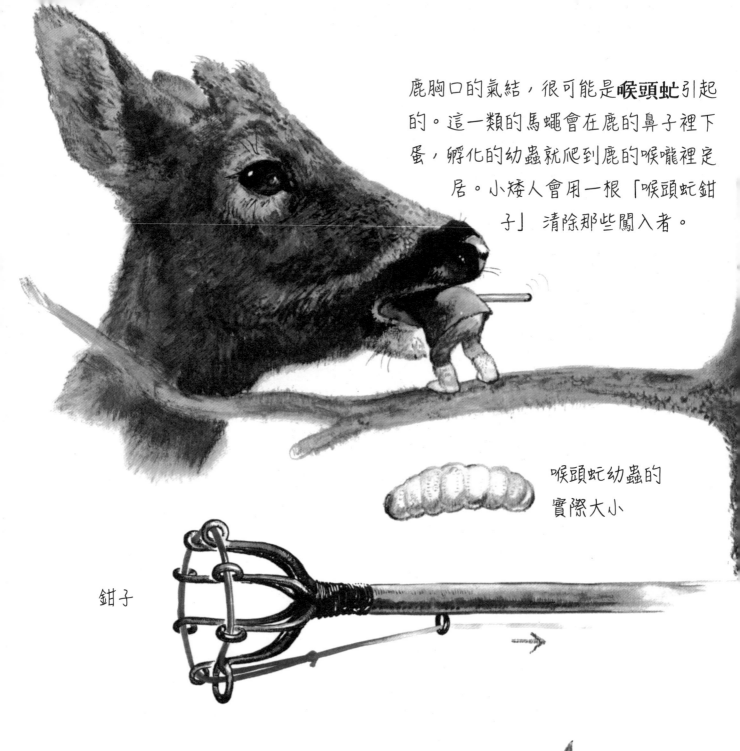

鹿胸口的氣結，很可能是**喉頭蚍**引起的。這一類的馬蠅會在鹿的鼻子裡下蛋，孵化的幼蟲就爬到鹿的喉嚨裡定居。小矮人會用一根「喉頭蚍鉗子」清除那些闖入者。

喉頭蚍幼蟲的
實際大小

鉗子

一隻母雉雞只會從一數到三，要是帶著小雉雞過水溝，到第三隻小雉雞跟上時，她就會繼續向前趕路——把其他的小雉雞都拋下不管（失去母親照顧的小雉雞動不動就會淹死）。每當黃昏時刻，小矮人就會出來尋找這些無依無靠的小雉雞，然後打聽到母雉雞的下落，將小雉雞送到她的翅膀下，讓她摟著。

小矮人為野豬和鹿做了許多好事，因此，要是小矮人從
農夫餵食的食槽裡拿走幾顆馬鈴薯，鹿也不會把怨。

雪 貂

小矮人不願意和雪貂來往，因為他知道
雪貂會使活青蛙全身癱瘓，留著等自己
餓了時再吃。小矮人從小就聽這種事聽
到大，因此一輩子都在擔憂自己也會遇
到這種厄運。

遊戲

盪鞦韆

就像全世界人類的小孩子，小矮人的小孩最愛盪鞦韆了。隨便在灌木叢裡找個地方，繫上兩根繩子就能盪起來。在沙丘或草地上，小矮人爸爸會給自己的孩子做鞦韆架。（順便一提，成年的小矮人思考問題時，也喜歡輕輕的盪著鞦韆。）

岩槭（學名 *Acer pseudoplatanus*）的**雙翅種子**常常被小矮人的小孩拿來扮**蜻蜓**玩。

他們也會用半顆栗子殼把自己扮成
豪豬
嚇唬家裡養的田鼠。
小矮人的小女孩喜歡玩毛茸茸的
柳樹狗兒
她用柳樹狗兒做成洋娃娃或動物，抱在懷裡哄它們睡覺。

吹管是用鉤毛峨參（學名 *Anthriscus vulgaris*）或防風草
（學名 *Pastinaca sativa*）的空心桿做成的。

他們玩的**彈珠**
是爸爸用小石子或黏土球做成的，
他們也用小刀**擲靶**

保齡球是在草地的邊邊上玩，
球是用晒乾後沒有氣味的野兔糞便做的，
玩的時候，一群野兔會靜靜的在一旁觀看。

拔河

足球用的是一顆雪莓

紅海盜　　　捉迷藏　　　跳繩

放風箏（爸爸媽媽不在身邊時才會玩的）用的是金龜子

或工蜂

化妝 扮小精靈、巫婆、爸爸、媽媽、國、王后等
平衡板用最完美、最平滑的木板
西洋棋
十三墩牌戲
扔刺果（作弄人和動物）
小矮人的骰子遊戲

彈帽子

語言文字

　　小矮人彼此交談時用的是他們自己的語言，不過我們從來不曾聽過，因為我們接觸到的都是單獨的小矮人。（如果當面問起他們的語言，小矮人會變得冷漠。）不過我們敢說，動物一定聽得懂他們的語言。「晚安」或「再會」他們說slitzweitz，「謝謝你」他們說te diews。除了這幾個字，別的我們都沒學到，因為小矮人都會說人類的語言，和人類交談用不著說小矮人語，要是他們聽到沒學過的字，立刻就會問那是什麼意思。他們所用的文字，是北歐的古文。

「Slitzweitz」＝再會

各種傍晚和黑夜的妖怪

小精靈、惡鬼、家鬼、醜怪、
侏儒、水鬼、林妖、山妖、地妖
一般人常常把小矮人和上面列舉的妖怪混為一談，因此有詳細
說明的必要。

小精靈

　　小精靈是自然界中最輕巧的精靈，喜歡無憂無慮的跳舞和彈奏弦樂器。他們有時候住在地底下，有時候住在水面或水中（尤其喜愛泉水），有時候就住在空中（或是大樹的枝葉間）。他們偶爾也會化身成動物。他們的天性並不邪惡，但是他們的淘氣也會給人惹來很大的麻煩（例如讓人在沼澤地區迷路），不過他們的本意並不是要害人。小精靈的性別有三種：男、女、無性。大多數小精靈身上都有翅膀。

　　身高：10到30公分。

　　智力：範圍非常有限，但是很高。

惡 鬼

惡鬼的身高有30公分，是一個皮膚黑黑的小人，穿得一身黑，戴著小尖帽。人人知道惡鬼本性邪惡，惡鬼自己也不否認。哪一家有人死了，他們就會出來嚇唬全家大小，實在十分可恨。他們貪愛金子、銀子，常常討好小矮人，想弄走一些金銀；一把小鏟子永遠不離手。居留地：只在深廣的大森林中出沒，因為在那種環境裡襲擊別人最方便。

惡鬼
實際大小的 2/3

135

家　鬼

　　家鬼這一類妖怪，常常被人錯認是小矮人，因為他能變成各種不同的模樣，其中之一就是變成小矮人——此外還能變成老鼠、貓或黑狗。家鬼的原形人類是看不見的，但是他們變成有形的動物以後，人類就看得見了。他們會在夜裡製造各種鬧聲。他們住的地方是牆的夾層裡、閣樓上、地窖裡、畜舍裡、堆雜物的棚子裡，有時候連屋邊的大樹也可以住。他們的智力並不高，而且只要好好對待他們，他們對人也很友善。家鬼喜歡跟貪睡的人開玩笑，把他們蓋的被子扯到地上，再引來一陣冰涼的過堂風。家鬼也喜歡打翻牛奶桶取樂，或者不停的敲牆使人睡不著覺。

　　不過要是惹怒了家鬼，他們就會變得很惡毒。那時候，他們製造的吵鬧聲會使你受不了。他們會扔石頭，會讓牲口得瘟疫，會使當地鬧旱災、降寒霜，一再的發生暴風雨。非等到這人家或農莊整個被災害鬧得天翻地覆，消失得不見蹤跡了，他們才肯離去。

醜　怪

分布地區：挪威、瑞典、芬蘭、俄羅斯、西伯利亞。他們蠢笨，有野性，疑心重，相貌奇醜，你想都想不到的醜。他們的鼻子像黃瓜，還長了一條尾巴。他們的身子結實得嚇人，行動也快得嚇人，而且身上會發臭味。他們常常把偷來的金銀珠寶一盒盒裝起來，用手指頭撥弄著玩，一玩就是好幾個鐘頭。

身高：超過1公尺。

頭髮：黑色，很髒亂。

侏　儒

侏儒只有男性，幾乎快要絕種了。身材最高的是120公分，一般的侏儒都長不到那麼高。目前，在荒涼的野林中或山區裡，還可以找到這種侏儒。他們在廣闊的曠地裡挖金子、銀子，成群住在一起，都是手藝很好的金屬工匠。他們脾氣都很好，只有少數例外。那少數的幾個，大多是流亡者，專做壞事。侏儒要是落在我們人類手裡，他就會叫同伴拿金子來贖身。侏儒都不長鬍子。

水鬼、林妖和山妖

他們都是虛幻的精靈，不是我們看得見的，不過卻經常化身成各種有形的生物。他們在魔法方面本領都很高強。他們的本性，不能說好，也不能說壞。他們喜歡隱藏起來，免得惹上麻煩；不過誰要是敢欺負他們，早晚要遭殃。他們會悽悽切切的掉眼淚，或者露出悽苦的笑容；常常躲在樹背後，探出半邊臉來，用一隻眼睛偷看。

地　妖

　　地妖住在地底下。這種精靈只有北歐的拉普蘭地區才有。他們的模樣很像小矮人，不過身材不像小矮人那麼矮，膚色也淡一點。地妖是整個家族或整個宗族聚集在一起生活的。在大野獸中很有權威，熊、麋鹿、狼、馴鹿對他們唯命是從，完全不敢反抗他們。地妖很和氣，但是白天卻像蝙蝠一樣，什麼都看不見。人類要是欺負他們，立刻就會遭殃。他們最卑劣的報復手段，就是把毒粉撒在馴鹿吃的青苔上，毒死成群的馴鹿，毀掉拉普蘭地區牧人的生計。

小矮人和妖怪

所有的小精靈、惡鬼、家鬼、侏儒、水鬼、林妖、山妖、地妖、巫師、巫婆、狼人、火鬼、小仙子，都和小矮人沒有什麼關聯。小矮人根本不去惹他們。

但是小矮人唯獨和醜怪的關係很惡劣，特別是在北歐、俄羅斯和西伯利亞這些地區。那些破壞安寧的醜怪——天生的好管閒事，富侵略性——使人類和動物受到無窮無盡的傷害。小矮人認為自己應該挺身出來對抗，因為他與人類和動物有美好的關係。

幸好醜怪只能在自己的洞穴裡逞凶，一走出洞穴就奈何不了小矮人。再說，小矮人也比醜怪聰明得多。不過，小矮人要是被醜怪捉住，免不了就會有慘不忍睹的事情發生。

醜怪最喜歡的消遣，就是把捉到的
小矮人，放在滾動的磨刀石上去磨。

或者把小矮人拿去點火，點著了之後，就
在醜怪群中拋來拋去——看看誰能用滿是臭汗
的手把小矮人身上的火撲滅，卻能不被火燙
傷。

其他的暴行還有：個別監禁，用尖刀抵住喉嚨，或者把小矮人的手腳綁在板子上，再向他身子的四周扔飛刀，看誰能扔得恰好緊貼著小矮人的身子。有時候，醜怪會給小矮人

栓上鐵鍊，再叫他跳舞，有時候就叫小矮人去踩踏車——簡單說一句，凡是邪惡的心靈想得出來的，他們全做了。

醜怪倒沒壞到真想把小矮人活活弄死的地步。儘管是這樣，小矮人有時候也會被折磨得半死不活。不過，小矮人差不多每一回都能從醜怪的洞穴裡逃出去，有時候靠自己的機智，有時候靠族人的接應。

小矮人要是落在鼻涕怪的手裡，他就更慘了。這種鼻涕怪，現在全世界只剩下兩三個，真該謝天謝地。鼻涕怪的身材和醜怪一樣（說不定在遠古時代，他們彼此還有親族關係）。鼻涕怪每隻手有六根長了黑爪的手指頭，兩隻平板大腳丫上各有七根腳趾頭。他滿身油膩發臭的手，爬滿蝨子和跳蚤——他自己卻不當一回事。他從頭到腳都被毛蓋住，連臉都看不見，看到的只是油膩膩的頭髮後面那一對發光的癡呆眼睛。

鼻涕怪可以活到兩千歲。他們都是天生的賊，洞穴裡堆積無數的金子、銀子和寶石，那是多少年來從人類手中偷走的。洞中樣樣東西都有蟲子的臭味。

小矮人要是落在鼻涕怪的手裡，就很難有生還的希望。這裡有個實例：有個名叫歐萊‧哈莫斯拉格的小矮人（今年385歲），住在俄羅斯西部貝額齊納河岸的沼澤區。鼻涕怪把他放進切四季豆的機器裡去，活生生切下他的兩條腿。這個小矮人，事後靠自己的機警逃出來。一隻有斑點的烏鴉背著他飛回家。他裝上木腿已經有七十多年，現在別人很不容易看出來了。

我們還知道一個小矮人送命的例子：鼻涕怪竟把他放進一部軋布機。唉！許多人都知道，這種恐怖的怪物還有一種邪惡的消遣。他只要發現小矮人的住處，就會趴在進口的地方，把他又臭又熱的氣息，噴進小矮人的屋子裡，家具、珍貴的肖像畫和其他一切寶貴的東西就這樣全毀了。小矮人自然只能從逃生通道逃出去，不得不另外找個地方，一切再從頭做起。現在，僅有的一個鼻涕怪是在俄羅斯烏拉山以東的地方發現的。那兒方圓一千公里以內的小矮人，都挺機靈的趁早搬家了。

鼻涕怪

小矮人和天氣

每平方公分有 5 萬 8000 個氣孔

很遺憾，我們無法完全明白小矮人預測天氣的本事。他們的預測精準到連專業的氣象人員都佩服不已。要是有人向小矮人請教祕訣，他們也只會含混不清的說是「從骨子裡感覺到的」，意思是說「碰巧罷了」；要不然就是說「老式的經驗」等等。

不過我們倒是打聽到，他們測定空氣的溼度和低氣壓的遠近，根據的是樹葉背面氣孔的位置。一片橡樹葉每平方公分就有5萬8000個氣孔。小矮人眼睛銳利，視力很好，只消瞧葉子一眼，看看氣孔是開是閉，就可以測算出會有什麼樣的天氣——當然不必用什麼電腦。

小矮人也會密切觀察十一年週期的太陽黑子，因為黑子的變化和天氣大有關係。第三種資料來源是探測高空的氣流，因為一切天氣的變化都是在那裡發生的。這方面很可能是靠鳥類的協助。

他們愛開的大玩笑——當然是想讓人類上當——就是帶我們去看他們的「天氣樹」（學名*Sertularia cupressina*），這種樹在天氣乾燥的日子裡枝葉下垂，一旦天氣變得溼潤就會恢復生氣。

小矮人雖然能夠早早預知天氣會有什麼變化，
但是不論下雨、落雹、降霧，不管天氣冷熱，
照樣到處走動——反正他們也不把天氣好壞
當回事。

不過要是遇到天寒地凍，他倒是會把雙手藏
在鬍子裡取暖。

只要湖面、池面、水塘面結的冰剛好一公分厚，小矮人就會迫不及待的換上溜冰鞋。如果天氣繼續冷下去，小矮人就準備舉辦溜冰比賽了。

小矮人在下著一般的雷雨時，不必擔心受到雷擊，因為他的身子實在太小。如果雷雨來勢凶猛，他就會到山毛櫸樹下躲一躲，因為這種樹不招閃電。小矮人都會唸一首德國的老歌謠，說是可以擋閃電（堪比雷神鎚）：

橡樹要避免，

柳下不可站，

松樹也危險，

山毛櫸下最安全。

小矮人和動物一樣，能夠毫無差錯的預知一場風暴的來臨。這種知識對小矮人特別重要，如果不懂得預測風暴，他很容易被風捲起飄來盪去。

什麼時候下大雪，小矮人也能預測得十分精確。這種預測能力很重要，因為小矮人利用地下坑道做很多事，如果坑道出口都被雪封住，就得趁早做些其他的安排。（例如本書前面提過的，下大雪以後要出遠門，要帶長程滑雪板。）

住在山區的小矮人，都能像小羚羊、狐狸和鹿那樣有把握的預知一場雪崩。

冬天裡，特別是在山區，小矮人可能遇到的危險只有一樣：
在他外出走動的時候，被山頂滾下來的天然雪球把他一起帶
走。山下人家常常看到雪球撞上一堵牆或一間山中小屋時，
有個目瞪口呆的小矮人從破碎的雪球中爬出來。

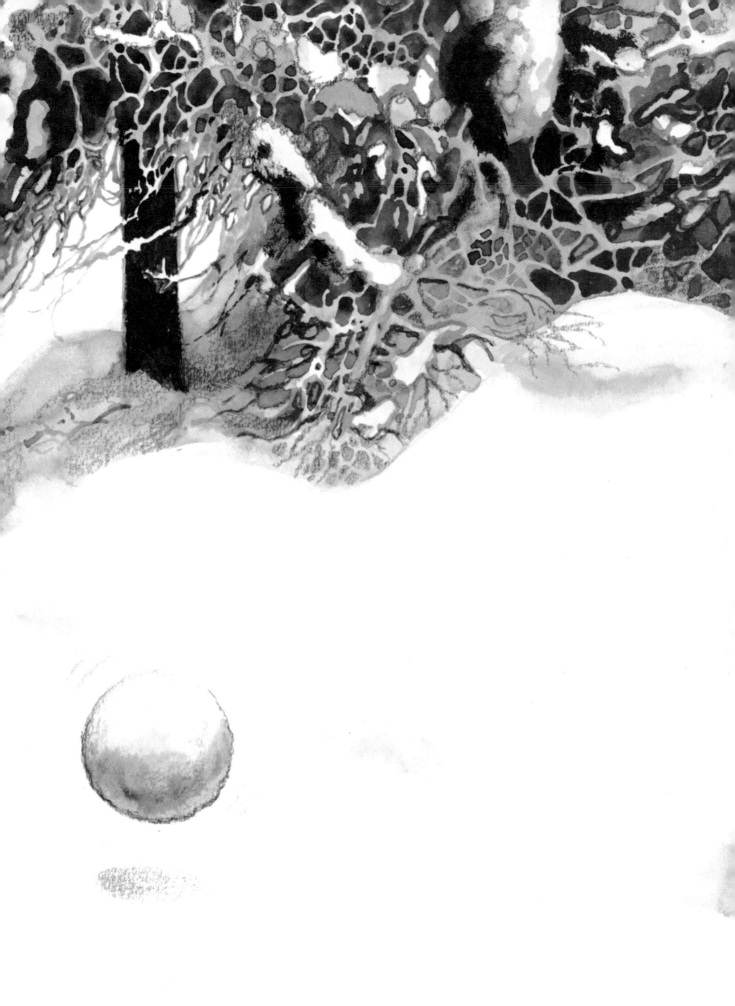

利用天然的能源

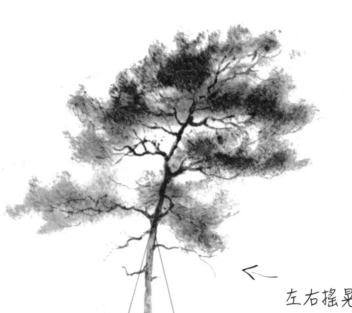

棘齒輪

又簡單、又巧妙
無聲、無臭

左右搖晃的樹,使棘齒輪的
輪盤一進一退的一直扭動。
與棘齒輪的輪盤相連的,是
一部鎚打機。鎚打機上有個
凸輪軸,凸輪軸一轉動,鎚
子就跟著連動。

樹高約 25 公尺,
所以真正的滑車
比圖中這個比例
小得多——
直徑只有 12 公釐

棘齒輪的輪盤

凸輪

棘齒輪

木栓輪

砸平鎚
用來砸平樹皮或砸破含油的各種菜籽

151

磨坊也用同樣的方法
來取得能源。
這部機器可以磨碎玉米、
橡實、椆實……
也可以榨果汁。

棘齒輪

鋸木板的機器

和鏈打機、磨坊一樣，這個木材廠的設備，
也安裝在茂密的黑莓叢裡，免得引起注意。

這一套設備，是小矮人蓋房子、
做工業所不可或缺的。
要生產這種美觀光滑的木板，只有在和風陣陣
的日子才辦得到。（參看〈小矮人和天氣〉。）

工具

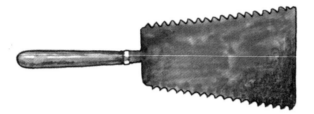

雙面手鋸

有手槍柄的手鋸

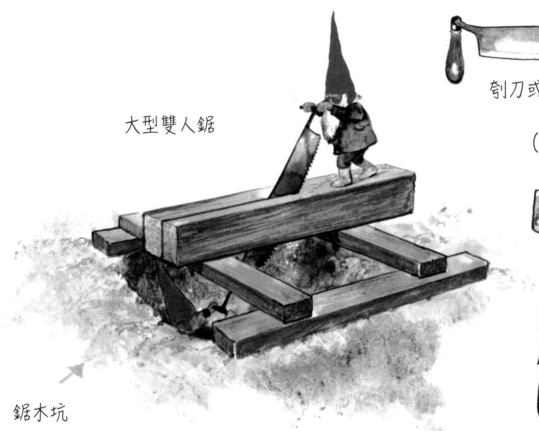

大型雙人鋸

鋸木坑

剖刀或叫輻刀

（刮樹皮用）

木刻刀

鐮刀

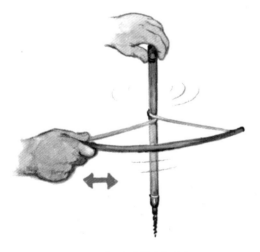

用拉鋸動作
轉動的鑽子

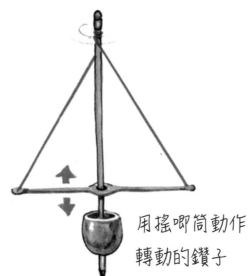

用搖唧筒動作
轉動的鑽子

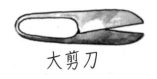

大剪刀

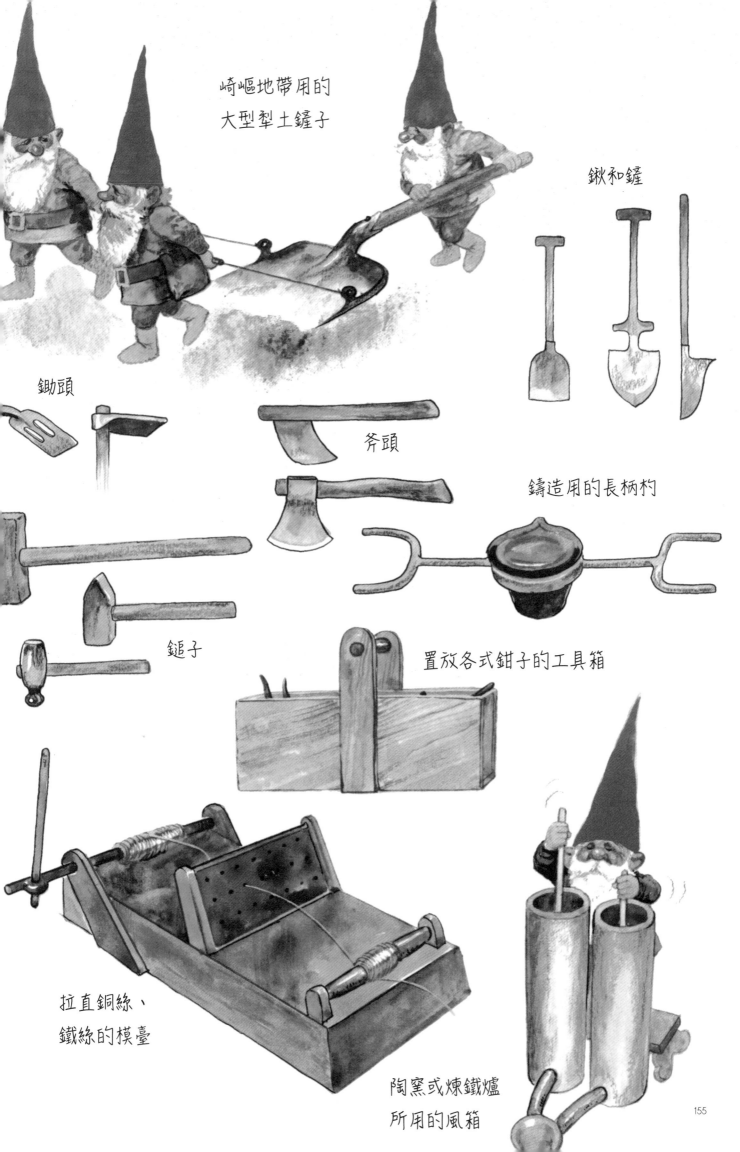

崎嶇地帶用的
大型犁土鏟子

鍬和鏟

鋤頭

斧頭

鑄造用的長柄杓

鎚子

置放各式鉗子的工具箱

拉直銅絲、
鐵絲的模臺

陶窯或煉鐵爐
所用的風箱

155

小矮人的傳說

1

有個窮苦的樵夫，住在陰暗廣大的森林深處一間小屋子裡。

他有妻子、六個小孩和一隻使鼠類喪膽的獨眼貓。他家的小孩子，上學要走兩小時的路。小屋子旁邊有一座菜園，另外還有一座小花園。穀倉裡養了兩隻皮包骨的山羊和一頭豬。

他儘管每天天沒亮就出門，天黑了好久才筋疲力盡的回家，微薄的收入還是不夠養家活口。他家裡有的是劈柴，附近還有一條清溪，但是妻子還是常常對著丈夫嘆氣：「我們能把這些孩子養大嗎？」

樵夫聳聳肩，說他已經盡了全力。他說的也對。

有一天黃昏，他回家的時候，遠遠看到家裡的那隻貓，嘴裡刁著一隻老鼠，正要走出樹林。奇怪的是，那隻老鼠沒有尾巴。他滿心疑惑，就走過去看那隻正坐在矮樹叢下的貓。他一走近，貓就發起威來，可是他不怕。他一手抓住貓尾巴，一手掐住貓的牙床。貓只好把嘴張開，那東西也掉了下來。

「啊呀，真罪過。」樵夫說。原來他撿起來的不是一隻老鼠，而是一個女小矮人。她已經死了。

樵夫從前見過一個小矮人，不過不是女的。他把這個女小矮人帶回家，把她臉上、腿上的幾滴血擦乾淨。他的妻子和小孩，撫摸著這個和洋娃娃一樣的小人兒，把她放在客廳窗戶下面的坐櫃上，然後就去廚房吃豬肉煮馬鈴薯。

他們吃過飯再去看，女小矮人已經不見了。

妻子說：「說不定貓又把她抓去了。」可是貓還坐在外邊矮樹叢下生氣，獨眼裡含著怒意。一家人因為早晨要早起，也不想再找，就都去睡了。

樵夫半夜醒來，好像有誰輕輕拉他的耳朵。原來枕邊站著一個小矮人。小矮人說：「你救了我的妻子。你要我怎麼報答你？」樵夫迷迷糊糊的說：「她不是已經死了嗎？」小矮人說：「她是裝死的。還算運氣好，她還活著──只是這邊抓傷了，還有這裡和這裡也瘀青了──過不久就會好的。告訴我，你想要什麼報酬。這兒有一根笛子。你只要一吹，我就會出現。」說完就不見了。

樵夫和妻子一直談到天亮。後來決定問小矮人能不能答應他們三個願望，像神仙故事所說的那樣。

第二天晚上，樵夫吹了吹笛子，不久，小矮人就到了。

「我想請你答應我三個願望。」樵夫有些膽怯的說。妻子躲在他背後撥弄爐火。

小矮人有點不樂意的樣子，不過還是回答說：「好吧，那麼你說，第一個願望是什麼？」

「我想要一塊金子，免得再愁沒錢用。」

小矮人搖搖頭說：「沒問題，不過有了金子並不是福。」

「我管不了這麼多。」樵夫回答。

「那麼另外兩個願望呢？」

「我們還沒想好。」

「好吧，下次要找我，吹笛子就是了。」小矮人嘆了一口氣。

第二天早上，小屋子門前的石階上，就有了一塊金子，像橘子那麼大，在太陽下閃閃發光。樵夫趕緊抓在手裡，大喊：「我們發財了，我們發財了！」他把金子拿到村裡換錢。但是村裡沒人見過金塊，也不知道值多少錢。村中的鐵匠勸樵夫拿到城裡的珠寶店去問問看。樵夫說走就走，但是他不想多走路，他走的是小時候走過的一條穿過沼澤的近路。他一路蹦蹦跳跳，玩弄手中的金塊，不小心向路邊一滑，跌落泥沼，身子往下沉。他想爬回硬地上卻辦不到。他一手抓住金塊，一手往口袋摸那根呼叫小矮人的笛子，好不容易摸出笛子來，吹出一聲尖銳的笛聲。

小矮人來的時候，爛泥已經淹到他脖子了。

「救我出去！」樵夫大喊。

「這是你的第二個願望了。」小矮人說。

他併攏兩根手指頭，放在嘴裡吹出尖銳的口哨聲。幾分鐘以後，就有六個小矮人來到身邊。小矮人們用小斧頭砍倒旁邊的一棵樹，正好架在泥沼上，離樵夫不遠。樵夫爬上樹幹，又回到剛才的那條路上去了。他四處張望，小矮人早已不見了。

金塊總算還在手上。他滿身泥漿，抖個不停，向前趕路。後來，衣服乾了，勇氣也恢復了。他在城裡看到一家珠寶店，就走了進去。店主長得很體面，身穿一件白罩衫，戴著金邊眼鏡。他看一眼大金塊，看一眼樵夫那一副髒模樣，就皺起眉頭來。他稱了稱金子的重量，叫樵夫等一等，就從後門溜出去報警。

半小時後，樵夫被人帶到警察局。一個胖胖的警官用長輩的口吻說：「現在說一說，這塊金子你是從哪兒偷來的。」一小時後，局長也問同樣的問題，不過態度就不那麼客氣了。

樵夫急得大喊：「我沒偷，是小矮人給我的。」

「當然當然，是小矮人給的！」局長說。他從來沒見過小矮人──像他這麼討人厭的人，恐怕一輩子也見不到。「一千年來，這個地方有誰挖到過芝麻大的金子？料想這位先生沒聽說過吧？把他關起來。」

一連好幾天，樵夫被人盤問來盤問去；還恐嚇他說，如果不招出金子的來歷，他就會有罪受。最後，有位醫師來檢查他到底有什麼毛病，但是檢查不出結果來，只好報上去說，這個樵夫口口聲聲叨念的，始終離不開小矮人。

這些人因為心術不正，所以誰也沒見過小矮人。

當時，那金塊就寄存在市議會地下室裡。一星期以後，有一天夜裡，樵夫傷心透了，就吹起笛子來。過了兩個鐘頭，小矮人到了。

樵夫說：「我的妻子和孩子都在挨餓，快救我出去。」

小矮人說：「這是你的第三個願望了。不過你放心，我老早就把他們的生活照料得好好的了。」當天晚上，小矮人就去和城裡的一位律師研究案情；那位律師家裡，住了一戶家宅小矮人。第二天，律師就到警察局去，認為警察並沒有找到樵夫犯罪的充足證據，所以就把他保了出來。不過在竊案沒有查明之前，那塊金子還要繼續歸公家保管。

樵夫高高興興的回家去做工。他自從在城裡不透氣的拘留所住過以後，一看到樹林，就更覺得那廣闊自在的好處了。他雖然難免常常想起那塊金子，但從此日子過得倒很快樂充實。

自此之後，他越來越順利了。第一件事，是有個外地人，用比市價高一倍的錢買走他砍下來的全部木材。第二件事，是那個外地人雇他去做監工。快樂的樵夫有漂亮的房子住了。那房子就在村邊，離學校很近。他賺的錢比從前多，苦日子總算熬過去了。

幾個月後，他在樹林裡遇到小矮人。

小矮人問他：「還好吧？你把那塊金子要回來了沒有？」

樵夫說：「還沒有。在這個地方，有金子就像有了罪過似的。我已經熬過來了，即使金子拿不回來也算不了什麼。」

「這個想法就對了！」小矮人說著，就鑽進矮樹叢裡了。

小矮人的傳說

2

　　荷蘭北部有個小矮人家庭，住在一座風車磨坊裡幽深溫暖的房梁上。磨坊主人和這一家小矮人很熟。有一次小矮人的妻子差點兒被磨石輾碎，幸虧磨坊主人趕來救援。主人常常留下一點牛奶和玉米片給小矮人一家吃。小矮人為了報答主人，也幫著主人留心火燭，預報風雨和狂風的消息，使主人能趁早綁牢風車的車葉，免得風車亂轉，摩擦發熱，引起火災——這是風車磨坊常有的災難。

　　要是主人家有人生病，小矮人就會來探視，用細小起皺的手按在病人額頭試熱度，還會留下一點效力強大的草藥。這種治療法，常常能使病患早早康復。

　　總歸一句話，磨坊裡有了小矮人，就人人康泰，生計富足，上下平安。主人和主婦都很勤奮伶俐，小孩子們也討人歡喜。

　　不過附近一帶住著幾戶懶散人家，主人不懂道理，妻子又愛花錢。這些壞鄰居，因為心懷妒意，就散播謠言，說磨坊主人能過得這麼殷實，全靠邪術。大多數的居民都不會聽信這些閒話，但是有些不滿的人，卻把這謠言當真。

　　在那些散播謠言的住戶中，有一戶人家，家裡有

個十一歲的小女孩，生得伶俐，有一頭稻草黃的好頭髮。

大家很難相信這麼好的女兒，竟會有那樣不明事理、沒有度量的雙親——不過這種事情也是常有的。小女孩對各種動物植物懂得很多，並且天生的擅長捏泥人兒。她長得甜美，很溫柔，人人都說她將來長大一定是個大美人。她聽說過村中流傳的那些閒話。她看得很清楚，知道磨坊主人之所以發達，其實是因為有小矮人住在他家裡的緣故，並不是靠著什麼邪術。只要她辦得到，她真希望自己也能有一個小矮人。可惜就因為雙親做人不好，所以小矮人們都過門不入。

有一天，她在學校裡請老師指點，用黏土做出一尊幾近活生生的小矮人。附近一位好心的陶匠，幫她把黏土拿到窯裡燒。燒好了以後，小女孩把小矮人的帽子染成藍色（這自然是染錯了），上衣染成紅色，褲子和靴子染成綠色。她又做了一輛木頭小推車，放在小矮人陶偶的身邊，然後把陶偶安置在她家花園的花叢中。

小女孩的雙親取笑那座陶偶，不過並沒把它搬走。磨坊裡的小矮人們也聽說了，所以都去看看。他們很感動，為了報答小女孩的仰慕，就每月送她一件禮物。小女孩的可愛和真誠，對家裡有了好影響。幾年以後，她的父母也變得不那麼猜疑，待人比從前寬大多了。後來——當然也要靠些運氣——他們的家境也比從前富裕了。

可是其餘那些愚蠢的人，不明白這個道理，只知道念叨著一句話：「花園裡立一個小矮人的塑像，就可以發財。」

這當然是一句沒來由的話，不過這種想法卻變得根深蒂固了。從此以後，有些人家就守著這個習俗，花園裡都要安置一尊小矮人的陶偶——有些陶偶身邊有手推車，有些陶偶沒有。

小矮人的傳說

3

在似乎沒有盡頭的堤岸旁邊，有一座山丘，山丘上有一座農場。向河的南岸看，遠處是一大片長滿蘆葦和野草的土地，上面點綴著一些池塘。再過去，凡是眼睛看得到的，完全是一片荒涼。

在這座山丘上，到處是野兔、鷗鴣、麻鷸、雉雞、蝲鷸、黑尾鷸、大雁、野鴨、天鵝、大鷸，還有水獺。有一家小矮人，也住在一間農舍的屋頂下。

這年冬天一到，小矮人父親和兩個八十歲的兒子，事先就警告野兔，大水馬上就要到來，應該趁早搬家。但是那些野兔只會用傻傻的大眼睛瞪著小矮人，不把他們的勸告放在心上，照樣無憂無慮的跑來跑去，追著母兔，撓耳朵。

到了二月底，水位開始上升。大雨一天接一天的下著，住在上游的居民，不得不造起一道水堰，把水

攔進那一片蘆葦荒草地。不過一個晚上的時間，乾鬆的蘆葦和黑莓的矮樹叢就完全淹沒了。最初淹死的，是一些小野兔。

所有會飛的禽類都四散逃生。大野兔被水逼得退到高地上，但是不久連高地也被水淹沒了。野兔驚慌亂闖，紛紛淹死在水裡──死得真是冤枉，因為野兔和各種四條腿的動物一樣，天生都能游泳。

後來，那一片平野變成一面水做的大鏡子，只能稀稀落落的看到一些樹梢、蘆葦穗子、矮樹叢的樹頂，露出水面。水還是繼續往上漲。

離河堤不遠有一塊高地，地名叫做「掃帚丘」（傳說古時候那是巫婆住的地方），就成為兩百隻野兔中僅存的最後八隻的避難所。但是那裡既沒有東西遮蔽刺骨的冷風，也沒有地方躲避野獸的獵捕。

水鳥把野兔的窘迫情況告訴了小矮人。

小矮人知道牠們休想得到人類的救助，因為住在附近的，恰好就是一個天性冷漠、帶著獵槍的農場長工。

那天晚上，小矮人很巧的看到一扇柵欄門隨水漂來。

當時水面正和河堤齊高，他們就設法把木門牢牢栓在堤岸上；然後又撿來一些散落的梁木和漂在水上的木頭，巧妙的綁在那扇門的下面，好增加浮力。忙到清晨三點鐘，那扇門已經能夠浮出水面，可以承載相當的重量了。

小矮人們把這扇木筏拖到一個合適的地點，好讓強大的西北風將它直送到野兔避難的小島。他們跳上木筏，隨風航行。光禿禿的木筏上面，真是冷入骨髓。在風雨交加的黑夜中航行，更使他們覺得孤立無援。為了暖身，也為了增加漂行的速度，他們就用撿來的木板划了一陣子。

兩個半小時後，小矮人們抵達「掃帚丘」。那些野兔早已又冷又餓，膽戰心驚，惶恐奔竄，後腿亂蹬。牠們已經嚇破了膽，不敢爬上木筏。有的好不容易一腳踩了上去，卻又立刻抽回，跑到小島的另外一頭，縮成一團，抖個不停。

當時雨勢更大，陣陣狂風，挾著雨點，打在野兔和小矮人的身上。

最後，小矮人父親就對著野兔大聲吼叫，告訴牠們，不出兩個小時，掃帚丘就要淹沒在水下，要逃就得趁早。這些話總算說動了野兔，使牠們不得不動身。最先走上木筏的是一隻老母兔，其他的野兔在後面跟著，殿後的是一隻身上爬滿蝨子的公兔。

小矮人們發覺，這滿載野兔的木筏想要逆風划行是不可能的，因為那西北風早已經轉變成狂暴風雨。唯一的辦法就是將木筏拖到小島的另一頭，讓它趁著風勢漂開。他們只求能在什麼地方靠岸就好。這是一個沒把握的盤算，但是也只能這麼辦了。野兔一點兒也幫不上忙，嚇得只會轉動眼珠，坐著發呆。

總算運氣好，木筏越走越快了。原來風勢已經加強，木筏上那八隻野兔的身子，也起了一點和風帆一樣的作用。

「掃帚丘」的影子慢慢的看不見了。從水面上看過去，小島對面那些農家閃閃爍爍的燈光，也越變越小了。四周黑水無邊，波濤洶湧。大風尖嘯像悲泣。

三個小矮人站在一起，用疲勞的眼睛，在漆黑一團的天地間尋找地方靠岸。他們都渾身溼透，凍得發僵。

幾個小時之後，天色漸亮，前面突然出現陸地。木筏擱淺在一道還沒完工的堤道上。這堤道就像一道寬闊安全的沙牆，兩端隱沒在荒涼的遠方。堤道上處處是野菜和青草。野兔跳下木筏，得救似的，僵直著身子跑開，不時停了下來，用那受驚的大眼，查看這片新環境，卻從沒想到回身道一聲「再見」或「多謝」。

小矮人查了查他們帶來的祕密地圖，安排走回農場的路線。他們只好在白天趕路了，因為這一帶空空蕩蕩，沒有地方藏身，也沒有小矮人的住家可以寄宿。

不過，倒也沒有誰看到他們在趕路；路上經過好多房屋和農場，也沒有人發覺——小矮人深懂這方面的技巧。尤其是當時恰好又是烏雲低垂，不時下著陣雨。

捱到下午，他們總算回到家。他們大吃一頓，裹著世界上最舒適的毛毯，一睡就睡了整整十二個小時。

小矮人的傳說

4

蘇聯時期的烏克蘭卡爾克夫城的居民，最愛對人說這個故事。有一個名叫塔珍娜‧綺麗露美娜‧洛絲蘭諾瓦的女人，就住在城外。她已經七十歲，鼻子還是那麼挺直，那麼漂亮。她有一頭中分的光亮銀髮。她是被莫斯科的祕密警察放逐到卡爾克夫來的。丈夫已經去世，她的生活十分艱難。當地居民奉命不准雇用她。她為了生活，不得不從暗中接濟她的朋友那裡，湊了一筆錢買了一頭母牛。

接著，塔珍娜就做了一件蘇聯當局不樂見的事，不過他們也只能容忍；那就是賣牛奶給城郊的十戶人家。那些人家要是不買她的牛奶，就得走很遠的路到別處買，等到提回家裡，牛奶早就壞了。塔珍娜住在小菜園中的小屋子裡，每天牽著母牛到路邊吃草。

在蘇聯，這種靠一頭母牛維生的人真是成千上萬。要剷除這個行業，一定會造成經濟上的嚴重問題，因此政府方面也只好睜一眼閉一眼了。

塔珍娜每天帶母牛去吃草，始終盡心盡力對待牠；到了晚上，她就把母牛帶到屋角去擠牛奶。房子的另一角，掛著一塊黑布幕，幕後藏著一些聖像。這些聖像是塔珍娜從莫斯科自己的大房子裡偷運來的。

她每天對著聖像禱告。母牛每天生產二十公升奶；但是在懷孕時就要停奶六星期。

母牛每年都要送到一戶好心的農家，去跟公牛交配。因此塔珍娜不得不把全年賣牛奶的收入，勻出一點來彌補停奶期的損失。

塔珍娜從前雖然是一個富有的婦人，現在卻能忍受種種不如意，盡全力謀生。她常常調換不同的村路走，好讓母牛能吃到最鮮嫩的草；但是回家的時候，總要經過離家不遠的那一片茂密的赤楊灌木叢。樹叢的深處有幾塊大圓石頭，石頭下面住著兩家小矮人，都有接近成年的子女。塔珍娜每天都要在樹叢中停下來，從一棵矮樹下拿起一個做得很精巧的小水罐，大小只有普通果醬罐子的一半。塔珍娜從母牛的奶頭擠出一些牛奶，把小水罐注滿，然後放回原來的地方。不管天氣是酷熱，是嚴寒，是下雪、起霧或降雨，她

每天都是這麼做。第二天的早晨，那小水罐又會在原地出現——空的，而且是細心洗乾淨的。

有一天晚上，塔珍娜到小屋子外面上窗板，不小心摔了一跤，跌傷了腳踝。她拖著一隻受傷的腳回到屋裡，就再也做不動別的事了。第二天，她把屋裡僅存的麵包都拿給母牛吃，照常擠了牛奶。可是天剛黑下來，母牛就餓得直叫。

天亮以後，有一輛救護車停在小屋子門前（那是一位每天來買牛奶的顧客通知衛生處派來的）。一個脾氣暴躁的醫師，匆匆忙忙的檢查一下塔珍娜的腳踝，就叫助手來幫忙，扶她上車到醫院去。塔珍娜求他們照料一下母牛，但是他們聳了聳肩，不肯停車。鄰居們因為怕得罪祕密警察，也沒人敢幫忙。

塔珍娜到了醫院，一想起那頭牛就哭。無論她求誰幫忙，別人不是搖頭，就是聳聳肩。

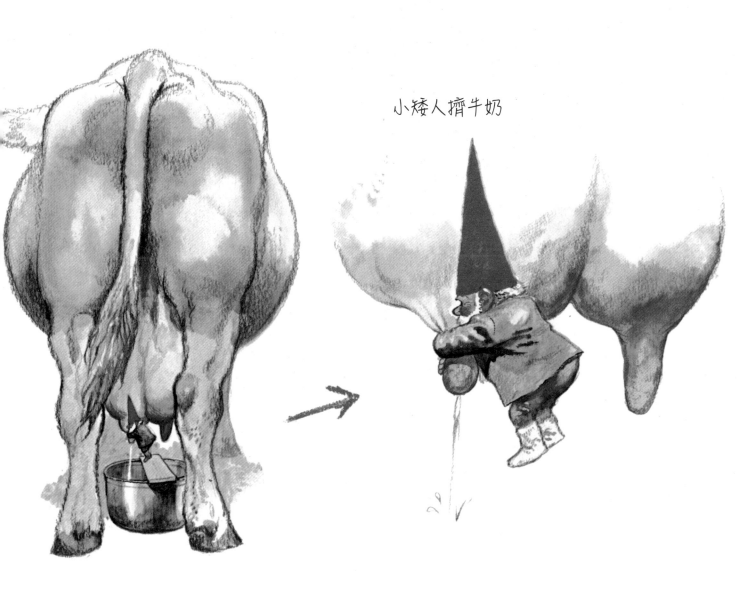

小矮人擠牛奶

塔珍娜的腳踝裹上了石膏。醫師說她要住院八個星期，因為她腳上的傷是複骨折。她一想起母牛，就差點兒急出病來。可是不久，她就聽到了家裡的消息。

在塔珍娜跌傷的第二天，太陽剛一下山，小屋子的門開了，母牛跟在一名小矮人的背後，走了出來，連根繩子也沒繫。小矮人把牛帶到路邊草多的地方吃草，吃到太陽快出來的時候才回家。

當晚，顧客們的空牛奶罐也都有人收——包括顧客預付的隔天的牛奶錢。兩個強壯的小矮人，在小屋子裡幫忙擠牛奶。日出以前，他們把那些罐子都裝滿，並且按照次序一罐一罐擺回原來的地方。

八個星期以後，塔珍娜腳上裹著一個小一點的石膏模，回到了家。她又哭了，不過這一回是因為快樂和感激才哭的。母牛好端端的站在那裡，一副健健康的模樣。桌子上舊茶壺的旁邊，是八星期又兩天的牛奶錢，堆得整整齊齊的。

當天晚上，她上了床，想著明天該怎麼帶牛出去吃草，不知不覺脫口說出她一定走不了幾步路。

想不到背後傳來一個聲音說：「你用不著自己去。」塔珍娜一回頭，就看見五個小矮人站在她的床邊。

正中那個最年長的，仔細看過了塔珍娜裹石膏的腳，他說：「我們是來帶牛去吃草的。你現在還不能走遠路，安心睡吧，剩下的事情由我們來照料。我們也想在自己的罐子裡裝些牛奶，你不在意吧？」

說著，另外四個小矮人就跑出去收集顧客們送來的空罐子。那個最年長的小矮人，乾咳兩聲，就把母牛帶出去了。

小矮人的傳說

5

　　人家都知道，乾旱季節中的一場叢林大火，會對人、動物、小矮人和農村造成大災害。可是大家都不知道，另外還有許多次相似的火災，發生是發生了，結果卻沒有造成災害。

　　獵場看守人和保林人員，經常發現有些地方確實著了火，燒了一會兒，然後不知道怎地，又神祕的熄滅了。這幾場小火，危險性都很大，有的很靠近叢林的易燃區，有的很靠近乾燥的林地。無疑的，這是小矮人撲滅的。

　　小矮人到底用什麼方法撲滅那幾場火，沒辦法斷定。有時候，他們很可能在大火進行的前方，先燒出一片焦土來（這是印第安人的方法）。有時候是很快的鑽通一處地下水流，再把水打上來滅火。至於是否還有其他的方法，我們就完全不清楚了。

小矮人的傳說

在挪威的里雅漢默鎮附近，有一位老作家，住在山坡邊上一間低矮的木屋中。屋裡四周牆壁的書架上都擺滿了書。老作家知道，自己的死期已近。

在那扇可以俯瞰全村的大窗戶前面，有一張很大的書桌，桌上擺滿了稿紙、雜誌、詩集、墨水瓶、鋼筆，和一些隨便堆放的書。

一天傍晚，太陽即將下山，老作家爬下了床，走過去坐在書桌前面。他遠眺安寧的村莊和湖景，回憶他平靜的住在這裡已經有好多年了，想到他寫成的書也有不少本，但是這一切都不會再有了。想到這裡，忽然間，有個影子一閃，跳落在書桌上，原來是一個小矮人，他面向老作家坐著，架起一條腿。老作家很高興的跟他打招呼。

老作家對那個年老的小矮人說：「再給我講個故事吧，我太老了，想不出故事來了。」

小矮人正抱著老作家的銀錶，放在耳邊聽著，就回答說：「我的故事都說光了。這個國家所有的故事你也都寫完了。那些故事讓你賺了大錢。」

老作家嘆了一口氣說：「再給我講一個吧。我的手已經沒力氣，恐怕寫不下去了。」（話雖這麼說，他還是把鉛筆和筆記本子準備好了。）

「好吧。」小矮人說著，就換了個坐向，注視著窗外，「你看到湖岸遠處那一棵大垂柳了嗎？那些柳條往往探頭入水。我就來告訴你這是為什麼。

「很久以前，在一個漆黑的夜裡，山中那些醜怪，把他們生的一個女嬰，抱去掉換一個富有農人的小女兒。他們就是趁著村人沉睡的時候把小女孩抱走的。第二天，最可憐的是那小女孩的父母，他們不懂女兒的皮膚為什麼會一下子變得那麼黑，眼睛為什麼一下子變得像黑葡萄乾。但是住在深林裡的醜怪們，卻狂喜的看到偷來的小女孩有藍藍的眼睛，金色的頭髮，柔軟的皮膚。他們高興的圍成一圈，砰砰砰砰的跳起舞來。

「醜怪生的小女孩，長成一個皮膚黑黑野性十足的調皮姑娘，專做淘氣和莽撞的事情。她討厭別人，別人也討厭她。有一天她走失了，從此再也沒人見到她。

「可是住在樹林中的那個農人的女兒，儘管看到的淨是些野蠻粗魯的事情，卻長得一天比一天甜美，一天比一天可愛。她十七歲那一年，農場裡一個強壯的長工，名叫歐雷夫，看到了她。（這個歐雷夫，每天睡在本村一座農舍的馬棚裡，我就睡在他上面的屋頂。）那年冬天，歐雷夫到高山上的草地去把幾頭走失的母牛找回來，正要帶回農場過冬，就在路上遇見了那農人的女兒。她正在醜怪住的石洞外掃地，有個年老的醜怪婆婆在一邊監視。那時候已經是黃昏，歐雷夫卻看出那女孩的美麗動人是誰也比不上的。他立刻愛上了她，就想走過去說話，醜怪婆婆卻把女孩子拉進洞裡，關上洞門。

「歐雷夫回到馬棚以後，問我能不能幫助他。當

晚我們兩個就動身到山裡去了。

「我們到達醜怪居住的那座小山，看見有一道溪流從山上流下來。（每一座醜怪住的小山都有溪水從中流過，那是他們喝的水。）我利用探測杖，在山的另一邊找到一個泉口，那就是水源了。我們在地上挖一個洞，挖到了地下的水流。歐雷夫就把我放進一隻木鞋裡，讓我順水漂去，從地下到達不通風的醜怪洞。

「木鞋停靠在洞中一個陰暗的角落，我躲在木鞋裡，一直等到醜怪要出發到樹林裡去為非作歹的時刻。他們臨走時，先把女孩子關在一個壁洞裡，然後才鎖上大門。陰暗發臭的洞穴裡，只剩下我和那個女孩了。我判斷不會有什麼危險，就把女孩子放了，告訴她：『你不是醜怪生的女兒，洞外有一個年輕人，他跟你才是天生的一對兒！』

「女孩子覺得很驚訝，遲疑了一會兒，就跟我走了。到了洞外，她看到歐雷夫這樣的人類，簡直像個金髮的巨人。她也立刻愛上歐雷夫，就像歐雷夫一見到就立刻愛上她一樣。

「我們三個拚命向村子跑，跑了半天還沒跑出森林。等我們快要走出林子的時候，醜怪們發現我們帶走了女孩子，立刻就追上來了。他們把歐雷夫打得渾身青一塊紫一塊的，然後又把女孩子帶回去了。我站在一旁，幫不上一點忙。

「一星期之後，我們又去試了一次。這一回歐雷夫向他的主人借來一匹馬。我也第二次利用地下的流水，進入醜怪的領土。不過這一回，醜怪卻留下老媽媽在洞裡看守。我趁著正在煮麥片粥的醜怪婆婆一轉頭，趕快把一點安眠藥粉撒在粥裡。十分鐘以後，吃過粥的醜怪婆婆已經呼呼大睡。（我早已給女孩子做過暗號，告訴她那碗粥不能吃。）

「我們三人和上次一樣，又由森林中往村子跑。這一回我們都坐在馬上，所以跑起來快多了。可是醜怪也不慢，就在我們快跑出樹林時，他們又追上來了。而且又像上次一樣，把歐雷夫打得半死，然後把女孩子帶回去——當然連那匹馬在內。我和歐雷夫都認輸了。儘管歐雷夫很強壯，醜怪卻比他更強壯。

「三星期以後，空中下起雪來。這一次，我特地去弄來兩隻馴鹿做幫手。我在醜怪洞裡一直等到都過了前半夜，還不敢露面，因為這一次在洞裡看守的，除了醜怪的老媽媽以外，還多了一個老爸爸！後來，我總算把分量不少的安眠藥粉弄到麥片粥裡去了，使這一對老醜怪大睡一場。

「馴鹿拉著小雪橇，帶著我們三個，沿看一條荒僻的小徑，向湖邊奔逃。醜怪在後面追捕，但是風雪幫了我們的忙，我們總算逃到湖邊。我知道有個地方，有一艘舊漁船停靠在那裡，所以就帶著大家一起去。我們解開雪橇，謝了謝兩隻馴鹿，讓牠們回去找

鹿群。湖水還沒有完全結冰。歐雷夫和女孩子爬進船裡，動手划起槳來。我穿上溜冰鞋，沿著湖岸溜回家。我沒有什麼好怕的，因為醜怪只要走出自己的洞穴，我們小矮人就不把他看在眼裡了。

「日出的時刻快到了。雪停了，天色逐漸晴朗，東方露出一片黃裡帶紅的彩光。

「小船離對岸還有一段水程，醜怪就已經趕到湖邊的渡口。他們大聲叫罵，歐雷夫卻只管猛力划槳，

逃向對岸，醜怪們毫無辦法。他們所剩的時間不多，因為他們的身子要是照到日光，立刻會變成石頭。忽然一個身體最粗壯的醜怪，抱起一塊很大的石頭，向這一對逃命的年輕人扔過去。石頭落在船邊的水裡，雖然沒打到船，水浪卻把船掀翻了。女孩子掉進水中，被漩渦吸進湖底，活生生的淹死。歐雷夫潛水去救，一連找了好幾個小時，也沒找到她。後來，歐雷夫只好游回岸上，他的心也碎了。

　　「從此以後，歐雷夫成了一個傷心人。他每天來到湖邊，站在老地方，呆呆的看著湖水。

　　「他再也不找別的女孩子。一直到他老得不能做工了，他還是每天要到老地方去站站。

　　「最後一次，他在那裡一站就站了一整天。他的頭上長出枝葉，腳上長出樹根。從此他就永遠站在那裡了。他就是你看到的湖邊那棵垂柳。就算是到了現在，長長的枝條還是垂落水中，一心要尋找那個溺水的女孩。」

　　小矮人回頭一看，老作家已經不動了，雪白的頭靠著桌上的筆記本。他死了。小矮人含笑走近，幫老作家闔上眼睛，讀一讀老人寫了些什麼。紙上所寫的最後一句話是：「從此他就永遠站在那裡了。」

　　小矮人從已經死去的作家的頭下，抽出那本筆記，又從僵硬的手指間輕輕拿下那枝鉛筆，然後替他把這個故事的最後幾句話寫了上去。

小矮人的傳說

7

在瑞典約瓦斯特維克鎮西北方,有一座荒廢的教堂,聳立在大麋鹿林旁邊的大路岔口上。教堂旁邊的小墓園裡,有幾塊被野草遮掩的墓碑,把其中一塊墓碑上的青苔刮掉,可以讀到下面的文字:

希古爾‧拉森

長眠於此

生於 1497 年乾草月之 24 日
卒於 1550 年炎夏月之 30 日

只有小矮人才知道，這塊墓碑下面的墓穴，根本是空的。

希古爾‧拉森是個富有的農場主人。他的地產面積廣大，財富年年增加。他是一個令人討厭的大塊頭，性情殘暴，面貌粗鄙，還有一副大嗓門。他最拿手的就是用大嗓門來鎮壓事情，鎮壓人。他對待農場裡的工人非常無情，只要犯了一點小錯，他就用鞭子抽打他們。牛奶場的女工要是犯錯，他就把她們趕到屋外去過夜，或者就叫她們去睡乾草堆。像他這樣的人還雇得到各種工人，真可以說是一件怪事；不過要是真有人敢辭了工不幹，拉森就會運用勢力，使那個傢伙在別的地方也找不到工作。

這座農場裡的工人，個個都是悶聲不響的做自己的事，而且都知道看到主人就躲得越遠越好，因為拉森有個習氣，就是捏造工人的罪狀，好讓他稱心整人。舉個例子，他有一次先藏起一些金子，再讓那些金子出現，然後裝模作樣說要捉那個賊。他常常把灰土掃到地毯下，好製造機會責罵清潔女工偷懶。拉森最喜歡的消遣，就是到一座涼亭裡躲起來。那涼亭就在他廣大土地的正中央，他可以在裡面偷看農場工人耕作的情形。只要他認為誰做事不夠認真，他就要處罰誰。

不過他最大的滿足卻是清點借據和查看借據。他有滿滿一櫥子的借據——都是些農人、窮人和四鄰的村民寫的。他習慣在每天晚上寫信，通知那些可憐蟲到農場來一趟，然後好逼他們還債，或者罰他們按更高的利率寫一張新借據。

農場上的生活，就是這樣子過的：從外表上看，它是廣大無邊的平原上，一大片又悅目又吸引人的建築物；實際呢，卻是悲慘、怨恨和憂傷。無論是在畜舍裡，在田地上，在睡覺的地方，時時有人嘮嘮叨叨的詛咒、訴苦——不過也只有對信得過的人才敢這樣，因為到處都有拉森的密探。他們信得過的朋友當

中，有一個就是住在農場裡的小矮人。

一夜接一夜的，小矮人耐心的聽聽這個人吐苦水，又聽聽那個人吐怨氣，盡可能的安慰他們幾句。他一次又一次的，夜裡去找希古爾‧拉森，想替一些受委屈的人抗辯幾句，但是那個殘暴的主人只是笑笑——這還是好的，不然的話，準會拿墨水瓶打他，或者把一杯咖啡潑在他身上。

小矮人一直保持著自己的尊嚴，只是淡淡的說：「希古爾，你等著瞧，總有一天你會跪在地上向我求饒。」主人聽了這話就會狂怒起來，伸手來抓小矮人。不過小矮人一向細心，他會預先選好一個安全的地點坐著，只要主人輕輕動一動，他就可以從牆上的一道小裂縫逃出去。

幾年之後，拉森那個又粗又壯的身體裡慢慢的有了一些變化。他常常覺得疲倦，胳臂和兩腿經常痠痛——都是他從來沒有過的。起初他總是咒罵幾句，想把病痛罵跑，同時再做幾件殘暴的事情，好讓人知道他還是那個不好惹的老拉森。但是他的身體在短短幾個月裡，一下子就變得很糟。他的體重減輕了。他先去請來一位內科醫生，然後是外科大夫，然後是會用草藥的郎中。儘管這些人學識都很豐富，可是都沒法子下診斷，使拉森白白花了不少錢。

八個月後，拉森的眼睛凹了進去，肚子也癟了，胳臂和兩腿瘦得像樺樹枝一樣——走路只要超過十分鐘，就要喊累。最後，他只好到斯德哥爾摩和阿沙拉兩座大城裡向教授們請教。教授都搖搖頭，告訴他科學也治不了他的痛。

希古爾‧拉森回到家鄉的頭一個月，小矮人故意不和他見面。有一天晚上，這個衰弱、沮喪，可是本性難改的農場主人，正在家裡清點借據，小矮人悄悄的來到了。

「希古爾，你快要死了。」小矮人說。

主人把頭猛一抬，瞪著小矮人。他看到小矮人幸

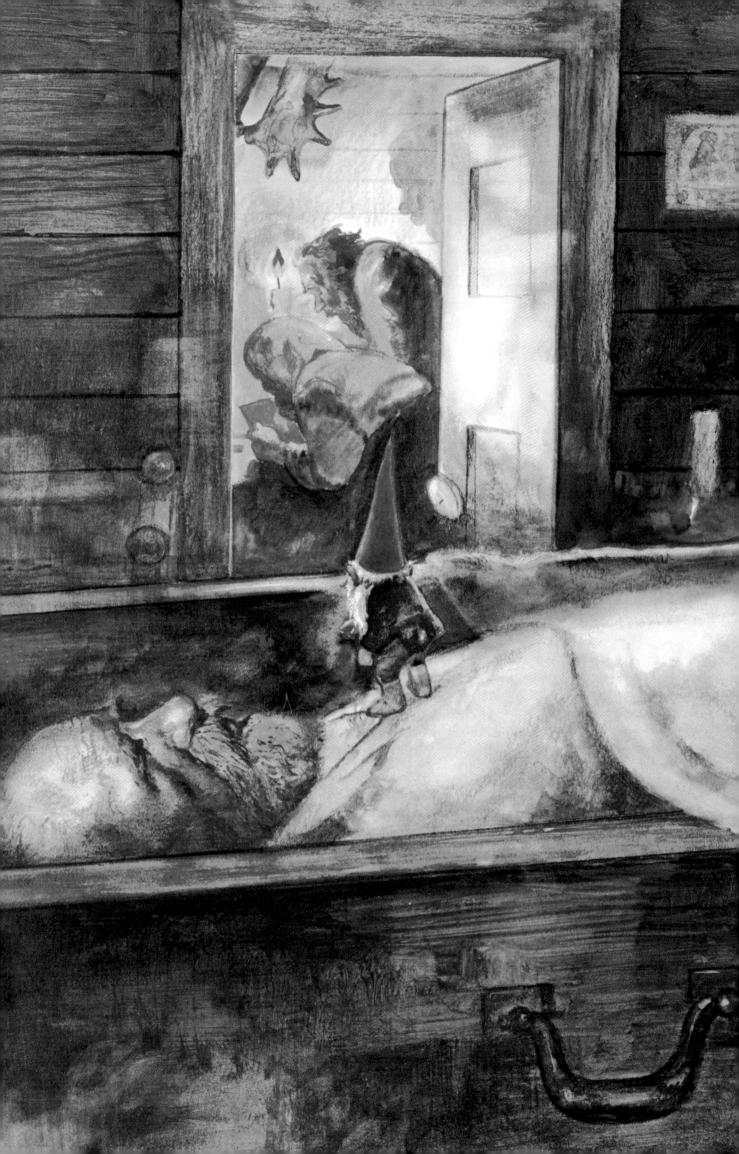

災樂禍的坐在桌子邊緣，本想扔一本書把這個小矮人打死，但是後來卻說：「你也知道我得了重病嗎？」

小矮人回答說：「我知道的事情可多了。我連你心裡想要什麼，哪種藥草可以治好你的病，也全知道。」

小矮人說完，就不見了。

一星期之後，他又回來對拉森說：「有魔鬼正在咬你的神經，使你的肌肉枯乾。那些魔鬼巴不得把你弄進地獄，用火來烤你罪惡的靈魂。」

「等一等。」農場主人喊了一聲，可是小矮人早已經不見了。一星期後，小矮人又到了，對他說：「我有一劑靈藥，可以替你驅魔，不過你別妄想我會給你。」說完，又不見了。

到了第三個星期，小矮人又來的時候，拉森就跪在地上求他：「求你救救我！你想要什麼，我就給你什麼。」

拉森的身子現在只剩皮包骨，連站起身來換一把椅子坐的力氣都沒有了。但是小矮人還是搖搖頭說：「這個世界能夠沒有你這個人，真叫大快人心。不過要緊的是，還得讓你多受一點兒罪。」

短短幾天後，拉森的病使他的心臟越跳越慢，最後差不多動也不動了。

有一天早上，拉森沒有再醒過來。理髮師看到他的樣子，就告訴大家他已經死了。教士到他的遺體旁邊禱告，讓他離去的靈魂能夠安息寧靜。人人都吐了一口氣。

其實拉森並沒有死，只是不能動罷了。他的心跳太慢，呼吸太弱，所以理髮師沒看出來。拉森什麼聲音都聽得見，也能從眼縫裡模糊的看到一些東西。至於身體的其他部分，的確是完全癱瘓了。

有一天半的時間，他的遺體就擺在停靈的房間裡供人瞻仰。僕人和女工用低聲的詛咒和扮鬼臉來代替致敬。

在出殯的前一天晚上，小矮人來到棺材邊，對拉森說：「你聽到隔壁房間的聲音沒有？那是你的太太和監工，他們已經撬開你的壁櫥，正在撕那些借據呢。」

第二天，棺材釘上蓋子後，拉森再也看不到亮光了。接著，他感覺到靈車已經走動，心中立刻充滿恐懼。他想大叫，想敲開棺材蓋，但是他辦不到：他全身已經癱瘓。再過一會兒，他聽到陣陣沉重的落土聲，知道那是一鏟一鏟的土，正在把棺材掩埋。教士

的禱告聲，圍觀人們的低語聲，也漸漸微弱了。拉森從來沒經歷過這樣的恐懼。挖墳工人把墓穴填滿土之後，人群也散了。他們說：「他是一個惡人。能擺脫這樣的人實在是運氣。」

那天晚上夜深的時候，有八個小矮人來到墳邊。他們用鏟子把棺材上的土挖開，再撬開棺材蓋子。原本住在農場裡的那個小矮人，拿出一個小瓶子，在拉森土灰色的嘴唇上滴了幾滴東西。拉森忽然覺得有一股奇異的力量運行全身，就睜開了眼睛。

住在農場裡的小矮人說：「這就是我說的治病的藥。不過在完全把你治好以前，你要先答應從此以後再也不回到這裡來。要是你肯答應，你就眨三下眼睛。」

拉森照辦。小矮人又滴了幾滴藥在拉森的嘴唇上。

「你要到一個很遠的樹林裡去當樵夫。快說。」

拉森照說了。他的心臟跳得快了一點，血液他在身上循環起來。手也抬得起來了。

「你這一生再也離不開這種藥。」小矮人說：「我們會通知樹林裡的弟兄們，每隔三個星期給你送一次藥。別想偷偷溜回來，你要是那麼做，就非死不可了。」

小矮人把瓶子裡的藥全部倒進拉森的嘴裡。拉森就搖搖晃晃的坐了起來，然後又在棺材裡站直了身子。他真不敢相信還能活過來。他爬出墳墓，呼吸一下夜間清涼的空氣。他好不容易清醒了過來，發覺自己是在一處離家很遠的森林裡，正坐在一個火堆旁邊——到底是瓶中藥水的作用，還是他當時神智不大清明，總之他不記得這件事是怎麼發生的。他的體力逐漸恢復，又活了二十個年頭——日子雖然窮苦，卻很高興能保住一條命。

拉森出殯後的第三天，墳上豎起一塊刻了字的墓碑。（小矮人已細心的把墳墓填土復原了。）

大農場裡，從此再也聽不到鞭打和咒罵聲——相反的，人人都很願意工作，心情也比從前快樂得多。拉森的妻子成為一位很好的女主人，大家都信賴她。農場裡也有了笑聲。每逢假日，女孩子們也都可以盡情的唱歌跳舞。

那座涼亭，再也不是用來監視人的地方，它變成了舉行快樂的週末晚會和星期日大野餐的所在。

小矮人的傳說

8

　　西伯利亞北部，地面遍布稀疏的樹林，面積有半個歐洲那麼大，被稱為大松林地帶。那裡還有1926年才發現的大山脈，山中曾經找到冰封的長毛象遺體。

　　那裡的冬天，白晝只有三小時，氣溫經常停留在零下五十五度左右。在這麼荒涼的地域，最能使人看得目瞪口呆的大自然美景就是北極光。

　　這個地區到處是長了毛皮的動物：狐狸、灰松鼠、山貓、貂、貂、狼、熊、馴鹿和長毛的野馬。有一族四肢粗大、眼光銳利、強壯無比的小矮人，也住在這片大松林地帶。這一族小矮人，與一般森林地帶的小矮人不同。他們並不永遠和善可親；一旦被激怒，就什麼壞事都做得出來。他們常常破壞捕獸人的狩獵。那些捕獸人因為謀生方式特殊，在大松林地帶的冰雪中來去，往往一待就是好幾個星期。小矮人會抹去動物的足跡，製造雪崩，拆走路標，在黑夜裡模仿各種野獸的吼叫，並且警告動物們獵人來了。

　　在奧依米亞貢鎮的北方，住著一個小矮人，名叫柯斯地亞。這個人最壞，無惡不作。他身材魁梧得像族中的巨人，比一般森林地帶的小矮人高出半個身子以上——還是不穿鞋子量的。森林中，住在他勢力範圍內的人，一提起他就怕得發抖。

　　他只要知道他的地區來了獵人，就會跑去找獵人要過路錢：也就是叫他們交出最好的毛皮。要是獵人稍一遲疑，就恐嚇著說要讓獵人的馴鹿病倒，或者掉下斷崖。他知道獵人要是沒有馴鹿，生活馬上就會出問題。

　　這些事情後來都傳到小矮人國王的耳朵裡了。訴苦的話不斷的湧進朝廷。小矮人族的名聲越來越壞，國王心想，要教訓那名惡漢，現在正是時候了。他召喚兩個有智慧的老年小矮人到宮裡，大家商量了一天一夜，定出一個計畫。兩名老者當中那個年歲較輕、智慧高些的小矮人，就奉命去執行任務。

　　這個智慧高的小矮人先到野馬聚居的地方去，向帶頭的公馬說明了來意。一個小時後，十二匹快馬結隊奔向南方，排列成一個很大的半圓隊形。他們擔負斥候的任務：只要有誰發現獵人進入那個無惡不作的小矮人霸占的地區，就要立刻向公馬報信。奉命執行任務的小矮人特使，又快步走到一隻友善的貓頭鷹的住處。他再回到半圓形的野馬陣地時，貓頭鷹也在空中隨行。

　　苦等兩天之後，野馬陣地發出了信號，說有一名獵人，伴著馴鹿，正朝北方走去。野馬群完成任務，與小矮人特使客套一番，就全部撤走了。留下來的公馬、貓頭鷹和特使，就循著雪地上獵人的腳印，跟蹤

前進。他們等獵人走完當天的路程，搭好了過夜的帳棚，再由小矮人特使出面和他談話。獵人說他很願意跟他們合作，處罰處罰那個專做壞事的小矮人，因為他老早聽人說過那個惡漢的許多劣跡。特使給了獵人一些指示之後，就請公馬送自己回到宮裡。

第二天晚上，獵人剛搭好過夜的帳棚，專做壞事的小矮人柯斯地亞就出現了。他開口向獵人要一張毛皮。

「可以，可以。」獵人說：「拿去吧，這張是我最好的上等貂皮。」

柯斯地亞心中疑惑，但是他咆哮一陣以後，就帶著毛皮走進了樹林。

兩天後，正是黃昏時分，柯斯地亞碰巧又來到同一個地方，就在原先搭帳棚的地點上空，有張很漂亮的狐狸皮掛在樹枝上。他驚訝得不得了，就靜靜站在遠處，目不轉睛的看著那張毛皮，足足看了半小時。

柯斯地亞繞看那棵樹走了三圈，疑惑的對著毛皮看了又看，最後認定不會有什麼問題，那準是獵人忘了帶走的，真是天上掉下一塊餡餅來！

　　他因為貪心，所以沒注意到一隻貓頭鷹緊貼在附近一棵針縱樹的樹幹上，他不管三七二十一開始爬上樹去，要解下那張狐狸皮。樹幹光滑，枝椏又少，他不得不手腳並用，緊緊摟住樹幹。他剛爬到一半，貓頭鷹忽然俯衝下來，抓走他頭上的帽子。柯斯地亞大聲叫罵，忘了抱緊樹幹，於是重重的摔到地上去。這下子帽子是要不回來了：貓頭鷹用爪子抓著帽子，升到樹林上的高空，向王宮急急飛去。

　　在冰涼的夜裡，光頭的小矮人最不好受。他只有把短外衣的領子拉高，蓋住冰涼的頭，匆匆跑回家。他大發脾氣，整整一個星期不出門（也真夠他太太受的）。他本來可以用家裡收藏的毛皮來擀毛氈，再做一頂新帽子。可是對小矮人來說，帽子是不能替換的。他寧願蒙受種種損失，非把舊帽子要回來不可！

　　柯斯地亞雖然壞，可是一點也不笨。他早知道這件事情骨子裡比表面嚴重得多。不過他還是拖到十天之後，才能鼓足勇氣，用太太的兩條頭巾包著頭，親自去向國王認罪。他瘦了，覺得自己受到屈辱。

　　他在王宮裡受到冷淡的接待，苦等了三個小時，國王和議會才答應接見他。國王坐在臺上，身材雖然沒有柯斯地亞高大，卻全身散發著無上的權威。柯斯地亞的那頂帽子，就橫放在國王腳邊。

　　國王說：「柯斯地亞，我希望這件事能給你一個教訓。我們都不是聖賢，但是你的行為也未免太過分

了。如果你能把所有的毛皮送給你此去看到的頭一個獵人，你就可以把帽子拿回去了。聽明白了沒有？」

「是。」這個心虛的小矮人咕噥著。

國王伸出一隻腳，在帽子底下輕輕一挑，就把帽子踢給柯斯地亞。國王說：「到外面去戴去，你該走了。」

這個身材高大的小矮人，一下子就體會到了自己的渺小。他轉身走到門外，離開王宮，就去做他答應的事。小矮人畢竟是小矮人，他們不論天性好壞，個個都講信用。

9

已經一月底了，天上颳著猛烈的東北風，溫度計上標示的氣溫是零下三十度。田野和樹林中的草木都凍硬了。小矮人的戶外活動也差不多完全停止了；除非是有誰遇到困難，需要他們出門去救援。

小矮人的家庭，在樹底下舒適安全的屋子裡，玩著遊戲，說著故事。小矮人因普·洛傑遜每天晚上都要想些新鮮話題。他的曾祖父認識敢作敢為的神奇金匠渥傑，把渥傑的故事說給兒子聽，兒子又說給自己的兒子聽，這個兒子又說給因普聽。

一天晚上，因普的雙胞胎女兒已經玩累了，睏得眼睛快睜不開。她們坐在父親的腿上，請求父親再講一個新鮮的渥傑故事。

「我有沒有跟你們講到渥傑把被龍偷走的黃金珠寶奪了回來，再還給小仙子塔雅？」

「講了。」

「有沒有講到他為了救一個快死的人類小女孩，特地跑到西伯利亞，從那個有恐龍看守的小島上，拿了一棵救命草回來？」

「講了。」

「有沒有講到他在暴風雨中，從魚鷹的背上掉進瓦那斯魔湖，後來又被一條鯉魚救上了岸？」

「講了。」

「有沒有講到他被醜怪捉去的事情？」

「沒有！」

「好，那麼我就說這個。渥傑一向最愛跟醜怪爭吵。因為他比醜怪聰明得多，所以醜怪都受不了。你們都記得渥傑有三棟房子——一棟在波蘭，一棟在亞耳丁森林，一棟在挪威——所以他辦起事來很方便。住在挪威的時候，渥傑跟妒心很重的醜怪結怨。渥傑出門，經常騎一隻大狐狸。大狐狸跑起來比風還快，

用不了一晚上的時間，就可以從他的這棟房子趕到另一棟房子去，有時候還帶著妻子和全套金工器具一起上路。

「有一次，渥傑住在挪威時，醜怪就在他經常往來的一條路的路邊挖了一個坑。

「幾夜之後，渥傑騎著狐狸經過那條路。他們剛走完一段又長又難走的路程，所以肚子都很餓。

「他們走到離陷阱不遠的地方，狐狸聞到一股很強的老鼠氣味，就衝進坑裡去了。（醜怪用他們的髒手把好幾隻老鼠揉成醬，然後抹在坑沿上。）渥傑和狐狸剛發覺情形不對，已經被醜怪們捉住了。

「當時渥傑一定是太累了，所以才會上這樣的當，可是他們現在又有什麼辦法？醜怪帶著渥傑和狐狸，從一條地下道走回洞裡去，把渥傑關在有木條的壁洞裡，又用鏈子把狐狸栓起來。

「醜怪們對渥傑說：『你就在這裡替我們打造金

器，再也別打算回家了。』

「每天，醜怪們會從木條縫裡塞給他一塊金子，對他下令：

「『打一副手鐲，一枚戒指，一條項鍊。做不好就休想吃東西。』

「他們專踢狐狸身上的要害，只有高興的時候才扔給牠一根老骨頭。渥傑知道自己逃不出去，同時也想到狐狸當前的處境，所以只好聽命行事。

「醜怪在他們畸形的胳臂上、脖子上、香腸一樣的手指頭上，戴上了手鐲、項鍊和戒指。他們在骯髒的洞裡不停的跳舞，弄得渾身是汗，使那個地方發出比平時更難聞的臭氣。

「兩個星期後，渥傑還不能回家。他的妻子麗莎開始擔心了。渥傑平日也常常在外面過夜，不過那麼久不回家卻是從來沒有過的。一天晚上，她出門去找渥傑，她真的勇氣十足。她一路上遇到動物就打聽，問他們有沒有聽到她丈夫的消息，可是誰也回答不上來。後來，麗莎在山腳下遇到一隻老鼠，牠剛從囚禁渥傑的那個醜怪洞裡逃出來，牠真受不了洞裡的那種怪味道。

「老鼠說，『你救不了他。醜怪會連你也抓起來。我所知道的是，他們把側面那個壁洞的鑰匙，放在洞壁的第三道裂縫裡，正好挨著壁爐。大門只有一副門閂，不過很高，你恐怕搆不到。』

「那天晚上，麗莎想好了一個計畫。她找來幾口鍋，還有臭雞蛋、豆子、魔鬼糞（阿魏樹膠）。魔鬼糞是醜怪最喜愛的脂膠，但是他們很難弄到，因為生產這種脂膠的樹，只有老遠的波斯才有，醜怪喜歡的是它的怪味。

「麗莎化裝成巫婆，在自己的帽子上套上另外一

頂很高的尖帽，穿了一件黑袍。她在離醜怪洞不遠的一塊平滑的石頭上生起一堆火，動手熬起膠來。不久，惡臭飄進洞裡，醜怪們一路聞著，搖搖擺擺的走出洞來。

「『這是怎麼回事？』醜怪疑惑的說。他們看見是個小巫婆，當然不敢大意。

「麗莎說：『各位貴客，這裡沒什麼大不了的事。我是一個卑微的女巫，在這裡燒點兒晚上吃的粗菜。』

「『嗯，真好聞！』醜怪們很羨慕的叫起來。

「麗莎說：『你們想不想嘗一嘗？不過我做得太少，你們每位只能嘗一口。』

「醜怪們各嘗了一口，就說他們從來沒吃過這麼好吃的東西。

「麗莎又說：『我看你們倒很喜歡這種粗糙的食物。巧的是明天我還會來。你們一定要把全家帶來，告訴我，你們一共有多少位？』

「『五個。』醜怪們說。他們一心只想到舌頭上的美味，已經不像平日那麼有戒心。

「『好極了，那麼你們就在日落之前來吧。你們可以把家裡的爐火滅了，因為我會準備夠你們吃三天的分量。我明天不能留下來陪你們，因為我那邊也有些事情要辦。』

「第二天晚上，醜怪們果然找到了五份臭雞蛋、豆子和魔鬼糞。另外還有一口大鍋，裡面裝的是足夠往後三天吃的食物。

「趁著醜怪正在填肚子的時候，勇敢的小婦人就爬上他們的煙囪，然後再很快的爬下煙囪，進入醜怪的洞裡（懶惰的醜怪真的把爐火熄滅了）。麗莎跑到洞壁上第三道裂縫前面，掏出鑰匙來，放出了渥傑。渥傑趕緊解開狐狸的鍊子，站在狐狸背上，拔下大門的門閂。

「他們趕緊向外逃。可是狐狸因為囚禁的日子太長，所以四條腿發僵，再加上捱餓太久，身子也很虛

弱，所以他們跑不快。幸好醜怪太貪吃了，吃完五份食物以後，索性把多準備的那一大鍋食物也塞進肚子。

「醜怪們回到家裡，大聲打飽嗝兒。等到發覺事情不對之後，就破口大罵渥傑。可是他們的肚子塞得太滿，已經連一寸路也走不動了。他們往地上一躺，就呼呼大睡了。

「現在，你們也去睡吧。」小矮人因普對兩個女兒說。

不久之後，小矮人的女兒就在舒適的睡櫥裡睡熟了。小矮人媽媽後來發現兩個女兒偷偷把田鼠藏在睡櫥裡，就去把牠抓出來，放回籠筐裡。

地面上，強勁冰涼的寒風吹動橡樹的枝葉；地面下，圍繞在小矮人房屋四周的樹根，也輕輕顫動。但是深藏土中的小矮人的住所，卻是又溫暖又安全——至少不是那些醜怪所能破壞的！

小矮人的音樂

　　小矮人的嫁妝箱裡都裝著音樂盒，只要打開嫁妝箱，音樂盒就會演奏音樂。那些音樂盒，都是用最好的木材加上最精緻的彈簧鋼機件製成的，所以小矮人都十分愛惜。在大多數的小矮人家裡，音樂盒演奏的是一首英雄詩歌，這首歌敘述的是關於瑞典小矮人泰因的傳說。泰因生活在西元1300到1700年代間。

醜怪貧潑

阿沙拉的
小女孩

傳說中的
小矮小泰因

降伏醜怪歌

1. 老怪物貧潑凶又醜，人 說他蝨子爬滿頭。
4.（醜）貧潑一抓手變樹，好 泰因笑別林中屋。

2. 把小孩偷出阿沙拉，高唱著凱歌喳啦啦。
5. 把小孩送回阿沙拉，高唱著凱歌喳啦啦。

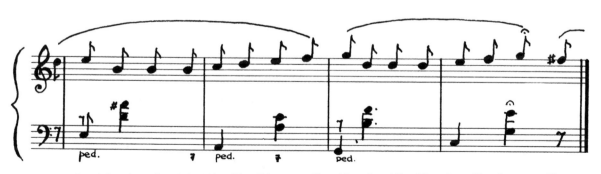

3. 小矮人泰因跟得緊，堆放些魔膠充黃金。醜

小矮人上廁所都不閂門。廁所裡的音樂盒會演奏音樂，表示裡頭有人。小矮人進廁所後只要拉一下暗柄就可以放音樂。播放的音樂只有曲調沒有歌詞，但是小矮人都知道歌詞是什麼。在許多小矮人家裡，歌詞就掛在廁所門邊，等著上廁所的時候，常常就會對著歌詞哼調子。

音樂盒演奏音樂時，小矮人也不浪費時間。歷來小矮人的許多藝術精品，都是在這個小房間裡誕生。例如雕像、玩具、設計美妙的家庭用具……

不要打擾我

和小矮人哈洛遜對談

E苦盡甘來，我們終於湊齊足夠頁數，正在著手整理最後的幾章。我們當初蒐集資料的時候，認識一個小矮人，名字叫做董德·哈洛遜，今年379歲，住在荷蘭阿默斯福爾特城近郊的亞麻田裡。他是經常與我們交談的小矮人之一。

一個寒冷的晚上，將近半夜的時候，董德事先並沒有約好，突然來看我們。這是向來不曾有過的。當時我們為了抵擋外面天氣的嚴寒，門窗緊閉，可是他照樣走得進來。

他平靜的向我們打招呼，態度很友善，卻又一如往常的帶點神祕。他坐在我們書房的桌子上。很顯然的，他已經知道我們正在準備收尾工作，特地過來看看，實在令人感激。我們很高興的給他倒了一殼斗的果子酒，還有一顆切成三片的腰果。他啜了一口酒，轉動轉動手裡的殼斗，環視書房，說：

「事情忙得怎麼樣啦？」

「真順利，」我們嚷著：「快完工了！」

「合你們的理想嗎？」

「隨時可以改進啊。」我們說得很謙虛（其實心裡卻很得意）。

「那麼，你們認為已經行啦？」

「當然了。難道還不行嗎？」

「我看看是什麼樣子好不好？」

我們把一大疊圖畫和文稿堆在他面前，好讓他從頭看起，看個夠。我們一張一張的翻給他看。他一語不發；遇到他想細看的圖畫或文句，他就示意我們稍停一下，然後嚼著腰果，面帶深思。他的沉默使我們兩個很不自在，常常不悅的對看一眼。

到了深夜一點半鐘，他總算看完了。從看第一頁起，他就沒張過嘴，除非是為了咬一口腰果。我們越來越迷惑。屋裡真可以說是一片死寂。

董德把手中的空殼斗晃了晃，我們趕緊替他斟酒。他從杯中的果子酒透視杯底，聞一聞酒香，然後指著整堆原稿說：「全部都在這裡啦？」

「喔，不不，不能說是全部。」我們趕緊說：「總有些地方要添點兒東西或者改動改動。不過大體上說，所有的材料已經都包括進去了。」

他各看了我們兩人一眼。他的注視又深沉又銳利，就像映入他眼中的是一片遠方的山河（小矮人常有這種氣質）。

「能不能告訴我，這真是歷史上的頭一遭，關於我族人的生活和行為，已經完完整整的記錄在這裡了？」

「不錯……大致上可以這麼說。」我們回答。這個小矮人雖然一直坐著不動，身上卻發散出一種超凡的權威（這是小矮人常有的另一種氣質）。

董德點點頭，然後把杯中酒一飲而盡。

「聽著，我們小矮人對這份文件的評價也就是這樣。」他說著，入夢似的注視著窗外的黑暗。「我原先期望你們能做得更好。」

「你說『更好』是什麼意思？什麼地方應該更好？」我們問他，心情相當激動。我們的一團高興早已經不知去向。董德看樣子也不怎麼高興。

他把雙手夾在兩個膝蓋中，眼睛並不看著我們，說：「這些圖文很迷人──插圖悅目，故事精彩。但是有一些東西省略了，有一些東西沒受到重視。要是那些東西就這樣從書裡刪掉了，我們小矮人實在沒法子忍受。等我一下，我去拿件東西給你們看看。」他一跳跳落在地板上，向外就跑。幾分鐘之後，他帶看一本皮面書回來。

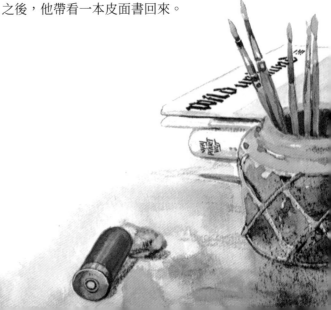

「我的家庭記錄簿，」他漫不經心的說：「我一向把它藏在屋子外面。」

他又坐回桌子上，戴上老花眼鏡，把書從當中打開。

「我們小矮人不單記錄家庭要事，」他眨眨眼說：「如果你用那支放大鏡，你也可以讀一讀。我是用你們的文字寫的。」

他的態度又嚴肅了起來，指著其中一頁頂端上的日期。「我來舉幾個例子好了。第一點，就是關於人口分布這一部分太過簡陋。你記得這個日期吧？」

我們靜靜的點一下頭。那一年我們開始研究小矮人，自以為他們並未察覺我們的觀察活動。董德翻到一幅雙頁地圖，那是我們荷蘭各省地圖之一。在這張地圖上，所有我們用來觀察小矮人的一些偽裝小屋，還有小屋附近的公路，都清清楚楚的畫出來，並且逐一編號。他從眼鏡的頂端探視我們一下。

「還有遺漏的嗎？」他說。

「沒有了。」我們只好承認。

那是很久以前的事了，但是我們都記得，彷彿發生在昨天。

「看吧，」他說：「就是這裡。那一年，我們小矮人受到312次的監視。」

我們驚訝得說不出話來。

「可是你們以為我們不知道？老兄，你們怎麼能——用你們那些大腳，踩在別人的地界而別人竟不知道？我們連你們的笑聲都聽到了。」

他又翻過幾頁，其實不翻也罷。我們自以為在研

究他們，卻變成了他們的研究對象，真難堪。

「夠了，」我們只好認輸。「那時候剛開始，我們又是生手，只能等你們讓我們看什麼，我們才能看到什麼。不過到了後來，你們總算也答應讓我們隨意觀察了，對不對？」

董德有點兒難為情的笑了。

「關於第一點，我已經有了交代，今天晚上沒白來。現在說到第二點：失望。我們了解你們，知道你們對我們的生活感興趣的是哪些方面——我們的聰明，我們的靈巧，我們在技術方面的革新，我們的風趣。這對我們無害，再說你們也是一番好意，所以我們並不反對。不過我們也互相談起：『他們既然那麼熱心要描繪我們的外殼，我們就讓他們高興高興吧。來日他們也許會變聰明點，懂得更深入的探索。』」

我們明白董德的意思了。我們確實太看重外表了。

他又笑起來了：「但是你們總不能空空洞洞的開始，甚至空空洞洞的結束吧？你們二位早已對我們有透徹的了解啦。實在不可原諒！這就是我今天晚上到這兒來的目的。我索性直說了吧，我是奉派來表示抗議的。」

大家一時都靜了下來。很顯然的，因為我們太容易自滿，所以我們對小矮人的研究，實在過分膚淺。

「如果你們把稿本送給出版商以前，竟不先和我們談談，我們會覺得很遺憾。現在我們再說到第三點：平衡。我們這樣開始吧，你我都是宇宙和大地生育的——不錯，你們人類自己也說：『你本是塵土，仍要歸於塵土！』必然的，你我將來都會歸回宇宙和大地。但是我們始終不忘我們的根源，你們卻不然。我們和大地的關係，以和諧為基礎，你們卻以濫用為基礎——濫用有生命和無生命的資源。」

「並不是每個人都這樣。」我們提出抗議。

「幸虧不是每個人都這樣。不過從整體上看，人類的身後總留下一條破壞和豪奪的軌跡。」

「難道小矮人就沒破壞過大自然的平衡？」

「可以說沒有。在今日的世界，人類到處亂闖，幾乎專靠耗損大自然來維持生活。小矮人與昨日的世界相處和諧，對它所給的一切心滿意足。我們在這方面是不會再有什麼改變的，就像鮭魚，千年以來都要從海洋中游回河裡的出生地，永不改變……就像蜜蜂，一發現美好的花粉就會跳舞通知其他的蜜蜂……就像鴿子，能找到幾千公里外的目的地……」

「你說的這些是生物本能。我們是不是有點離題了？」

「一點也不。現在我要提到第四點：我們小矮人保持本能和智力的平衡。你們人類使本能屈居在智力之下。」

「可是我們只不過是人罷了，本能不能保障我們的安全。我們是靠腦力來主宰一切……我們天生就是這樣。」

「本能當然可以十足保障你們的安全，除非你把它密封在玻璃罩裡——再給我一點酒。」

「可是人類也渴望重建大自然，使它恢復舊日的榮耀。」

「所以我們就該由三個方向進行：恢復本能的地位，恢復自然的平衡，不要迷戀權力。」

「你怎麼又扯到權力上面去啦？」

「因為地上一切的罪惡，都是從追求權力來的。這件事你我都很清楚。」

「你們小矮人不爭奪權力嗎？」

「不爭奪。我們早已拋棄權力政治了。」

「這在小矮人社會裡比較容易實行，因為你們沒有人口壓力。」

「人口過多的問題，你們一定要自己想法子克服。我們小矮人已經辦到了。」

「這也包括在你們小矮人所成就的美滿和諧之中嗎？」

「不錯。」

到這裡為止，我們的討論陷入一個僵局。毫無疑問的，小矮人的世界是既和諧又安定，甚至可以說是單調的。可是想想看：在林邊寂靜的小徑上和一隻大角公鹿相遇，這景象可以說千百年來並沒改變，卻有多少人渴望看自己再能見到。

董德在桌上來回的走著，雙手交叉放在背後。「第五點：你不要以為我們小矮人輕視人類的文明——雖然大自然付出很大的代價——不要以為我們不能欣賞人類的優點。但是，你們所說的進步和我們所說的進步，相差十萬八千里。

「我們看到人類所做的一切愚蠢和醜惡的事情，都覺得不可思議，只有搖頭的份。關於這方面，我蒐集了不少例證。」

他又把那本記錄簿拿起來，剛翻了幾頁，忽然又合了起來，把眼鏡塞進腰帶上的小袋子裡。

「時候不早了。」他說：「日出以前，我還有幾

件事情要辦。」

「那麼明天晚上十點半吧，」他又說，然後心情愉快的指著我們：「瞧瞧你們兩個，坐在那兒發呆。我沒掃了你們的興吧？」

他敲敲我們的稿本。

「這些內容一定會很精彩，再說我們還可以不斷的改進。你們要是再增加一章，叫做〈小矮人為什麼搖頭〉，那我就很高興了。」

他說完話就不見了。

小矮人A為什麼搖頭

「儘管你們對進步的看法和我們的看法有很大的不同，」董德說，他第二天晚上又來了，坐在玩具娃娃的安樂椅裡，膝蓋上放著他那本記錄簿，「我們仍然願意盡量客觀的來了解你們的看法。就拿十七世紀荷蘭大畫家林布蘭·梵·萊恩（Rembrandt Harmenszoon van Rijn）來說吧，我哥哥歐里耶跟他最熟。歐里耶住在阿姆斯特丹運河邊離林布蘭家不遠的一棵老菩提樹下面。歐里耶一夜接一夜的躲在陰暗角落裡，陪他的主人一起作畫。

「有好幾次，他看到那些買畫人的愚蠢和小氣，看到林布蘭所受的虐待和晚年忍受的窮困潦倒，他都驚訝得直搖頭。他親眼看到今天受人瘋狂崇拜的那一幅著名傑作《夜警》（*De Nachtwacht*），怎樣一筆一筆的畫出來。他又看到林布蘭死後，人們為了把那幅名畫搬到市政廳陳列，竟把那張畫鋸短了，好配合門框的大小。他心中十分痛苦，只有搖頭。

「再說你們人類在1865年怎麼對待匈牙利產科名醫塞麥爾維斯（Ignaz Semmelweis）的？你們以為我們不知道？我們小矮人在幾百年前就已經實行的一件事，幾百年後才被人類發現，那就是：嬰兒的接生，醫師的雙手一定要消毒，免得嬰兒或母體受感染。塞麥爾維斯就是為了主張這樣一件事而被反對者逼死的。」

董德把眼鏡推到腦門上，看著我們：

「我昨天晚上想說的就是這些事。」

「沒錯，這些事我們也知道。歷史上這種不可思議的蠢事不少，我們人類自己也為這種事搖頭。」

董德把眼鏡往下拉一拉，又翻開幾頁：

「讓人難受的是，人類就是不能在偉人活著的時候愛護他，尤其是對待藝術家更是這樣。」

「那是因為有些藝術家的作品，大眾一時還不懂得欣賞——少數有眼光的人除外。總要經過一兩代以後，才能得到大家的賞識。」

「可是等不到那個時候，那位藝術家已經死了，被人忘了。就拿你們最有名的一位作曲家來說吧。這是提密·傅立德親自告訴我的。提密是一個瘦小、愛幻想的小矮人。他在1791年傷心的離開維也納，目前

住在鄉下一間石屋裡。現在，我們小矮人之中還沒有像莫札特那樣的音樂家，如果有的話，我們為才華這麼高的人料理後事，一定會辦得體面些。

「莫札特和提密的談話，記錄在一本小冊子上。你們的歷史學家要是見到這本小冊子，一定不肯放手。提密總是知道怎麼提起莫札特的興致。他只要開口求莫札特教他拉小提琴，莫札特就會笑得像個小孩子。然後心甘情願的消磨好幾個小時來教提密拉提琴。

「就在1791年12月6日那一天，忠誠的提密，眼中含著淚珠，顧不得白日的強光，顧不得雪和雨，跟著莫札特寒酸的出殯隊伍走去——出殯費用只花了11.5元。

「那些送殯的人，剛走到教堂墓園外的柵欄門

邊，就藉口天氣不好，紛紛散去。送死者走進墓園的唯一生者，就是提密。他親眼看到掘墓人把莫札特的棺材扔進一個貧民墓穴，然後急急忙忙的跑去躲雨。難怪提密要搖頭。」

董德把書合起來，只讓手指頭夾在書中的一頁。

「我真不懂。」他說。

他又打開了下一頁。

「你們人類對待動植物的態度，也是令人不可思議。這個地區裡，麋鹿、棕熊和狼的滅絕，確實與氣候變遷有關係，這一點我承認。但是海獺的滅絕，你們可就推卸不了責任了。你們在1827年射殺最後一隻海獺，地點在茲威德‧齊海灣附近的柴爾克小鎮。海獺跟我們有最誠摯的關係，還自願的供應我們一種很特別的油脂，你們使我們從此失去了一群最親切的朋友。如果是因為你們的交通和污染，殺害了綠蛙、智慧蛤蟆、黃肚皮的火蛤膜，那就不單單是又多了幾種動物要滅種的問題了。

「你們不要以為這不算什麼。天地萬物的平衡如果受到嚴重的破壞，就會給我們小矮人增添了好幾年的繁重工作，更別提你們的污染對我們小矮人的傷害了。至於肉食鳥類眼前的悲慘境遇和牠們那些孵化不了的蛋，我不說也罷。反正你們人類，早已是大自然的敵人了。

「你們再看：一千三百種植物裡，有七百種處在危機中；多汁葉可以說差不多已經絕跡了。」

「我們更不願意提到鮭魚、鰻魚或鯡魚——這些河魚都在本地消失了。我敢說，這裡的人，有四分之三根本就不知道本地有過這種魚。你們人類，當然可以自以為是萬物之靈，但是萬物之靈的行為看起來倒像野獸——其實連野獸也不會那麼絕情。」

「老兄，我們兩個人完全同意你的看法。」

「我知道，我知道。能不能讓我再嘮叨幾句？你們知道那些人還有一種壞習氣嗎？我承認大家出門度假——你們是這麼說的——是很有益的，可是他們偏偏從汽車裡把貓、狗扔出來，讓他們在樹林裡自尋生路。你們真該去看看那些可憐蟲，看看牠們傷心捱餓的悲慘模樣。其中也許有一兩隻活下來的，就變成了小偷。這一來，大家就有罪受了。」

我們聳聳肩說：

「這種人真是無聊，實在不配養動物。可是我們又能拿他們怎麼辦，唉！」

他點點頭，又拿起書來，讓剩下的幾頁在手指間翻飛過去。

「這裡頭還有一些我們這個美好世界受破壞的記載，不過今天就說到這裡為止，再說下去就乏味了。對了，還有一點，因為這件事攪得我們很不安，就是：不要老打仗。拿我自己一生這379年來說，地球上完全沒有戰爭的日子，加起來還不到25年。

「那麼，就是這樣子吧，我要說的都說了。現在我們三個可以出去散散步。我要報答報答你們二位這幾年來的辛苦。」

屋子外面，初升的滿月剛剛脫離地平線，離地只有一掌寬。樹梢襯著無雲的天空，枝椏分明。夜裡的大地一片死寂，只有遠處傳來微弱的火車行進聲。夜色柔美，空氣中帶有春天的氣息。

我們走上一條西南向的小路。我們雖然都很熟悉此地的環境，但是才走了五分鐘左右的路，就認不得周遭的景物了。不過前面有董德負責帶路，我們就放心的跟著他走。

我們到底是走了一小時？兩小時？還是二十四小時？我們怎麼樣也想不起來了。這實在不像普通的散步，卻像特意安排的漫遊。

時間好像靜止不動了。大自然挨近我們，包容我們，像一片溫暖的海洋。我們好像沒有重量，沒有年歲，所有早已忘記的事情，現在都可以隨意想起。當

晚董德已經把小矮人的生命特質賦予了我們。

我們遇到一隻狐狸。牠靜靜的站看，很好奇的在我們身上聞了又聞，沒有一點害怕的樣子。一隻懷孕的母鹿，很樂意讓我們在牠兩耳當中的頭頂抓了抓，讓我們撫摸牠身上厚厚的冬大衣。野兔很自然的要我們看看今年頭一胎生下來的小兔。一室兔子在我們的面前玩遊戲。我們也和野豬、貂鼠說上了話。

有一隻貓頭鷹盤問了我們幾句。我們觀看兩隻調皮愛玩的獾。我們聽到樹的呼吸，灌木的低語，青苔的呢喃；我們傾聽古往的軼事；我們和大地上一切有生命的細胞匯合；我們熟悉多度空間，我們的靈魂平安祥和。

月色漸漸蒼白，我們走完了一段由某度空間進入的神奇旅程。

　　董德的手高高舉起。我們就停了下來，等他爬上一座小
山。

　　「大自然的本質就是這個樣子；只要你返回自然，你
就可以親自體驗得到。祝你們事事如意。Slitzweitz（再
會）！」

　　看他獨自上山，我們都有點依依不捨。他在一棵老松
旁，又把手高高舉起──這次是告別了──他輕輕搖頭，小
臉上含笑，就在山的那一邊消失了。

　　美好的時光瞬間消逝，就像優美的古樂突然中斷。我們
又變回凡人。那正是破曉時分，太陽就要升起。就在那一
刻，我們認出我們究竟在哪裡了。這是離我們住所不到半小
時路程的那一片亞麻地。

第二部：再會

De oproep der kabouters

作者的話

N五年的時間一眨眼就過去！我們再度進入小矮人的世界，不過這次並不是我們主動要求，而是受到小矮人召見……

看來我們在撰寫小矮人第一部的時候，儘管小矮人密切關注我們的敘事手法，甚至也同意出版，但對於處理相關資料的態度，我們還是有些輕率。

無論如何，小矮人希望在我們的國境之外的他處會面，為的是掂掂我們的斤兩。

了解小矮人的過程中，我們意識到人類對小矮人的認識多麼落後。他們來自遠比人類更古老完美的世界，小矮人能夠聽見，並且用心傾聽人類永遠無法感知的聲音。他們對自然的觀察比人類更加細膩入微，這點真是令人沮喪，他們還留存了人類無法企及的維度，而我們僅能透過歷史悠久的童話故事與祕密一窺

216

這個遠古疆域。

　　起初，小矮人意在以他們特有的盛情，為我們揭露神祕面紗的一小角，展現他們比人類世界更豐富的一面。

　　但是後來他們還是稍微洩露了一些事，最後他們要求我們，盡可能向所有人類傳達具有說服力的訊息。

　　在我們的第一位接待者米爾柯的建議下，他已經向我們透露部分小矮人的《神祕寶經》，我們以最真實確切的方式描繪出所見所聞，然而有些不可見之物總是無法透過筆墨化為可見圖像文字的。

　　我們希望再進一步填補關於小矮人知識方面的空白，想必他們一定會面露微笑的接受吧。

前往拉普蘭

12月19日，二十世紀的某一年，我們在信箱裡發現兩張前往凱米耶爾（Kemijärvi）的火車票，途中會停靠不來梅、奧登斯、哥本哈根、斯德哥爾摩、哈帕蘭達（Haparanda）與羅瓦聶密（Rovaniemi）。一小片潔白無瑕的樺樹皮上，以細小但優美的筆跡寫著：「快來！我們有些正經事要談談！」這一定是小矮人的訊息，我們不能裝作沒看見。

不知所措的我們，在世界地圖上發現凱米耶爾原來位於芬蘭，就在距離北極圈不遠處。我們的車票是隔天晚上8點44分的特快車……

拉普蘭正值隆冬嗎？這可一點也不令我們欣喜。小矮人想拿我們怎麼辦？我們立刻造訪蘇斯特杜伊恩（Soestduinen）最近的小矮人一家，卻沒有打聽出任何消息；他們只對我們露出一副了然於心的笑容。

12月20日晚間，往瑞典的特快車進站，兩分鐘

219

後即出發，開始我們在冬夜中長達兩日的車程。我們帶上所有可以書寫畫畫的東西，當然也沒忘記最保暖的衣物，不過我們很懷疑衣物是否能在北極圈派上用場。我們天真的以為能在當地購買缺乏的東西。然而一切都和我們設想的完全不同！

沉睡的荷蘭在我們的眼前奔馳流動。我們揣著凝重的心情，看了看心愛國家覆滿白雪的田野和森林，然後不發一語地爬上臥鋪。

搭乘渡輪越過丹麥後，天色才開始變亮，早上9點9分時，我們進入霧氣瀰漫的哥本哈根。我們必須在短短十分鐘內換車，沒過多久便穿越峽灣抵達赫爾辛堡。當天其餘的時間都在橫越瑞典南邊度過，天候稍微好些，這裡是尼爾斯乘白鵝瑪爾登（出自名著《騎鵝歷險記》）起飛的地區，這份回憶稍微鼓舞了我們的心情。下午5點44分，我們抵達斯德哥爾摩，然而往哈帕蘭達的夜車晚上9點10分才會到，要等三個小時。我們完全無法提起精神，因此吃點東西果腹，在街道上閒逛，看了市政府、室內市場，還有克拉拉教堂。

一整夜，火車都沿著一年中結冰長達六個月的波斯尼亞灣行駛，直到隔天下午5點40分終於抵達哈帕蘭達。我們在那兒換車，前往托爾尼奧（Torneo）的列車進入芬蘭，接著終於搭上會在晚上7點27分帶我們抵達目的地凱米耶爾的火車。我們橫越凍原，途中穿插著沒入幽黯天色的冷杉樹林。我們沿著波斯尼亞灣北上，白晝也隨之縮短，只看到一次一小群三頭麋鹿。

我們發現，由於很靠近北極，凱米耶爾的白晝時間只有三個小時。

我們拉開列車包廂的窗簾，靜靜凝視眼前景致。雪積得好厚。月亮偶爾露出雲層時，我們才能短暫瞥見一間屋舍或周圍淨是白雪的小鎮，樹枝構成的圍

籬畫出邊界。車上的旅客不多，有些人在讀報紙，有些人則在睡覺。角落有一名拉普蘭女性，穿著非常繽紛，一名小女孩坐在她的大腿上，用食指尖在車窗上畫畫。從哈帕蘭達出發後，一路都是大風雪。在羅瓦聶密和凱米耶爾之間，列車在一連串顛簸和車輪發出的尖銳摩擦聲中停駛。很快便有人通知這是由於電線故障所致，維修團隊正在路上，不過旅客將會晚到好幾個小時。

當時約晚間7點30分。幸好我們還剩下一點麵包。外面天寒地凍，狂風呼嘯，我們的包廂窗戶水氣迷濛。

沒過多久，查票員進入我們的包廂。我們之前便

發現他一直注意著我們。查票員是名短小矮胖的男子，蠟黃的臉孔上布滿皺紋，頭髮漆黑如煤玉，那雙輕微斜視的深色眼睛就像這個國度一樣深不見底。他示意我們離開包廂進入走道，這樣就不會被其他人聽見對話。

「先生們，真是不好意思。」他用含糊的英語說：「我是拉普蘭人，遊遍全世界，不過我和大部分的族人一樣，保有領會來自遠方的訊息的能力。你們原本應該到凱米耶爾接受指示，沿著鐵道走到一座小教堂，在那兒等待。

「但由於火車現在動彈不得，不如你們在這裡下車，沿著鐵路繼續走到小教堂吧。踏在軌枕上比較容易在雪中前進。我會協助你們悄悄下車的。」

這就是事情的經過！這個提議多少緩解了我們的焦慮。我們跟著他走到火車頭，他在一片漆黑中幫我們降下行李。

向他道謝後，我們便踏入夜色。明亮溫暖又令人安心的火車在身後顯得越來越小。我們踩著芬蘭北邊鐵道的軌枕，在這片沙沙作響的參天森林中往不知在何方的終點前進，不清楚自己究竟在這裡做什麼！

　　沒過多久，我們看見載著維修團隊的火車逐漸靠近。

　　我們覺得最好不要被看見，於是躲在樹叢後方的雪地。火車呼嘯而過，沒注意到我們，然後我們繼續前進趕路。我們看見數公里外有一座小教堂，距離鐵軌不遠。

　　我們改變方向，踏入雪地往教堂邁進，周遭靜寂無聲。天氣寒冽刺骨，不過暴風雪來得突然去得也突然，霎時間就平息了。積雪深度超過一公尺，頭頂上方的天空星光閃閃，萬籟俱寂……

　　走到教堂後，我們等了十分鐘，卻沒有任何動靜。是否因為我們抄近路，來得太早了？過了一刻

鐘，我們繞了教堂和神父住處一圈。後方也沒有燈光。我們究竟捲入什麼事件？難道我們太輕信他人，而這只是一場壞心眼的惡作劇嗎？

　　突然間，儘管伸手不見五指，我們卻看見一名衣著繽紛、留著白色鬍鬚的拉普蘭老人。他站在路標旁一動也不動，不發一語，用大拇指往肩膀後面的方

向比了個手勢。是小矮人的新指示！我們立刻重振士氣，經過他的身旁，前往他指示的方向，然後很快便安頓下來：森林邊界有一部由兩頭馴鹿拖行的雪橇正等著我們！令我們大感驚奇的是，竟然沒有駕駛！我們將再度深入小矮人的祕密世界，馴鹿噴了噴鼻息，寬大的蹄子在地面踏了幾下。我們跳上雪橇，鑽進數

平方公尺大的厚實綿羊皮下。馴鹿往前飛奔。

　　路程持續了好幾個小時。雖然雪很深，我們似乎不受寒氣影響，馴鹿也不顯疲憊。天色昏暗，一切卻顯得籠罩在半亮光中，這絕不只是白雪和星光的緣故。景色一會兒是飛馳而過的樺樹和冷杉林，一會兒則掠過看似凍原的平原，稀落的長著發育不良的柳樹、圓葉樺與樹莓，我們數度越過凍結的河流。馴鹿似乎保持某條固定路線，沒有絲毫猶豫，即使周遭沒

有任何標記。只有一次，牠們停下雪橇靜止不動，揚起鼻吻。不過下一刻又節奏一致的奔跑，突然向左急轉彎，繞了一公里後才回到原本的路線。稍遠後我們才理解剛剛發生的事：一隻醜怪拖著腳步在凍原上前進。我們拉遠距離以避開醜怪，他茫然的盯著我們。馴鹿繼續奔馳數分鐘，然後恢復小跑步。我們驚魂未定，此時一根被積雪壓垮的樹枝正好在我們經過的時候斷裂，發出巨大聲響……

馴鹿擁有寬大的蹄，使牠們得以在雪地和泥濘地帶行走。「馴鹿」（renne）一詞來自古挪威語「hrendyri」，學名是*Rangifer tarandus*，歐洲、亞洲和美洲北方的凍原與森林地帶都能見到，斯匹茲卑爾根島、格陵蘭和新地島也有其蹤跡。北美洲稱馴鹿為「caribou」（北美馴鹿），體型更加強壯些。雄鹿和雌鹿長有形狀不規則的壯觀鹿角，每年1月時脫落，然後重新生長。馴鹿身長可達2.2公尺，身高可達1.5公尺。毛色：夏季褐色，冬季灰白色。牠們善泳，體力絕佳，可長途奔跑。馴鹿的蹄在行進時會發出獨特的聲響。

拖行的雪橇必須與馴鹿保持一段距離，因為牠們全速奔跑時，排出的糞便會遠遠拋落在身後。有野生馴鹿也有馴養的馴鹿，每年9-10月的交配季時，雌鹿會聚集在獨居的老雄鹿身旁。28-34週後，也就是5、6月間，小馴鹿就誕生了，滿一年後即成年。

馴鹿是日行性動物，食物是青苔、青草、植物、樹木嫩芽和樹皮。豢養的馴鹿（特別是在拉普蘭和西伯利亞）總是成群自由放養，人類會跟著牠們的路線遷徙。狼是牠們最大的敵人。馴鹿對極圈地帶的人們而言非常重要。人類會為了肉而獵捕野生馴鹿。豢養的馴鹿則提供維生所需的一切：肉、皮革、乳汁（乳脂肪含量22%、蛋白質11%、糖3.5%）、鹿毛、針（骨頭製成）、線。馴鹿可以做為役畜、坐騎或馱獸。

零下40度時，對人類而言用嘴巴呼吸形同自殺，因為從鼻孔噴出的空氣會立刻在上唇結冰。不過即使在零下55度，馴鹿也能輕鬆自如的奔跑。馴鹿雖然是役畜，卻也會使性子，不過聰明的駕駛能游刃有餘的掌握。人類會用一根長棍戳馴鹿，刺激牠們前進。

突然間，一陣有如單音號角的聲響吸引了我們的注意力。隨著我們逐漸接近，聲音也越來越大。我們來到一小塊周圍滿是冷杉和樺樹的林間空地。馴鹿停下腳步，轉往聲響來源的右側。我們的脈搏越來越快。經過這段充滿不確定性的枯燥漫長路途，眼前出現的是我們再熟悉不過的畫面：坐在巨大樹幹上的小矮人。他正在吹奏長達一公尺的長號，但發現我們時便停止吹奏，走向雪橇。他跳上雪橇說道：「晚安。歡迎。我正吹響今日降臨的冬至空氣*。我叫米爾柯，是你們暫時的嚮導。你們很快就到了，很好。下來吧。」

不過一眨眼的功夫，他就卸下馴鹿的套索。他竟然可以用那雙小手解開冰凍的皮帶。他拒絕我們的幫忙，正當我們想要從雪橇抬起行李時，他向我們使個眼色：「放著吧。這裡沒有小偷的！」

這段期間，他餵給馴鹿黃澄澄的餅乾，牠們嘎拉嘎拉的嚼食，接著靜靜走遠，消失在林間。我們交換了眼神，現在總算即將知道小矮人要我們千里迢迢來到這裡的目的了。他們想要慶祝還是譴責我們？不過我們壓抑著好奇心，什麼都沒說，跟著米爾柯來到一間座落在樹下的小茅屋，那是一間桑拿。角落有一座火光閃動的爐子。

「這是一間荒廢棄置的桑拿。」米爾柯說：「所有者是森林管理員。我稍微翻修過。你們一定累壞了，先休息放鬆一個小時，然後就睡吧。」

我們脫衣服的時候，他手腳俐落的往放在火爐上的石頭潑水，製造出濃厚的水蒸氣，熱度的上升速度也快得令人有些擔心。

*聖誕節前的十二個夜晚，小矮人會在冬至的空氣中吹長號，以驅除惡靈與狼騎兵等「狂獵」。

　　我們躺在木頭長凳上，任由他不時為我們淋冷水，並用樺樹枝拍打我們。高溫似乎完全不令他難受。他以只有小矮人才具備的高速和精力完成一切。一個小時後，他說：「現在，去雪地裡，出去！你們要在雪裡打滾。但是不能太久，因為你們不習慣。」

　　我們活力充沛的離開雪地，實在太美妙啦：我們進入桑拿的時候，四肢的疲勞全都一掃而空，取而代之的是放鬆的睡意。米爾柯早已讓小木屋的熱氣幾乎散去。其中一張長凳上有兩盤熱呼呼的食物和木匙等著我們享用。

　　「馴鹿奶煮蕈菇。」我們的東道主米爾柯說：「用餐愉快，然後睡一覺吧。」

　　他消失在踢腳板上方木板的縫隙間。我們狼吞虎嚥的吃光食物，從來沒有嘗過這種滋味。這食物彷彿包含了空氣、光線、日月和大地所能產出的最優質的作物。接著我們在長凳上躺平，陷入沉睡。

　　醒來的時候，天色還是暗的，也許又更暗了。小木屋的陰暗天花板離我們好遠，長凳看起來就像巨大的延伸木板。我們聽見一個聲音說：「非常抱歉。我應該事先提醒你們的，不過我覺得這樣很有趣。你們會了解到這是必要的過程。此外，只有極少數人類才能獲此殊榮。例如朱爾‧凡納（Jules Verne）、安徒生，當然啦，還有格林兄弟！」

　　我們站起身，發現自己和米爾柯視線齊高，他的臉上帶著一抹笑意。他就站在我們身後的長凳上，我們竟然和他一樣嬌小！

　　從吃驚的心情恢復後，我們放聲大笑。我們頭戴綠色尖頂帽，同色的長褲，還有毛氈短靴。

我們不僅變得和小矮人一樣嬌小，連身材比例也變得與小矮人如出一轍：圓滾滾的肚子、鼓起的胸膛，而且頭好大。此外，視力在黑暗中就像白天一樣清楚，更不用說還能嗅到周遭事物的細節，彷彿它們散發出強烈的香氣。

「這是訪客的服裝。」米爾柯說：「你們會感覺比較自在。」然後他將原本藏在背後的一本皮革封面、書口塗金的精裝書遞給我們，還有我們準備書寫和畫畫的媒材，全都縮小成我們的尺寸。「從現在起，將一切令你們感到驚奇的事物記錄在這本書裡吧。」他簡短的說。打開金色的小鎖頭，我們看到書頁分成六頁空白頁一組的小筆記本。

外頭，樹木間的狂風怒號，小木屋的接縫處喀拉作響。暴風雪似乎又恢復威力了。

從現在起，我們的旅行報告會不時穿插在小矮人世界中發現的習俗、物件、設備、機器與其他祕密。

北極圈的新年

「跟我來。」米爾柯跳下長凳親切的說。高度令我們遲疑了一下，不過踏出去之後，我們輕盈的落地，一點也不疼。數小時前米爾柯隱身的縫隙看起來和老鼠洞差不多大，不過現在我們不用低下頭也能進入。洞口通往一片黑暗。「這裡連接我家和桑拿。」米爾柯說，一邊從牆上拿了提燈，快速點燃蠟燭的燭芯：「通道有五公尺長，我們很快就到了。也可以從外頭過去，但是才剛下過雪，沒有滑雪雙板的話很難行走，我把滑雪板留在家裡了。而且樹枝還可能在暴風雪中墜落。」

由於重力變小，我們感覺步行就像跳躍那般輕鬆容易。理論上來說，我們的體重也相對變輕了，因為身體的內容物減少三倍，表面積也只剩下一半。

接著有一扇門通往在兩個樹根之間的另一條通道。右邊有一個樹根的分岔通向外界：可從這個方向傳來的暴風雪回聲猜測一二。

米爾柯打開幾扇門：那是嵌在牆裡的櫥櫃，放有各種尺寸和類型的滑雪板。

「如果你們要外出就選一副吧，到剛下過雪的地方一定要穿著。這些全都是我自己做的。」

然後我們走上左邊的廊道。不遠處有一扇極為特別的旋轉門。「這是長毛犀牛的毛。」米爾柯轉動門的同時一邊解釋：「長毛犀牛在一萬年前便已絕跡，沒有任何爬行或四足動物能夠穿過這扇門。由於長毛犀牛和猛獁象經常打鬥，我才在岩塊下方蓋房子。這房子的歷史有三萬年呢！我會給你們看一張古老地圖，可以看出這些動物遠及英國的遷移。」

「如果長毛犀牛這麼久以前就已經絕跡，你怎麼會有這些毛呢？」

「別急，慢慢來。時候到了你們就知道！」

通道的盡頭有幾級階梯，通向一扇銅製的門，後方即是玄關。嫁妝箱上的圖樣裝飾遠比荷蘭的花樣簡單。米爾柯一臉輕鬆的拍拍箱子說：「噢！請稍候！」

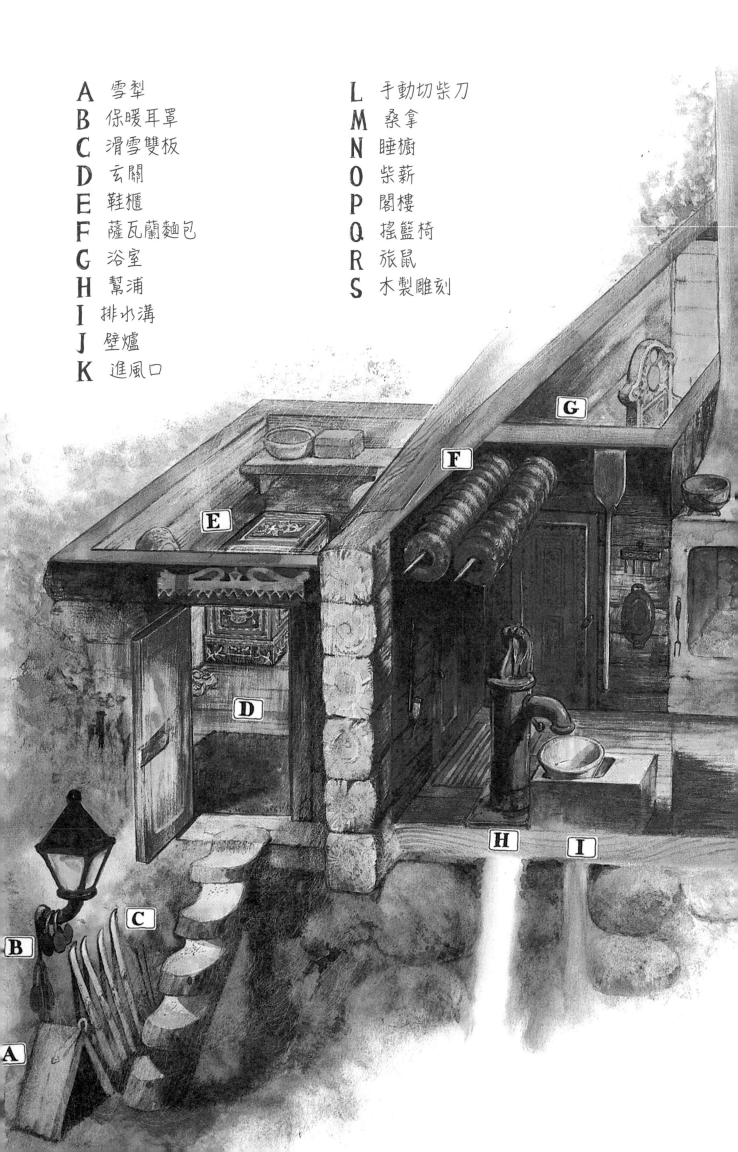

A 雪犁
B 保暖耳罩
C 滑雪雙板
D 玄關
E 鞋櫃
F 薩瓦蘭麵包
G 浴室
H 幫浦
I 排水溝
J 壁爐
K 進風口

L 手動切柴刀
M 桑拿
N 睡櫥
O 柴薪
P 閣樓
Q 搖籃椅
R 旅鼠
S 木製雕刻

小矮人使用**雪犁**在雪地上畫出道路，設計概念來自跳蟲（學名 *Entomobrya mivalis*），

這種昆蟲從史前時代就存在，身長只有半公釐，會以這種方式在雪中挖出路線。

低於零下 10 度，小矮人就會戴上以犀牛毛或馴鹿毛製成的**保暖耳罩**。

保暖耳罩固然會妨礙小矮人的敏銳聽覺，不過冬季的外出移動也顯得不那麼難熬。

在西伯利亞等更寒冷的地區，小矮人戴著各式各樣的猛獁毛製成的**極地帽**，禦寒能力可達到零下 55 度。這種帽子的外觀看起來相當不好惹，算是附加的優點。

薩瓦蘭又稱「環狀麵包」（一半全穀麵粉、一半白麵粉製成），使用模具在麵糰中央壓出凹洞。

切下的麵糰可做成小麵包。

女小矮人自古以來精通**薩瓦蘭**製作，手藝比男性更精湛。

手動切柴刀釘在牆上。刀刃磨得非常鋒利，切柴就像切奶油般輕鬆。

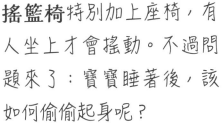

搖籃椅特別加上座椅，有人坐上才會搖動。不過問題來了：寶寶睡著後，該如何偷偷起身呢？

小矮人不需要搓紙或打火棒，利用**火媒棒**，花不到兩分鐘就能點燃一小叢明亮持久的火光。落葉松的纖維形成的捲度最漂亮。

聖誕裝飾使用相同技法製作。

旅鼠或**馴鹿鼠**（學名 Lemmus lemmus）當作寵物飼養；這種北極的小型嚙齒類屬於鼠科。數量過多的時候（每八到十年），牠們就會大規模遷徙，總是往低處去，大部分在掠食者的尖牙下丟了小命和溺斃。旅鼠不會冬眠。

落在12月21日。」他滿臉神祕的看著我們繼續說：「所以我們只剩四天！」

我們不懂他想說什麼，不過感覺最好什麼都別問。

「另一位客人應該今晚就會抵達。」米爾柯又說：「不過我想即使對他來說，這場暴風雪也有點太猛烈了。」

接著我們到餐桌入座。這裡的一切似乎維持平靜的節奏與規律。大餐看起來十分美味可口。我們牽起彼此的手。菜餚中有蘑菇、冠鎖瑚菌、香草麵包、藍莓、越橘、凝乳和榛果，搭配中國茶享用。

「大冬天的，你們怎麼會有這些東西？」

「我們有自己的冰窖。」米爾柯回答。艾莎低聲喝止正要啃聖誕裝飾的旅鼠。「拉普蘭人稱旅鼠為『馴鹿鼠』。」米爾柯補充：「總之都是囓齒類。」

房屋不時受到劇烈震動的搖晃，米爾柯看著上方說：「暴風雪來了。如果你們現在出去，恐怕會被吹到幾百公尺外。不管願不願意，我們的客人一定得找個地方躲避風雪啦。」說完，我們的東道主的思緒又飄走了。

他走在我們前頭進入客廳，我們跟在他身後。室內充滿令人想起過往時光的樹脂氣息，燭光閃爍。兩隻旅鼠在地上玩耍，我們看到設計充滿巧思的搖籃椅。米爾柯牽起一位美麗的女小矮人的手說：「請容我向你們介紹艾莎。」

她看起來應該不超過110歲，和米爾柯差不多年紀。「你們好。」她說：「能見到你們本人真是太開心啦！」

屋內的節慶氣息濃厚，彷彿家中正等待朋友前來赴宴。搖籃裡有兩個可愛的嬰兒，輕搔他們就笑個不停。

「他們叫做蜜拉和亞妮。」艾莎輕推搖籃，溫柔的說：「我們準備開飯吧。請隨意坐，我來替你們倒茶！」

「聖誕節快到了。」米爾柯說，一邊填裝煙斗：「昨天是冬至，因此白晝最短，太陽角度最低的日子

每一餐之前，小矮人會手牽手，靜靜祝福彼此享用餐點。

　　咕咕鐘唱時晚間11點，不過時間在這裡並不重要。我們仍在餐桌前靜靜抽著煙斗。米爾柯說：「來玩個小遊戲，然後就上床吧。」

　　他起身捲起地毯。地上畫了大型的賽鵝圖，鵝是恐龍，監獄是醜怪的巢穴，惡魔橋*是危險路段，障礙物是冰山。棋子是銅製的史前動物造型，骰子則是用猛獁象牙製成。遊戲整體以神祕的符號、環形和花朵裝飾。籌碼是小小的碎金子。兩回合後，米爾柯宣布：「現在，上床睡覺！」

　　他打開睡櫥，我們意外看見裡面竟然有一幅知名的荷蘭肖像！米爾柯一定是在我們的口袋中找到一張

郵票，便把它貼在牆上想讓我們開心吧……

　　我們去上廁所（音樂盒演奏精彩的特雷帕克曲，那是二四拍的哥薩克舞曲，非常有趣，而且也不妨礙「消化」……），馬桶座上有精美的圖畫，由於尺寸小巧，想必也非常費工吧。

　　我們脫衣服的時候，艾莎掏出乳房餵奶，一臉稀鬆平常的模樣──事實上確實沒什麼好大驚小怪的。

*惡魔橋是卡在深淵上方的巨大岩石。

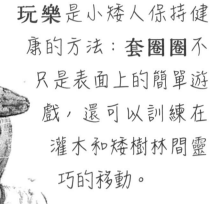

玩樂是小矮人保持健康的方法：**套圈圈**不只是表面上的簡單遊戲，還可以訓練在灌木和矮樹林間靈巧的移動。

跳跳袋很受歡迎（也很有助益）。

冠軍賽會在草叢中比賽以增加難度。

由於頭上的尖帽子，小矮人玩跳馬背時不從側面進行；女小矮人甚至還會脫掉裙子呢。

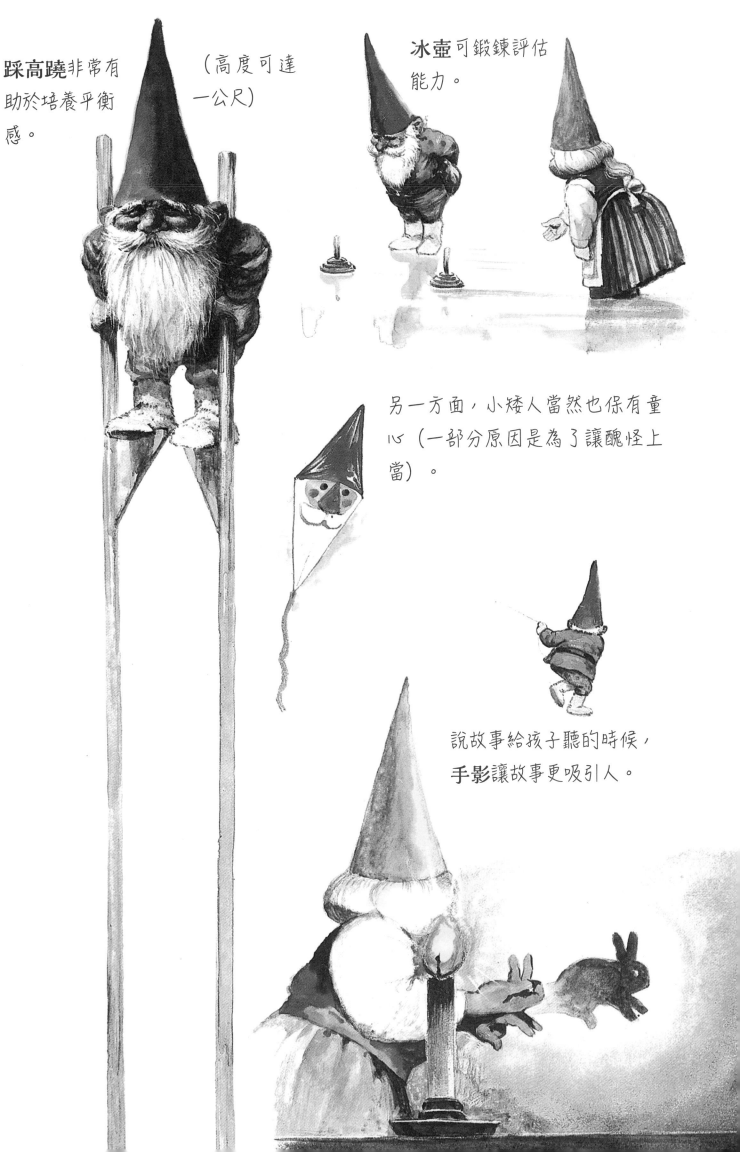

踩高蹺非常有助於培養平衡感。

（高度可達一公尺）

冰壺可鍛鍊評估能力。

另一方面，小矮人當然也保有童心（一部分原因是為了讓醜怪上當）。

說故事給孩子聽的時候，手影讓故事更吸引人。

一頭是牙籤，另一頭嚼爛後就成了牙刷。

小矮人用一大根針在栗子上戳滿洞，接著泡在油裡一整天。然後將栗子放進水裡，在浮上水面的那一面挖洞放入棉線。把栗子放入一碗水中後點燃，可以維持照明10-12小時。

睡櫥前的桶子裝著細小的樺樹枝，做為拋棄式牙籤也不會變成垃圾。睡櫥裡，栗子殼中的棉線正在燃燒。

我們關上睡櫥的門板。由於置身岩石下方深處，空氣相當涼爽。暴風雪仍撼動著整間屋子，不過我們感到很安心。我們聊著發生在自己身上的事，邊想著還要多久小矮人才打算說出他們的心思。一方面我們感覺彷彿在這裡生活了很久很久，另一方面也越來越擔心能否恢復正常的身高。不過要對小矮人有信心才行。就這樣，我們見識到其他生物做夢也想不到的事物。等待時，我們著手繪製蒐集到的第一批觀察資料，填滿小矮人交給我們的精裝筆記的頭30頁。

藍染是先在布料上用蠟或是黏土——可自由選擇是否搭配模具——描繪出圖樣，然後泡入靛藍。染劑會在布料的經緯線留下痕跡，以蠟或黏土遮蓋的部分則不會上色，該處的布料保持白色。

這是一種凹版印刷的技術（藍色留白），比凸版印刷漂亮多了。靛藍以菘藍製作，剛做好的粉末是紅色的，不過在空氣中氧化後轉為藍色。

芬蘭小矮人　平日與週末　的穿著與服裝

艾力麥基
(Elimaki)

柯伊利斯瑪
(Koillismaa)

薩科拉－蘭道
(Sakkola-Rantu)

克諾雷維西
(Knorevesi)

基爾科努米
(Kirkkonummi)

帕里卡拉
(Parikkala)

普基拉
(Pukkila)

唐特力
(Tunteri)

節慶時會戴頭巾

氣候嚴寒時，小矮人
會拿出手籠和披肩。

244

極度寒冷的時候，
就會穿上斗篷。

小矮人當然不能沒有
保暖耳罩。

冬天一定要穿**睡衣**和**長內褲**。

夏季時，女性
的穿著較清涼。

簡單但裝飾典雅的**睡袍**現
在正流行。

睡袍

睡衣

（注意止鼾鼻塞！）

小矮人選擇兩座高度不同的湖泊，運用大型挖掘機（見後文！）在岩層下方安裝供水設備。鑿出房屋後，他們會在房屋下方開闢一條垂直通道。挖鑿連接兩座湖泊的水平通道之前，小矮人分別在兩座湖底要用挖掘機打洞的位置放一塊瀝青防水布。然後挖掘機會從水位較低的湖泊開始往水位較高的湖鑿洞。

挖掘機在湖底打出洞後,瀝青防水布就會因為吸力緊貼在湖底,密合度極高,只有些許湖水會流進洞口。接著升起挖掘機,並在屋內啟動幫浦以收回瀝青防水布,水便會依照連通器原理,從高處往低處流。水位高的湖底安裝了一張緻密的濾網,防止碎石或淤泥堵塞管道。

一般而言,這些湖泊的水都純淨到可以直接飲用。如果不夠乾淨,小矮人就會在水位較高的管道處放置裝有碳粉的圓柱濾水器,消除髒東西和細菌。這些圓柱濾水器能以普通潛水鐘更換,小矮人也會用潛水鐘在湖底進行其他研究。

水保持流動,因此相當沁涼。

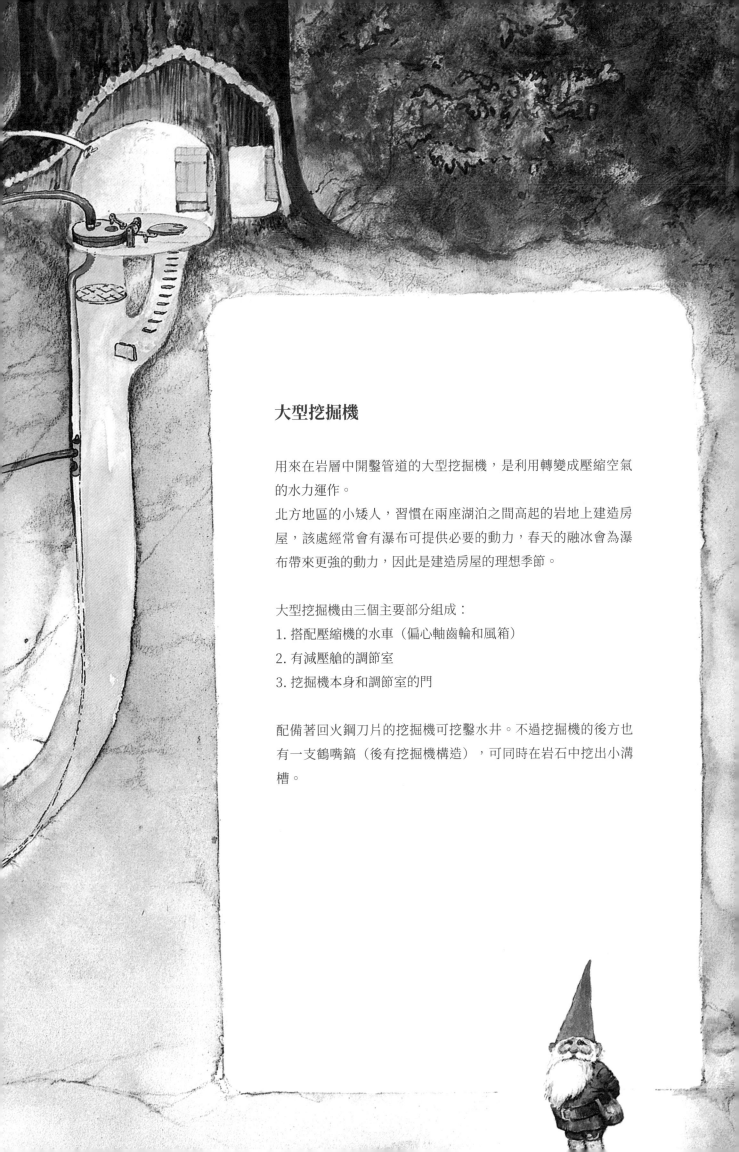

大型挖掘機

用來在岩層中開鑿管道的大型挖掘機，是利用轉變成壓縮空氣的水力運作。

北方地區的小矮人，習慣在兩座湖泊之間高起的岩地上建造房屋，該處經常會有瀑布可提供必要的動力，春天的融冰會為瀑布帶來更強的動力，因此是建造房屋的理想季節。

大型挖掘機由三個主要部分組成：
1. 搭配壓縮機的水車（偏心軸齒輪和風箱）
2. 有減壓艙的調節室
3. 挖掘機本身和調節室的門

配備著回火鋼刀片的挖掘機可挖鑿水井。不過挖掘機的後方也有一支鶴嘴鎬（後有挖掘機構造），可同時在岩石中挖出小溝槽。

氣　泵

通過安裝在瀑布底下的水車，將水力傳輸到裝有偏心輪（A）的凸輪軸，透過連動桿（B）帶動連接在共同軸心（D）上的軛桿（jougs, C）。軛桿則啟動風箱（E）的風袋，生成壓縮空氣（完全不污染空氣），僅適用於單向閥（F）。

風箱中的壓縮空氣，由管道（G）和閥門的（見「調節室」）第二個洞（N₂）抵達挖掘機，機器全速運作時，此處的壓力極高。

有減壓艙的調節室

調節室包含N₁和N₂兩洞的調節閥（H），透過齒條（M）運作。靜止時，壓縮空氣會從N₁洞口排出，運作時則從N₂洞口排出。插圖顯示靜止時的裝置。

為維持調節室中的壓力穩定一致，小矮人在其中裝設了調壓閥（K）。調節室後方有一間減壓艙（L）供小矮人進出。溝槽中有調節式滑軌升降斗車（J）可排出碎石。

與主要水井相鄰的管道都覆蓋木板。斗車的繩索連接到調節室內的鐘。小矮人可拉扯繩索發警報，到上面吃東西，或是工作結束時往回升。

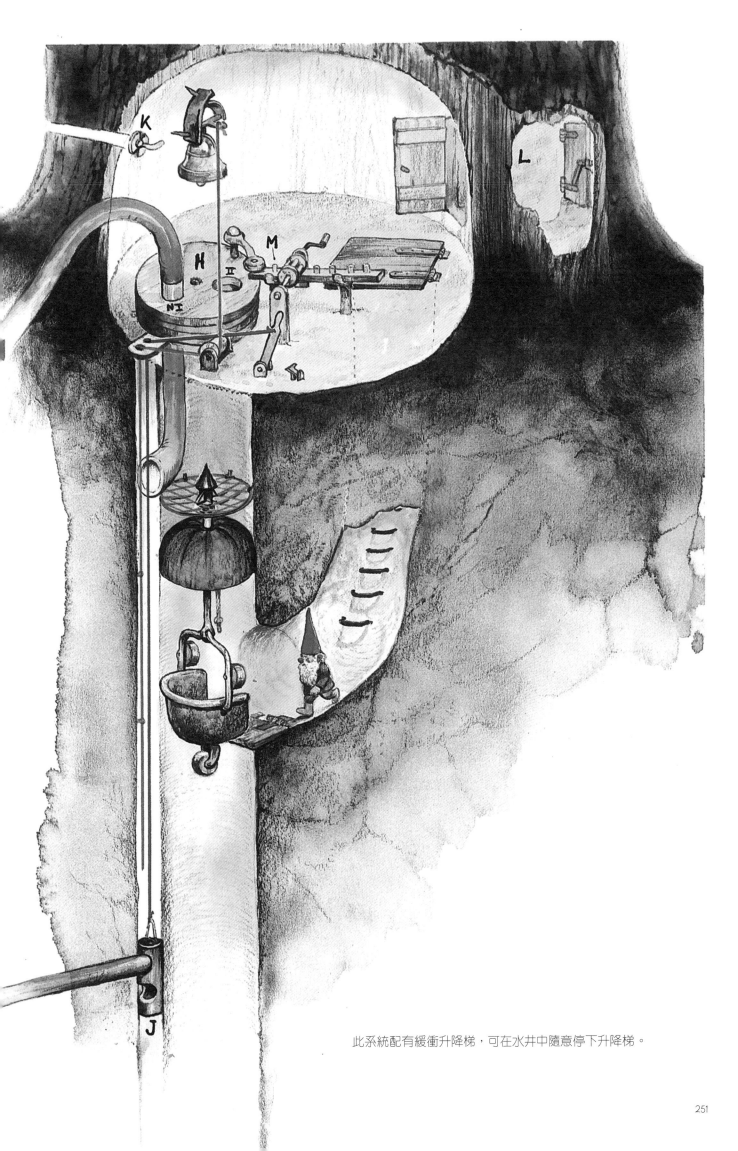

此系統配有緩衝升降梯，可在水井中隨意停下升降梯。

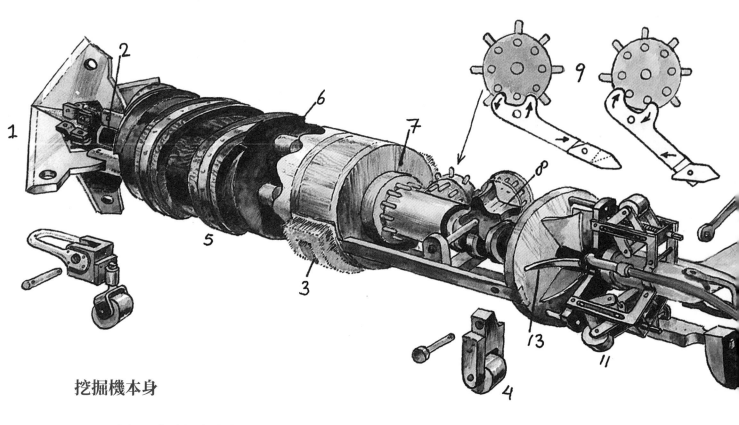

挖掘機本身

回火鋼刀片（1）負責真正的挖鑿，經過充分冷卻的壓縮空氣可防止刀片過熱。刀片鑿出的碎石由上吸引管（2）和下吸引管（3）的刷頭排到P管，後者將碎石存放在J挖斗輪往溝槽。靜止時，挖掘機可放在滾輪（4）上移動。

使用挖掘機打通之後，再以圍裹鋼片的胡桃木輥（5）將水井內壁打磨光滑。

轉軸（6）透過棘齒輪啟動，後者的造型可以帶動轉軸的圓周運動，使整部挖掘機前部轉動，讓刀片發揮切鑿作用。

為了降低轉動部位的周轉率，提升刀鋒的力量，小矮人會透過齒輪（8）調慢轉速。利用前方的輪齒（9）就可使挖掘機緩慢前進。

這項過程所需的動力當然來自壓縮空氣，是以前面提過的三條紅色管線（10）輸入使螺旋推進器（13）轉動，螺旋推進器則透過螺旋釘將旋轉運動傳輸到前方。加入嵌入輪（11）可讓穿孔機在地底較容易轉向。

調節室閥門

在一切裝置的背後，有一扇圓形的調節室閥門，上面切出普通的長方形門。挖鑿出的水井中的高壓，會從三條紅色管線穿過調節室閥門，這些管線是用來輸入使挖掘機前進的壓縮空氣。

活門（Q）可防止從溝槽排出碎石。

整部挖掘機可以掛在支架上運作。水平運轉時，則平放在挖鑿的隧道地上。

調節室的長方門保持緊閉時，壓縮空氣就必須從三條紅色管線（O）通過。如果開啟這扇門，紅色管線中的氣壓隨即下降，機器就會停止。

碎石排出管（P）也穿過這扇門，通過卡口式開關（R）連接到碎石排放管槽。

為了避免閥門在垂直運作中垂落，加上了槓桿系統（T），可牢牢扣住門板，以免朝水井內壁打開。

讓我們瞧瞧在特定時間點會發生哪些事情：緩衝升降梯位於井底，就在閥門後方。挖掘機正全速運作中，碎石從溝槽排出，並以斗車運到外面。

午夜的休息時間到了。小矮人想上去，於是打開長方形的門，壓縮空氣不再注入，機器也停止運轉。然後他們抬起其中一片木板，拉一拉繩索敲響上頭的鐘，再將木板放回溝槽上。

上方的技工小矮人轉動閥輪上的齒輪，使壓縮空氣不再進入主要水井，而是從N_1的開口進入溝槽。同時間他會放下斗車，以免壓縮空氣從碎石排放溝槽洩漏，而是直接清潔溝槽。壓縮空氣到了底部後會在主要水井中以反方向上升，將升降斗車推到上方。但這會引起一陣粉塵瀰漫，不過很快就會消散。

小矮人走出升降斗車，踏上通往減壓室的階梯，然後從調節室離開。

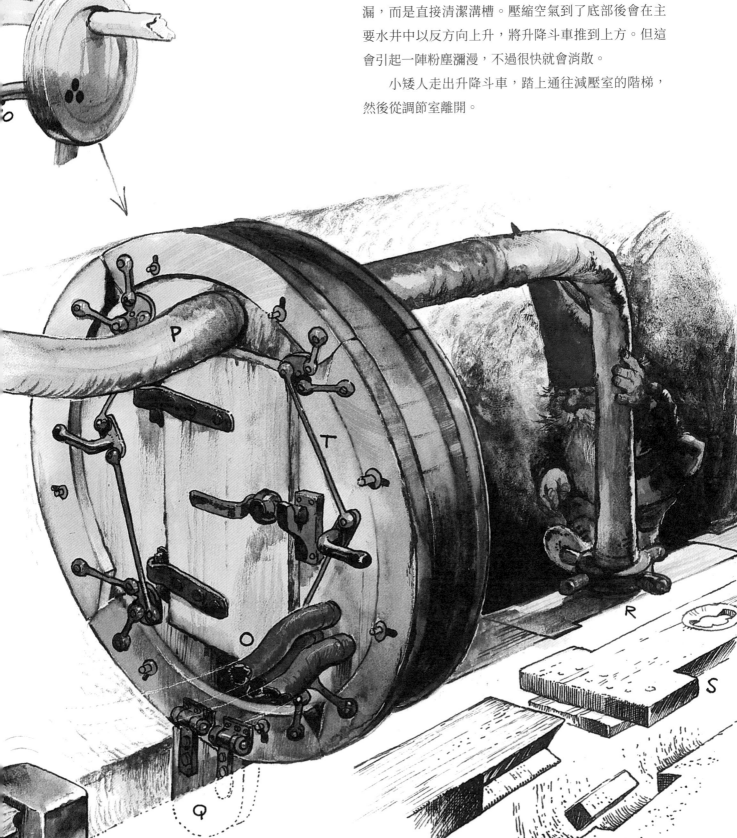

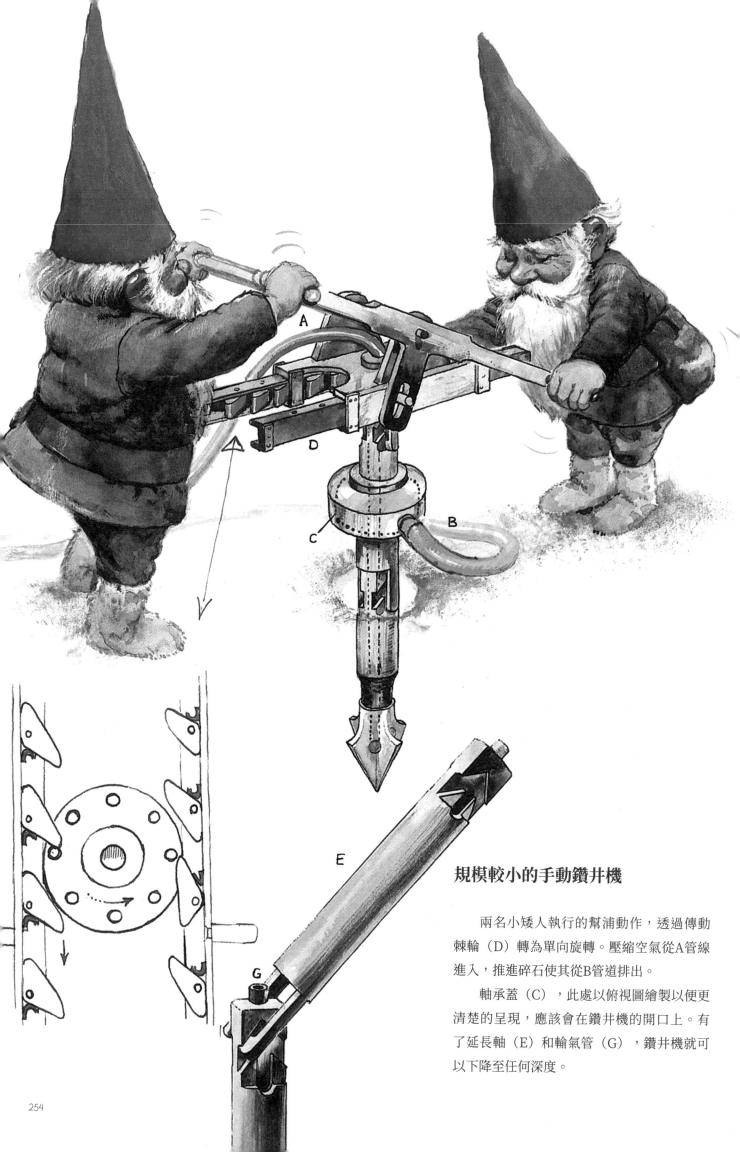

規模較小的手動鑽井機

兩名小矮人執行的幫浦動作，透過傳動棘輪（D）轉為單向旋轉。壓縮空氣從A管線進入，推進碎石使其從B管道排出。

軸承蓋（C），此處以俯視圖繪製以便更清楚的呈現，應該會在鑽井機的開口上。有了延長軸（E）和輸氣管（G），鑽井機就可以下降至任何深度。

洞壁破碎機

　　這部機具使用金屬鏈末端繫著的鐵球，擊碎岩洞內壁的效果非常出色。

　　小矮人並沒有從這項危險的發明中得到什麼好處……

完成所有的鑿井工程，工頭收回挖掘機
後，小矮人會開始為挖鑿完畢的管道鋪設
壁板。屋內的所有物品都在戶外製作準備
妥當，以便直接在屋內安裝。

不過首先要回收堵住水井管道開口
的防水布，使湖水自然流入。

小矮人非常清楚大自然中哪一棵樹的壽命將盡……

……以及如何砍倒這棵樹。

第一刀

倒向口

為了讓斧頭用起來順手，斧頭的高度必須從地面直到肚臍（這點因人而異）。

削平樹幹之前，小矮人會繃緊一條沾滿石灰粉的線，拉起後再放手彈開。

如此就能得到一條白色細線，小矮人就沿著這條線加工。

使用一般斧頭粗削樹皮。

使用鏟斧切入直立面

還有刨刀

父子合力從事先處理好的樹幹鋸下
需要的尺寸。

有時候必須使用**螺絲
攻牙器**調整鋸齒的
走向。

與多個樹幹接合之前，小矮人會
在樹幹上鋸出不同深度，以便接
下來將這些鋸口切成各種弧度。

小矮人常常利用
滑輪運輸木材。

運用柔韌的落葉松枝轉動製
作出裝飾用的木條，而且不
會破壞自然環境。

259

最大的承重梁會在小矮人砍樹
的地方完成尺寸裁切與榫槽
（常常在爸媽家附近）。接著，
小矮人以滑行、拖曳或河流運
輸，將木材帶往目的地。

小矮人使用單輪拖車運送小型木材，
沿著動物蹤跡最少的路線走。

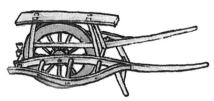

細長木材會固定
成束，如圖中的
方式運輸。

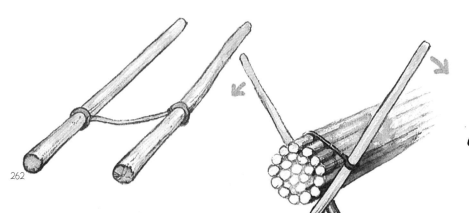

建材運送到未來住所的附近時，小矮人就會用最快速度將木材拖進洞穴，如此才能安裝旋轉門（加上長毛犀牛毛），

並且避開陰險的動物（像是毒蛇）。→

開始建造工作之前，小矮人會先將幾個不請自來的傢伙趕出去。↓

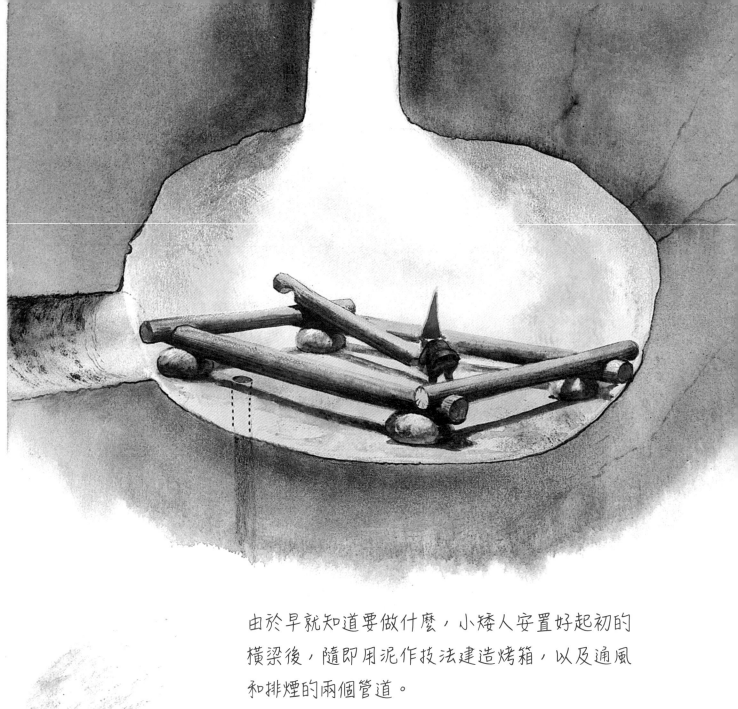

由於早就知道要做什麼，小矮人安置好起初的
橫梁後，隨即用泥作技法建造烤箱，以及通風
和排煙的兩個管道。

暖屋派對

←犒賞造屋者的啤酒

未來的新娘不可在結婚前看到新居。房屋落成後，小矮人
的父母和親家就會造訪進行驗收。

新娘的父親懷裡把著一只石榴紅的木盒，檢查所有用於支
撐、密合的部分是否確實配置，泥作和木作的堅固程度，
家具品質等等以此類推，然後才會給出木盒。
木盒中裝著來自娘家附近取得的泥土，如果
岳父對新居的一切都很中意，那麼木盒就
會嵌入牆壁，婚事也就敲定了。

小矮人的情感生活

小矮人與自然生物、甚至死掉的生物的關係非常緊密，因此總是會遇到朋友或熟人，這一定非常愉快吧。他們熱愛萬事萬物，很習慣付出，不會要求任何回報，不管是愛慕、好感或是物質。小矮人不知焦慮為何物，頂多就是某種程度的慎重和低調。他們擁有深厚的安全感，這份發自內心的安全感是遺傳而來的，不過重要的是從出生的那一刻起，由母親透過完滿的圓進一步加強。

以下是幾個完滿的圓的例子，將在小矮人的一生中帶來有益身心的效果。

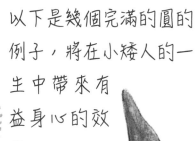

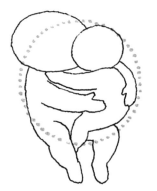

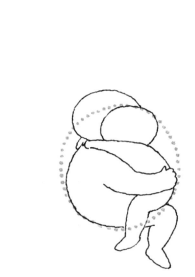

完滿的圓不一定只存在於母子關係中，在父子或其他組合的關係中也同樣有效。

266

這不是什麼困難的算計公式：孩提時代累積越多親情的愛和溫柔，日後也會流露出越多愛與溫柔，隨之而來的是與土地和宇宙的情感與一體感，也就是所謂的天人合一，目前在人類中卻絕少發生。這並不是一種能力或是弱點，恰恰相反，正是因為小矮人的一舉一動皆出自這份安全感，因此在精神和肉體層面也極為堅強，他們從來不會恐慌。不過就和所有的生物一樣，小矮人是透過觸摸獲得大部分的感覺。

因此觸覺是學習與了解的感官。觸覺中樞位於身體外層，也就是皮膚。對幼兒而言，口部也是極為重要的觸覺與探索器官。起初，觸覺讓所有印象滲入身體中，在體內被記錄與分門別類。不過隨著年歲增長，他們不再只是接受觸覺感受，而是透過分享、安慰、溫柔和愛，也會越來越透過付出，建構出感受力與情感生活。

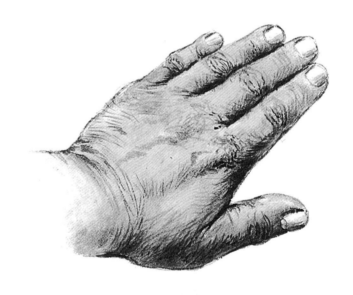

觸覺

從出生開始，觸覺讓小矮人可以對周遭進行最早的觀察、感知與認識。透過觸覺這項感官，才發展建立起其他的感官。

如果孩子問：「這是什麼？」大人卻說：「不要摸。」這是非常愚蠢的回答。讓孩子觸摸有興趣的物體，放在手中感受，這樣就夠了，如此一來，這輩子他就會了解這個東西究竟是什麼。

手

手是具備理性的人用來觸摸的絕佳工具。

手部集結數量最多的觸覺能力與表達的可能性，這個身體部位擁有難以想像的多樣性。此外，手勢、親手給予、親手感受，這些幾乎總是帶有情感的意義。

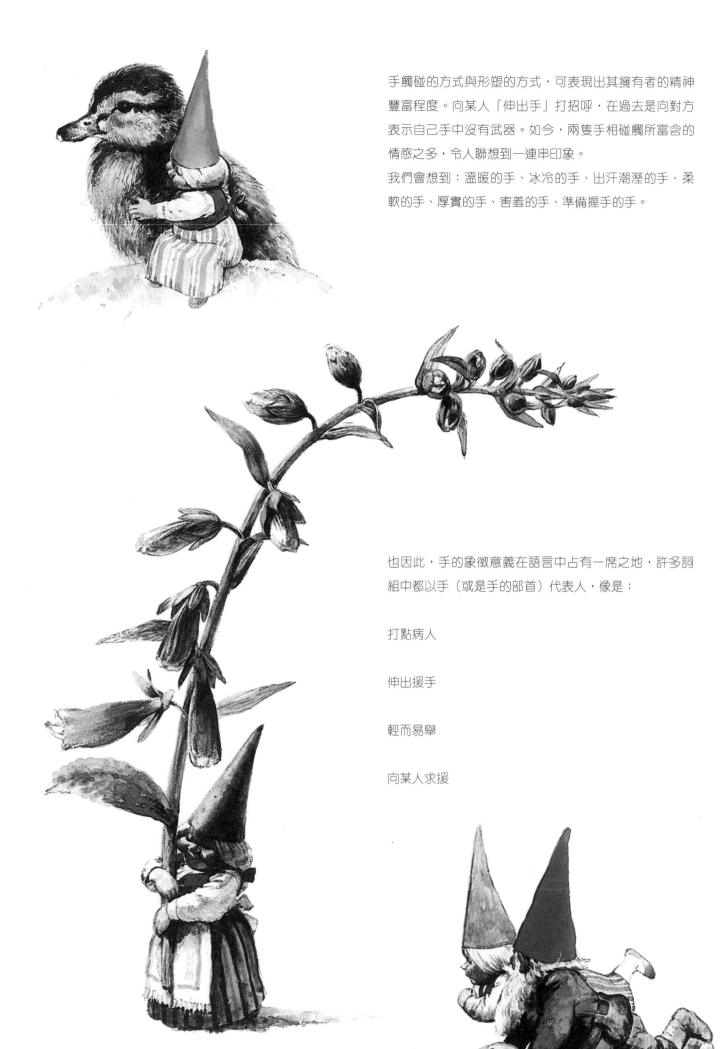

手觸碰的方式與形塑的方式，可表現出其擁有者的精神豐富程度。向某人「伸出手」打招呼，在過去是向對方表示自己手中沒有武器。如今，兩隻手相碰觸所富含的情感之多，令人聯想到一連串印象。

我們會想到：溫暖的手、冰冷的手、出汗潮溼的手、柔軟的手、厚實的手、害羞的手、準備握手的手。

也因此，手的象徵意義在語言中占有一席之地，許多詞組中都以手（或是手的部首）代表人，像是：

打點病人

伸出援手

輕而易舉

向某人求援

手本身也可以極具象徵意義，例如：

哀求的手

祝福的手

批判的手

可治癒的按手禮

簽約後的握手

打招呼的手

保護的手

摸索的手

緊握的手

創造的手

小矮人會將手放在橡樹的樹皮上說：「你好呀，樹老兄。」這和我們人類把手放在狗或馬兒的鼻吻上的意思完全一樣（不過小矮人是經過所有動物的同意才這麼做）。從溫柔中必然會流露出愛。而愛包容一切*。

* 我們人類則會想到使徒保羅寫的〈哥林多前書〉13章4-7
  節。

小矮人深深沉浸在大自然的和諧中，因此完全無法理解人類的侵略性與殘忍。鐵幕對他來說，就和戰爭、自相殘殺、竊盜、慾望、渴望權力以及其他人類苦難一樣無關緊要。因為遠離一切紛爭，小矮人甚至無法為了任何理由而傷害自己。一旦有可能撞見人類暴行的後果，小矮人會乾脆直接換另一條路。

溫 柔

溫柔代表熱情和尊重，並暗指這兩者所賦予的東西。相遇的美好是透過整隻手體現，不單單只是手指，後者僅是不帶深厚感情的感官接觸。透過一整隻手，才能溫柔的抓住某樣東西。

抱起（例如會害怕的）幼兒時，必須先蹲下來，然後用雙手抱緊他再站起身。這種處理方式是向幼兒表示熱情和安全。

不好的方法：不蹲低而直接彎腰抱起幼兒。如此一來，雙手的接觸就沒有包圍感，也會加深幼兒長尊幼卑的感受，這點應該避免。

溫柔的手永遠是給予而不是剝奪。追求者的手則是為了占有而吸引，唯一的作用就是性。

爭執

當然啦，每一對小矮人夫妻都有差異，也有自己的厭煩事和摩擦。最常用來解決這些摩擦的方法，就是用俏皮的短歌唱出自己的委屈，逗笑生氣的一方，並讓對方承認自己確實做得不恰當。

如果這個方法不奏效，解決紛爭的差事就沒那麼容易了。這時候小矮人會運用以下的傳統習俗：妻子有一刻鐘的時間對丈夫訴說她對他的想法。丈夫要到第二天才能回話，他也有一刻鐘的時間陳述，以此類推。

這個方法幾乎可以解決所有爭吵。

泡個各方面都舒服愉快的澡，小爭執就這樣圓滿落幕了。

年輕的男性小矮人離家遠行去抄寫《神祕寶經》的時候，年輕女小矮人也會展開見習。她們會到動物醫院，學習治療照料各式各樣的傷口和骨折。

女小矮人對保育受威脅的動物，也發揮重要作用。例如我們知道荷蘭城市埃德附近是蝙蝠的保護區，女小矮人就在那兒幫忙生產與寄生蟲防治。

以畫筆修復翅膀受損的蝴蝶和蛾，需要細膩的藝術美感。

女小矮人奉獻一生的工作之一，就是創造與維護地底魚池。地底魚池是在岩石中鑿出的洞穴，有時候則是自然岩洞，極為廣大遼闊，其中有湖泊。垂直的岩壁上掛著燈和火炬。某些洞穴中，湖的一頭會逐漸變窄，經過一段狹窄的通道後，又延伸為另一座水池。這類相連的水池最多高達十二個，在所有光亮閃爍的火炬下，形成如夢似幻的奇景。這些地底湖泊中蘊藏形形色色的魚類，從史前魚類到現代魚類樣樣不缺。有些魚全身都會發亮，顏色繽紛如彩虹；有些魚只有鰭和尾部會發光；還有一些則擁有光彩熠熠的眼睛。湖裡有淡水魚也有海水魚。如果某種魚因為污染或其他緣故即將滅絕，當然就會獲得額外的關注和照料。

養護這些湖水特別困難，尤其是供應氧氣。這裡也能見到深海魚。

面積最廣、魚種最齊全的魚池在烏拉山下，不過法國的阿登省、挪威、巴爾幹半島、加拿大和落磯山脈下也都有地底湖泊。

客廳傳來的聲響吵醒了我們，打開睡櫥的門板時，我們看見艾莎一絲不掛的經過，走向浴室。小矮人的世界沒有裸體等於羞恥的概念，單純自然就是最適合的狀態，和動物一樣。咕咕鐘響了，報時六點。艾莎梳洗完畢後，就換我們輪流進入浴室，由於外頭的暴風雪繼續肆虐，熱水澡也感覺更舒服了。

　　吃早餐時，米爾柯悶悶不樂的說：「我們的另一位客人還是沒辦法來。他用心電感應傳來訊息。」然後他又一邊沉思補充：「問題是我現在要怎麼辦，畢竟他不會在新年之前抵達了。」

　　這位神祕的客人和我們來到拉普蘭又有什麼關係？米爾柯笑了，然後說道：「別以為你們是白白來這裡的。我之前答應過你們的……不不不！我什麼都沒說。我們先去參觀長毛犀牛吧！」

小矮人不會平白無故現身。他們的耐心甚至遠超過動物。小矮人認為狼吞虎嚥的吃飯很荒謬，而且對烹飪的人也是一種侮辱。他們的壽命極長，因此總是從容不迫。正因為他們從容不迫，才可以活這麼久呀！此外，由於極度發達的嗅覺與味覺，他們也會細細品味每一口食物酒水。

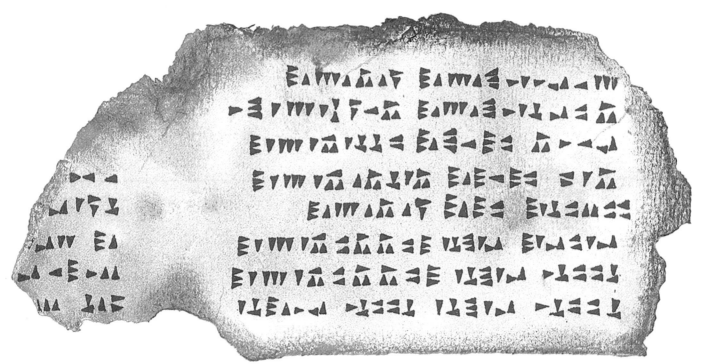

早餐從一碗湯開始，嘗起來像日照充足的山坡，而且上面放滿野草莓呢！接著米爾柯高聲說：「來點音樂吧，就是現在！」

小矮人很常為了娛樂消遣而暫停吃飯。他們認為音樂——古典室內樂——從出生的那一刻起，就會對幼兒的個性形成發揮影響力。艾莎和米爾柯合唱了一首古老的搖籃曲，後來我們看到以最早的盧恩文字書寫的歌詞。

我們回到餐桌時，發現自己與之前相比可以吃得更多。我們的體型縮小後，身體的表面積變得大於身體內容物，因此消化率提高了。

古老的小矮人搖籃曲

Tuuti lasta, tuuti pientä,
tuuti lasta nukkumanhan.
Laulan lasta nukkumanhan
uuvutan unen rekehen
käy unonen ottmahan,
kultaisehen korjahasi
hopiasehen rekehen !

快快睡，寶貝；快快睡，小寶貝，
快快睡，小寶貝，快快熟睡做美夢。
我的小寶貝，聽著我的歌聲入夢。
乘著雪橇溜入美夢。
睡神快快來，溫柔帶走小寶貝。
睡神的兒子，悄悄帶著他
進入金色的搖籃
坐上銀色的雪橇！

午夜時，已經在餐桌上超過四個小時的我們，終於離開屋子。周遭一切都在狂風中噼啪作響，漫天大雪猛然湧進地下道的盡頭。穿過廢棄結凍的桑拿，我們來到一條長長的廊道。

「這條通道是史前的盲眼鼴鼠（學名*Talpa caeca borealis major*）挖掘出來的。」米爾柯解釋：「盲眼鼴鼠沒有固定居所，會為了尋找雌性而不停挖掘地道。」然後米爾柯立刻加快腳步。二十分鐘後，我們停下來吃一點葛縷子（學名*Fructus carum carvi*），全身立刻恢復精力，迅速再度啟程。

三刻鐘後，地底的坡度開始變陡，溫度也隨之降低了。「我們現在進入永遠冰封的地區。千萬要小心！」

我們進入一間光線微弱的冰室，眼前有兩頭全身覆滿紅棕色長毛的龐然犀牛。第三頭犀牛則倒在地上，崩解成塊。「上一次冰河期時，這些長毛犀牛遭到突如其來的暴風雪，瞬間就凍死了，牙齒之間還留著牠們正在吃的青草呢。」米爾柯解說的同時，我們爬上犀牛的角：「我的父親和祖父慢慢將牠們從冰裡取出，散落在地上的殘骸就用來教學。周圍的光線來自永久磷光石（學名*Lapis draconensis aureolucentis*）。過去磷光石只存在於挪威的龍穴，不過我的祖父在這裡放了磷光石。」

接著我們再度上路。米爾柯靜默不語，我們在清晨六點回到家中，一杯中國茶稍稍驅散了倦意。米爾柯從搖籃中依序抱出寶寶，為他們換尿布，依舊沉浸在思緒中。換完尿布後，他到我們身邊坐下，盯著天花板說：「我們還有三天……」

我們站起身，那一刻終於來臨了嗎？他滿臉嚴肅的盯著我們補上一句：「耐心點兒。說好的事情就是說好的……」

由於他相當年輕，即使我們稍微被激起好奇心，但仍對他的智慧與穩重言行感到驚訝。

於是我們又坐回餐桌前。是放鬆的感覺嗎？正是，撇開我們現在擁有小矮人獨有的特質，我們也學會了放鬆。儘管如此，我們依舊滿心好奇。他根本就在考驗我們嘛！

之後，我們從早上十點睡到傍晚六點。外頭的極地寒風正猛烈侵蝕凍原與森林……

用過早餐後，我們就這樣無止盡的坐在餐桌前。

全世界都在過聖誕夜。然而我們仍舊無法直接提問，為什麼要在大冬天的把我們叫到離家這麼遠的地方。彷彿我們的舌頭忘記怎麼說話。或許我們內心的小矮人很明白什麼該做、什麼不該做吧。

我們幫忙艾莎收拾餐桌時，米爾柯待在壁爐前望著火焰。我們討論最近瑞典沿海非法傾倒廢棄石油造成的海鳥浩劫，不過米爾柯的思緒似乎又飄到別處，並沒有加入對話。

突然間，他轉身走向玄關。我們從虛掩的門縫看到他打開嫁妝箱的蓋子……然後跳了進去！不過當他開始往下走，然後不見蹤影時，我們簡直詫異到下巴都要掉下來了。

階梯嘎吱作響，我們聽見下面傳來聲音。看著焦

躁不安的艾莎，我們只能保持靦腆的微笑。

終於，我們看見米爾柯小小的帽尖再度出現。他抱著兩本書，一本非常厚重巨大，另一本則很輕薄。他步出嫁妝箱，身上散發著綠色微光。艾莎滅掉所有的蠟燭後，綠色光輝照滿木製的餐桌，有如桌布。我們全都靠過去，滿臉映照著這陣綠色光輝。米爾柯翻開厚重的大書，肅然的宣布：「是讓你們瞧瞧《神祕寶經》的時候了。」

他沉默片刻，接著繼續說：「這些書蘊藏著自古以來關於小矮人的所有紀錄，從歷史、生活規範、實際經驗等等。原本我想等到客人來再拿出這些書，因為他也有些話要對你們說，但是他不可能來了。想讓你們看看這本書的原因之一，是要讓你們知道你們

的第一部文稿有多麼淺薄，討論與董德·哈洛遜的對談。現在好了，世界上一半的人都讀過那些內容，而且還津津樂道，如今該正本清源啦！該讓你們變得成熟些了，接下來的幾天中你們會有機會成長的。」

興奮愉悅感使我們的脈搏節奏變快。到目前為止，我們都還沒有機會一窺小矮人家家戶戶必備的《神祕寶經》。可是為什麼不在荷蘭某個地方進行呢？米爾柯似乎知道我們想問什麼，補充道：「讓你們大老遠跑到拉普蘭的原因之一就是……這本是原版的《神祕寶經》。所有其他的《神祕寶經》都是謄寫自你們眼前這本。小矮人年滿七十五歲並且在當地的委員會登記後，就會到這裡抄寫內文，要花上好幾年的時間。我們挑選在聖誕節如此重要的人類節慶要你

們到這麼偏遠的地方，原因是這本書具有某些特殊力量，你們很快就會見識到，不過只有冬至的前後六天才能發揮這股力量。這就是為什麼我無法繼續等待另一位客人，因為研讀這本書要花上好幾天的時間。」

我們全都不發一語。艾莎的雙眼明亮，瞳孔放大，緊緊盯著綠色光輝。我們猶豫著是否要伸手碰這本書。

「我有權保管這本珍貴無比的古籍，」米爾柯繼續解釋：「這是由於書籍會輪流託付給其中一名小矮人，每人保管三百年。當然也可能輪到某個住在荷蘭

的小矮人，不過本書的持有者必須時時更新內容。」

米爾柯翻開書本，字母也是綠色，而且似乎是手寫的。偶然翻開的章節是〈鳥類的遷徙〉。書頁上繪有遠古世界地圖，以點、線、十字、神祕的符號與古老的北歐盧恩文字裝飾。不過越盯著世界地圖，地圖就彷彿逐漸脫離書頁，越來越大，並且開始轉動。綠色也逐漸被各式各樣的顏色取代。

「說些你們想進一步了解的事吧。」米爾柯說。

「燕鷗！」

霎時間，我們面前出現北極燕鷗（學名*Sterna*

macrura）的所有遷徙路線，從美洲大陸東邊和西邊與火地群島飛往加拿大再折返，旅途長達數萬公里，牠們的一生中為了下蛋至少會遷徙四次。

我們還看到賊鷗，牠們會搶走北極燕鷗在長途旅程中捕捉的魚，並且到窩裡吃掉牠們的蛋。

眼前的景象實在太壯觀了。地球現在正飄浮在餐桌上方緩緩轉動著。我們甚至可以看到烏領燕鷗、玄燕鷗、黑浮鷗、黑腹燕鷗、白翅黑燕鷗、小燕鷗、歐嘴燕鷗、白嘴端燕鷗，以及其他這類不屈不撓的鳥類的罕見品種的棲息地區。仔細觀察，還以為這些白色

的身影從我們頭頂上數公尺處飛過呢。

米爾柯翻到〈古生物學〉章的滅絕物種篇。一瞬間，地球消失了。「你們和我們之間的差別，在於我們當時就已經存在，而你們能從化石中重建古代就應該要滿足了！你們想看什麼？猛獁？」

猛獁瞬間自書頁浮出：渾身長毛的骸人巨獸，還有一對驚人的長牙。牠發出低沉的吼叫聲，同時起身直到天花板，栩栩如生，不過是摸不著的。米爾柯的手清楚的穿過猛獁的形體。

我們幾乎能夠感受到猛獁，然而牠連一點聲響都沒有發出。

接著米爾柯給我們看其他史前動物。出現在眼前的尼安德塔人簡直不可思議，他正忙著用石刮刀刮整皮革，但是他們也已經不存在了。

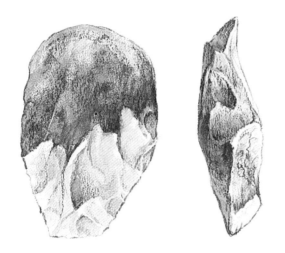

小矮人知道非常多埋藏這類石製工具的遺址。

我們也發現拿破崙是在一名小矮人的陪同下前往
厄爾巴島。他們不僅一起下棋，甚至還會固定到海邊
散步，這讓皇帝的心情大好，尤其是他贏了「吐口水
比遠」遊戲的時候。

義大利製琴師史特拉第瓦里（Antonio Stradivari）在克雷莫納山區走了無數公里，只為找到最適合製作無與倫比的小提琴的木材。小提琴的面板是以歐洲赤松（學名*Pinus silvestris*）的木材製作。側板、背板和琴頸都是波西米亞楓木。他所使用的琴漆成分獨特，如今已經失傳。他常常求助於小矮人，偏愛生長在海拔1500公尺以上的樹木，因為它們的生長速度緩慢，生成的年輪非常緊密。

除了實用知識，在這些地形險峻的山區，小矮人對他特別有幫助。

　　米爾柯最後闔上書本。時間到了，然而我們根本還沒看夠。天快亮了，艾莎正在準備早餐。

　　「那本小書，書的內容是什麼呢？」

　　「那是給兒童的簡易版。」米爾柯回答：「通常我們會在睡前唸給他們聽。」

　　早餐後，米爾柯把大書放進我們的睡櫥，靠著床腳旁的壁板。

　　「拿去，盡情閱讀吧！」

　　換上睡衣後，彼此道了晚安，然後我們鑽進被窩，打算翻閱這本書。我們讀到迴力鏢和靈擺是如何發明的。

　　治療術的章節內容也非常豐富。所有我們想了解的一切，全都躍然紙上以立體影像呈現。書裡什麼都有，連用來測量血液流速的都卜勒測量儀都寫進去了。

　　這些頁面還擁有不時會停止的奇怪特性，然而文字卻繼續下去，感覺就和在讀報紙的時候睡著一樣。我們看到在岩漿中挖鑿的管道，以便將高溫轉換成能源，這可不是簡單的差事，畢竟要穿鑿3000公里厚的岩層，才能抵達熔化狀態的二氧化矽。根據小矮人的說法，二氧化矽整體厚度為2200公里，覆蓋其上的地函厚度是2500公里。很快的，小矮人喜愛的遙測法和語意資訊法對我們而言已經不再是祕密……

　　書中甚至還有挪亞方舟的插圖呢！

《聖經》中的大洪水發生在石器時代末期，也就是四萬年前。小矮人自己也無法倖免於「凡有血肉的活物、每樣兩個、一公一母、你要帶進方舟」的命運。不過他們得以帶著孩子登船。

在亞拉臘山踏出方舟時，小矮人可以給予動物們寶貴的指示，讓牠們知道該往世界的哪個方向去。

這是《神祕寶經》無數插圖之一，我們稱之為「找出隱藏
物插圖」，用來激發幼兒小矮人的觀察力。

還有一些圖片則描繪無害但很啟人
疑竇的形狀，特別是陰影中的形體，
用來教導孩童辨認自然界中真正的
危險（聲響亦然）。

水中女神有時候會以花容月貌的美麗女性外形現身，她們從容怡然地住在冰冷的水裡。

男人若注視她們，就會立刻忘記自己的妻子，將會在工作中度過餘生（成為奴隸）！

這些淑女絕對不會打擾小矮人。

有些女神的雙眸
像母鹿
↙

有些女神則擁有狐狸
般的眼睛
↙

或是猛禽般的銳利雙眼 →

某些特定的日子，她們會愉快
的在陡峭河岸邊的石頭上梳妝
打扮，小矮人必須經過那兒無
數次，才能完成一件需要高度
專注力的勞務。

露莎卡
渾身透綠的水妖，有時候長著魚尾。
她們天性無憂無慮，完全不曉得自己會
誘惑男性。
她們不能讓頭髮變乾，否則就會生病。

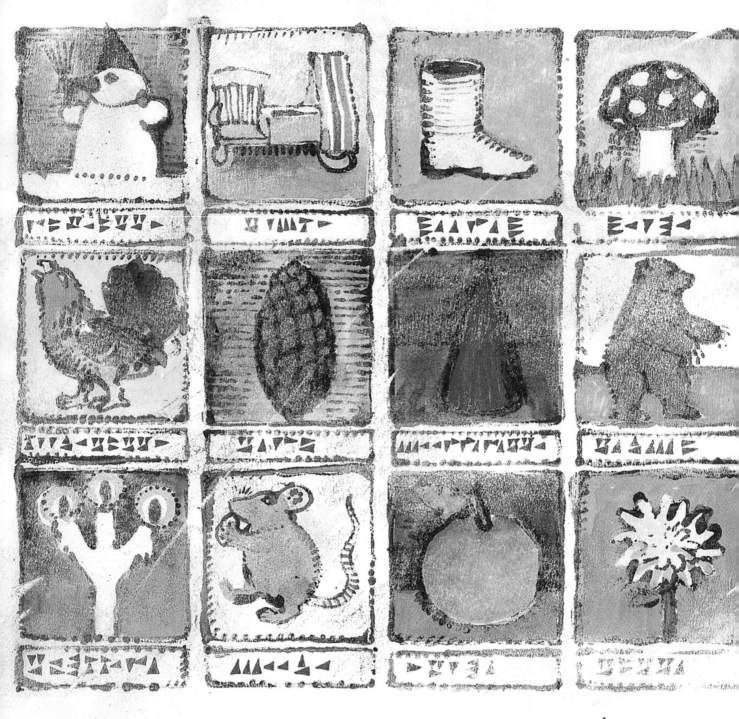

古文讀物插畫頁

楔形文字
（又稱尖帽形文字）小矮人如今已
不再使用。

「我們可以看看保存《神祕寶經》的地方嗎？」
我們詢問米爾柯。

「當然。」他興高采烈的回答。

掀開嫁妝箱的上蓋後，我們一個個輪流鑽進去，
發現箱子裡別有洞天，進入一個明亮寬敞的大房間，
應該位於起居室的正下方，有七張斜面書桌。

隔天早上，我們在睡櫥內繼續閱讀這本書，書中
的內容顯然更多，我們前一天讀到的只是第三部分而
已。

一個星期就這樣過去了。某天晚上，我們正從餐
桌起身時，咕咕鐘叫了十二聲，根據我們的計算，那
天應該是1月1日。我們與艾莎和米爾柯互相磨蹭鼻
尖，祝福彼此新年快樂。

「暴風雪平靜下來了。」米爾柯說：「明天風應
該就會停了，不過積雪有一公尺深，而且風一停，積
雪就會凍得和石頭一樣硬。明天晚間左右我會等待客
人到來，要趕跑一大堆醜怪，我還聽說附近有成群冰
雪惡魔遊蕩出沒，他們試圖弄醒一隻鼻涕怪。我們的
族人可千萬要當心哪！」

1月1日晚間，銅製的門響起一陣厚實的敲門聲。米爾柯前去開門，接著……一名西伯利亞小矮人進入屋內。他的個頭比我們高好幾公分，身穿一件皮草大衣，頭戴有巨大護耳裝飾的皮草尖帽。他的眼神彷彿能看穿心思，一大叢亂蓬蓬的鬍子更顯鼻子通紅。

「尼可萊，你好呀！」米爾柯高聲打招呼：「歡迎！歡迎！這趟旅途一定很難熬吧！」

西伯利亞小矮人沉默不語。

他轉身解開沉甸甸的背包，取下來用腳把背包踢到牆邊，然後將厚實的羊毛手套扔在背包上。這時候他才轉向米爾柯，一隻手拿著火腿對他說：「什麼？就這三兩朵雪花和這陣微風？啊！別笑死我了！」他和艾莎磨蹭鼻子，然後轉向我們，從頭到腳仔細打量一番，脫下皮草大衣，拿去掛在玄關。他回來後，米爾柯對他說：「請容我介紹我們的荷蘭朋友。」西伯利亞小矮人咕噥幾句後，說道：「何必？不就是那兩個以為西伯利亞人都是盜匪、還把我的朋友科斯地亞當成毛皮小偷的傢伙嗎？」我們的眼神交會了，氣氛非常緊繃。艾莎和米爾科也感到無比尷尬。做為迎接這位我們等待已久的客人的到來，顯然不是好的開始。幸好米爾柯出手相救：「尼可萊‧史戴普諾維奇，快進來吧，這可不是失禮的理由。至少別當著艾莎和我的面嘛。快跟他們握手！」

西伯利亞小矮人吸了吸鼻子，聳聳肩，然後生硬地向我們伸手。隨後我們就入座了。米爾柯從櫃子裡拿出一瓶酒和幾只玻璃杯說：「來杯杜松蘑菇酒吧？」客人點點頭表示同意。他也遞給我們酒液裝滿到杯口的水晶杯，舉杯敬酒時，尼可萊的臉上漾出一朵微笑：「我始終無法相信，在你們拉普蘭竟然可以用香菇做出這麼棒的酒！」

他說的是實話，這種酒真的非常香醇。

　　雖然有點小爭執，不過我們非常敬重尼可萊。這名體形壯碩的小矮人很可能是因為適應了占地等同半個歐洲的北方針葉林的嚴酷生存條件，散發出固執頑強的氣質。這點或許解釋了為何他們不是最討人喜愛的小矮人。

　　他伸展雙腿，看起來昏昏欲睡，畢竟他這一趟旅途相當勞頓。沒有人開口說話。突然間他再度張開雙眼，一口氣喝完杯中酒，說道：「距離這裡四十公里外有一頭受傷的熊。我們現在就上路！」

　　一眨眼的工夫，我們備妥鋸子、斧頭、繩索、刀子、保暖耳罩、保暖長內褲和內衣，全都是米爾柯從地道的櫃子裡取出的，然後我們穿上滑雪雙板。小矮人的速度讓我們吃不消。米爾柯每三刻鐘就要給我們吃一次葛縷子，否則我們就會撐不下去。外面零下35度，但是沒有風。樹林、平原和結凍的池塘不斷從我們身邊竄過。積雪已經好幾公尺深，然而我們完全不會下陷。

　　接近一片陡峭坡地時，我們終於看到一頭身上蓋滿白雪的熊，牠掛在兩根樹枝之間，被卡得動彈不得。熊的呼吸微弱，眼神黯淡，一定是肋骨兩側的壓迫令牠呼吸困難，而且牠也凍壞了。米爾柯和尼可萊立刻動手用斧頭砍右邊枝幹的外側，鑿出一道夠深的刀痕後，他們便帶著繩索爬上另一根枝幹。

　　「你們去幫忙把熊降落到地面！」米爾柯朝我們大喊：「我們降下繩索後，把繩索穿過熊的脖子下方、前腳和腹部，然後我們再開始放繩子。」

我們爬到樹上,靠近瀕死的熊。牠的身體毛茸茸的,氣味濃烈,覆滿白雪,令我們印象深刻。小矮人分三次將繩索穿過熊的身體下方,然後將末端綁在樹幹上。接著他們一躍跳到樹下。

「現在開始鋸樹枝內側。」米爾柯說:「小心點,這根樹枝馬上就會斷掉。」我們四人齊心協力,奮力鋸著樹枝,又鋸深了數公分。樹發出嘎吱聲響,熊長長的吸了一口氣。尼可萊以一連串喉嚨深處的r

音，發出一聲令人費解的吼叫。

我們又繼續往下鋸了幾公分，外側的刀痕順著內側的斧鑿痕跡應聲而斷，掉落在下方的陡坡，滾落到視線外。這時我們才明白，暫時吊起熊是明智的做法，否則熊就會從四公尺處墜落，加上牠身上的積雪重量，只會讓狀況更糟，更不用說牠凍壞的身軀會像鋸斷的樹枝一樣滑落到更遠的地方。

小矮人快速爬回樹上，我們也跟著做。我們緩緩鬆開繩索，非常成功！熊應該有250公斤重，不過我們從樹的後方讓繩索慢慢滑動，不僅可以增加對抗重量的力量，也能分擔重量。兩名小矮人似乎力大無窮。

隨著雪中的一聲悶響，熊終於回到地面。我們爬下樹後圍繞著熊，米爾柯從袋子裡拿出一小罐山金車，擦在熊疼痛的肋骨上，同時間尼可萊把半邊蓮精萃倒入熊嘴，使牠恢復呼吸。我們盡可能用力摩擦熊的四肢，促進血液循環。半個小時後，熊的呼吸明顯順暢多了。

牠試圖起身，卻每一次都摔回地上。十五分鐘後，牠又試了一次，這一次牠成功用四肢站立，不過

搖搖晃晃像喝醉酒似的。熊的小眼睛充滿焦慮不安，但我們也從牠的眼神中察覺感激之意。

「你的巢穴很遠嗎？」米爾柯問牠。熊的喉嚨深處發出一聲低吼。「距離這裡一個小時？……你走得回去嗎？」

不過熊已經上路了。牠踩著蹣跚打滑的腳步，逐漸遠離陡坡，進入森林。

「牠一定回得去的！」米爾柯大喊：「牠只會稍微不舒服個兩三週，一定是暴風雪讓牠從冬眠中醒來。」

我們隨即動身回家，氣氛再度緊繃了起來。拯救熊的事情使我們暫時忘卻尼可萊的威脅，適時出現在地下生活中以分散注意力；然而回到屋內後，尼可萊的怒意再度令我們感到不安。他默默吃喝搭配甜酒的豐盛菜餚，然後一個字也沒說，躺進掛在起居室為他準備的吊床，便睡著並開始打呼，鼾聲還非常響亮。

隔天晚上，他直截了當的宣布，他是來把我們帶到西伯利亞去的，而且沒得商量！我們已經為了先前書寫的內容太過輕率而不停向他道歉，但是顯然這不足以平息他的怒氣。「這對你們的訓練來說可是大好機會喔。」米爾柯神祕兮兮的說，他一定知曉內情。

我們試圖讓他明白，西伯利亞對我們來說有點太遠了，並且問他：「那麼誰來幫我們恢復原本的體型呢？」

「這在西伯利亞也辦得到。」尼可萊沉著臉說。
「可是為什麼非得要跑到西伯利亞深處？」
「這樣你們才會明白我們找你們來的真正原因。」米爾柯回答。

我們已經無能為力，再說，感覺似乎也不完全和我們之前的疏忽有直接關係。我們又請求最後一次：「假如你們立刻讓我們恢復體型，讓我們回家去，這樣如何呢？」

米爾柯拒絕了我們絕望的提議，因為如此一來便會破壞我們和小矮人之間的親近關係：「我當然可以這麼做，但是我不想。你們之後就會明白一切了。」

再抵抗也沒有用了。我們還能做的唯一一件事，就是要求打電話回家，告訴家人我們會比預期的晚得多回家，也說不出明確的日期。

米爾柯欣然同意，尼可萊則毫不在乎。

趁著夜色，我們跑到距離米爾柯家數小時外的小村子。周圍一片寂靜安謐。

我們從一個廢棄的老鼠洞溜進房屋底下，接著從地板的縫隙鑽進客廳。牆上釘著一具老式電話。彷彿花了三輩子的時間才聯繫上接線生，不過終於從赫爾辛基的夜間語音和荷蘭勉強連上線。我們總算各自聯絡上電話那頭的妻子，雖然她們都已經睡了，聽到我們的消息都很開心。不過當她們知道我們有意待更久時，就沒那麼開心了。我們不得不透過斷斷續續的話筒向她們解釋我們別無選擇。

由於有些動靜，我們便掛掉電話，米爾柯說：「你們現在或許高興不起來，不過等一等，你們將會發現這份體驗多麼神奇美妙！」

當下我們完全無法同意他的話，不過他卻消除了我們所有反對意見，從口袋深處摸出一小塊金子，放在電話聽筒旁說：「這樣的解釋應該夠了吧。」

接著我們動身離開，一路上沒有人說話。

　　我們必須在兩天後前往西伯利亞。但是米爾柯希望離開前與我們分別單獨談話。隔天晚上在舊桑拿裡進行對談。親眼看見《神祕寶經》的喜悅，在某種程度上被其他的事沖淡了，一部分也是因為無法閱讀整本書。我們要求再看一次《神祕寶經》，他卻搖頭拒絕。「最後的部分就是最重要的部分，你們還沒準備好接觸『核心』。你們還必須經歷一些事。可別以為我們會輕率行事。首先，我無權讓你們閱讀完整的《神祕寶經》。必須先經歷過一些事。再說，時間也不夠了。小矮人要耗費多年謄寫這本包含七個部分的書，每一名小矮人經歷的成熟過程都不是我用三言兩語可以簡單帶過的。」

　　「為什麼不行？」

　　「原因很簡單，你們不是小矮人！」他用我們從未見過的認真態度回答。

　　一切都太神祕又令人失望，然而多說也是杆然。我們顯然撞上一扇小矮人不願向我們開啟的大門，因為「首先必須經歷一些事」，但究竟是什麼事？這扇門的後面，一定是小矮人道理的奧祕，與如何精通其他人類永遠無法擁有的各種天賦能力的方法。

他們始終保持野生動物的行為模式，同時又結合理性最公正明智的用途；雖然與周遭環境全然和諧共處，同時也以最高明的方式應用理性，他們卻不識緊張為何物；他們從不追求個人崇拜、權力或一己之利，達到理想的群體生活；他們實踐了團體大於個人的自然法則，同時克服良心所帶來的矛盾；這一切的歷史長達千萬年，沒有紛爭、私利、暴力或污染。

小矮人叫我們來到拉普蘭，似乎就是為了教導我們這一切都是存在的，然而我們被評斷為過度輕率，因此小矮人決定我們不能真正參與其中。真是嚴厲的教訓。

「不過，」看著我們一臉頹喪，米爾柯繼續說道：「許多事情將取決於你們在往後幾個星期的表現。我們還有時間，耐心等待，即便等待過程並非總是愉快。無論如何，你們目前為止在《神祕寶經》中看過的內容，恰好會出現在接下來的考驗中，確實記下所有內容。尼可萊其實不像外表看起來那麼兒，他會給你們許多幫助的。再會！」

西伯利亞之旅

　　漸漸的，我們開始理解這一切是如何緊密交織的。米爾柯讓我們來到拉普蘭，在冬至期間向我們展現《神祕寶經》和書的魔力，至於我們，則尚未獲得閱讀這本書完整內容的許可。

　　這就是西方小矮人的教訓。但是同時米爾柯也邀請另一名西伯利亞小矮人，後者的部族顯然對我們第一本書的描述非常憤怒。這名小矮人必須把我們帶到西伯利亞，這就是東方小矮人的教訓。我們實在越來越糊塗了。

　　已經決定我們將搭乘由旅鼠拖行的三套雪橇移動，目的地是長達3,000公里的葉尼塞河。我們滿心擔憂的從拉普蘭出發，不過比起我們即將進行的探險，在寒冬中由一名怒火中燒的巨漢陪同根本是小兒科！此外，體型嬌小的旅鼠究竟如何完成如此辛苦的長途旅程，對我們來說也是個謎。

　　西伯利亞啊！面積是俄羅斯的三倍……氣溫最低可達零下55度……三套雪橇、沒有盡頭的松樹林中布滿沼澤和被淹沒的土地……凍原……永凍冰霜……無邊無際的河流──葉尼塞河、鄂畢河、勒那河──全都諷刺的流向北方，由於這些河流的下游仍然結冰，南方的融冰因此無法順利流動排出，導致反覆氾濫淹水。

　　啟程的時刻終於來臨。三套雪橇正在艾莎和米爾柯的屋外等著，前方套著三隻西伯利亞旅鼠。我們的行囊和筆記本已經放在雪橇上以繩索固定，我們溫柔的向他們道別，不希望洩漏我們的心情。接著我們跳進雪橇。就在我們拉緊厚重的猛獁毛毯時，旅鼠一躍而起。旅鼠不需要引導，自己就能找到道路。

我們靜靜凝視飛逝而過的景色，如此純淨美好，即便在黑暗中。然而心中的不安依舊折磨著我們，隨著逐漸深入東方，我們也懷疑自己能否承受酷寒。尼可萊仍保持沉默，斷斷續續的打瞌睡，伴隨長長的鼾聲。旅鼠會定時停下來休息，這時我們會餵食牠們米爾柯交給我們的種籽。風柔和地往東方吹拂。

黎明破曉時，旅鼠一定累壞了，不過一切都無法阻止牠們，顯然是受到一股超越牠們的力量驅使。牠們有時候會突然停下腳步稍事歇息，嗅嗅風的氣味，然後發出尖銳叫聲、吱吱叫和低吼著繼續上路。然後突然間，在一片高原上，牠們開始衝刺。當時即將早上10點，我們正以駭人的高速逼近高原的邊緣，我們害怕三套雪橇、乘客與所有一切全都從邊緣墜落。尼

可萊起身，掏出刀子，三兩下就割斷韁繩。同時間，旅鼠消失在開闊的深淵，雪橇一路滑行到懸崖邊緣才停止。在清晨的微光中，我們看見下方疑似一條棕灰色的河流。但是我們很快就發現那實際上是什麼：那是接連不斷急著往南方衝的旅鼠，大概有數萬隻吧。我們恰好遇到旅鼠遷徙，這是每五到八年才會發生的現象，不過這次似乎特別嚴重。

某些豐收年，旅鼠的數量會快速增長導致族群數量過多。雌旅鼠最多可生下12隻幼崽。這段期間，第一胎和第二胎的旅鼠也已經生出小旅鼠，以至於很快便無法再以數學方式計算牠們的繁殖速度。一般來說，旅鼠會從冬季的棲息地出發，進入山區，在春季時抵達一大片新生的青草地，秋季時再度北上。然而族群數量過多的時期，遷徙的本能衝動就明顯強化，以逃離高密度族群中可能爆發的疾病和飢荒。遷徙的過程從數十隻開始，不

過很快就會變成數百隻、數千隻，最終數量達到好幾萬隻。每隻旅鼠只有一個目的，那就是跑得越遠越好，直到地平線的盡頭，甚至跳進冰河。牠們能夠輕鬆穿越河流甚至湖泊，然而最終一定會抵達大海，牠們以為大海也能輕鬆穿過，於是縱身跳下，有時候距離非常高，因而大量溺斃在海裡。不用說，任何名為猛禽的動物，都能輕易屠殺大群無助的旅鼠。看見這些嬌小的嚙齒類的勇氣，實在驚心動魄：面對狐狸或狼時，牠們甚至會用後腳站立，縮著頭堅持攻擊。

我們目睹我們的旅鼠被同類的洪流吞噬，把雪橇推到藏身的岩石旁的角落，拿起行李，默默盯著尼可萊。這時候，他首度對我們說出友善的話：「太好了！從現在起，沒有牢騷囉？」

我們往森林邁進，是河谷的另一邊。我們必須穿過川流的旅鼠，不過旅鼠並不會壓扁我們。尼可萊

說：「牠們幾乎全都會死。不過數世紀以來都是如此。」他顯得比較親切了。也許他是有點故意讓自己看起來兇巴巴的。

我們很快就察覺到森林中有一隻狐狸。尼可萊用手指使盡力氣吹了好幾分鐘口哨，接著我們眼前出現一隻氣味衝鼻的雪白狐狸。尼可萊在牠的耳邊悄聲說了些話，狐狸有些遲疑的同意了。

「牠會帶我們往東走很長一段路。」尼可萊表示：「不過牠想尾隨旅鼠行列，這個奸詐的傢伙！」

我們跳上狐狸的背，緊緊抓住牠的厚實毛皮。狐狸奔跑時，我們可以感受到那柔軟皮膚下的肌肉規律的伸縮。風呼嘯掠過我們的耳際。

幾個小時後，尼可萊對狐狸高喊止步，我們才跳下來，狐狸立刻沿著旅鼠的行蹤跑了。

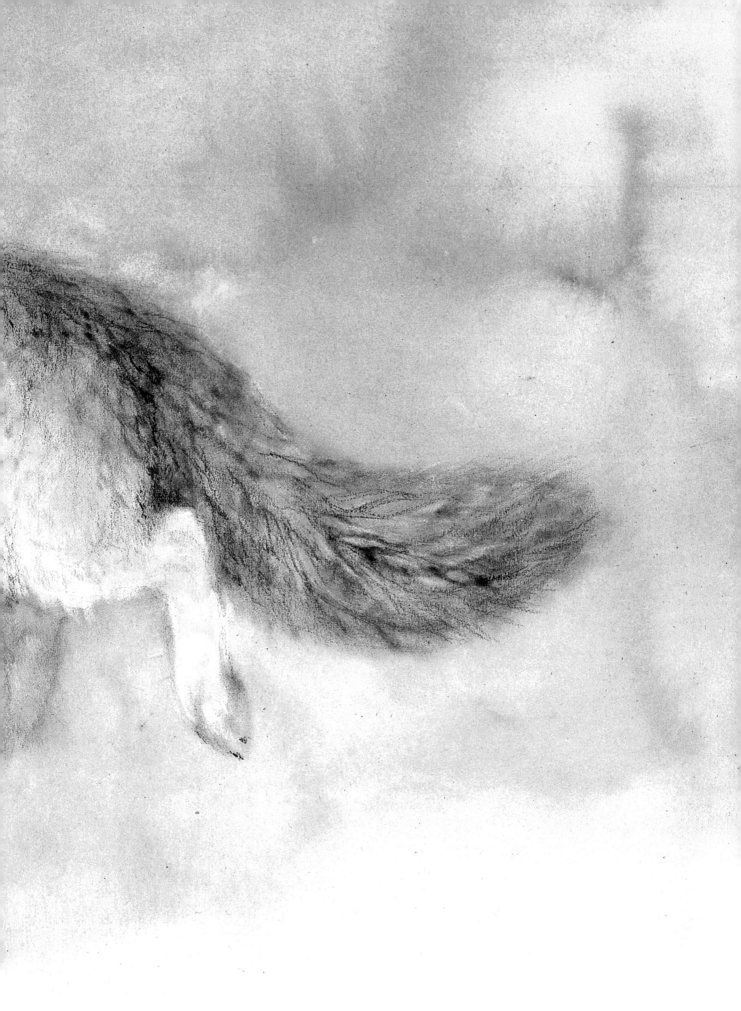

北極狐（學名*Vulpes lagopus*），又名藍狐。擁有一身
豐盈皮草，帶有貓的氣質。夏季時皮毛的顏色是泥土般
的褐色，冬季則變成雪一般的白色。

黑琴雞會在雪地裡挖出長達一公尺的地道,盡頭有一處可以棲息的小地洞。牠們的體溫會在地洞上方形成一個小小的氣孔。黑琴雞吃了滿肚子的歐石楠和樺樹嫩芽後,可以在地洞裡待上一整天。

接著我們滑過一處長滿歐石楠和樺樹的平原,終於抵達一片在白雪底下的灌木叢山坡。尼可萊撥開枝枒,進入一個顯然是居所的地方。他鑽進去和居住者交談,然後跑出來對我們說:「談好了。我們可以留在這裡過夜。讓我向你們介紹女主人,母黑琴雞!」我們將滑雪板插在雪裡,黑琴雞毫無懼色的看著我們。我們抬起一側的翅膀,靠著牠的溫暖身軀,舒舒服服的躺下,接著牠輕柔的將翅膀蓋在我們身上。我們感覺到牠的呼吸和脈搏,不過由於實在太過疲倦,轉眼我們便睡著了。

我們醒來的時候應該是晚上。在這張迷人的羽毛

最好不要插手。自然會自己恢復平衡,即便顯得很殘酷。動物會吞食動物,然而動物卻從未因此滅絕;只有你們人類才會造成滅絕。猞猁殺死狍,牠的行為是出於明確動機的,生病老弱的動物都必須被淘汰。這不叫殘酷,而是沒有憐憫心,這兩者截然不同,一切都都自有道理。只有心術不正者才會無故殺戮。」

走出營地時,我們看見頭頂上的天空星光密布。我們穿上滑雪板,打算到這一帶逛逛。某些地方的雪被翻開,底下的蕨類被吃掉。還有一些深度與我們齊高的凹洞,聞起來有動物的氣味。「是麋鹿。」尼可萊嘀咕道。

床上睡飽後,我們的話題又回到旅鼠。尼可萊不像早上那麼親切了,不過他還是加入對話。

畢竟他骨子裡還是小矮人:「有太多太多自然法則是我們無能為力的。如果動物遭遇危險,我們會幫助牠,就像那頭熊。不過如果面對自然法則,那我們

回到營地時已經午夜,尼可萊要我們在雪地裡挖一個洞,鋪滿石片以便在其中生火。他在出發尋找可食植物前說:「這段時間你們就好好寫書吧。我大概兩三個小時後回來。」

他滿載而歸的回來,然後我們生起火。

　　我們在泥土中挖出的方形凹洞裡鋪滿扁石（不可以用河裡的石頭，會爆裂！）。火生得好的話，可以在石頭上持續燃燒兩個小時。接著鋪上燒紅的炭。我們在石頭上放了片狀的石耳（學名*Umbilicaria sp.*），然後蓋上厚厚一層石蕊（學名*Cladonia rangiferina*），搭配野韭菜（學名*Allium*）球莖和薔薇果。接著再鋪上一層石耳，最後以泥土覆蓋。一個小時後就可以吃了：撥開最上層的泥土，下面就是燜熟的蔬菜……

　　於是我們有大量蔬菜，整晚隨時都能享用。尼可萊嘟嚷發牢騷，卻還是各為我們斟了滿滿的水果酒，雖然我們已經沒有雪橇，但他身上似乎藏著大量的酒。我們開始喜歡他了：「你怎麼在雪裡找到所有這些植物的？」

　「石耳到處都有。有積水的地方就能找到野韭菜。不需要探測棒也能在地形隱密處找到這些。至於薔薇果，雪地上下都有，雖然有點凍傷，不過還是相當多汁。」

　　對我們而言，大地再度成為可觸及之物，只要用心感受就可以了。

北極的漫長冬季沒有新鮮蔬菜，為了避免罹患壞血病，小矮人會煮沸松枝，松枝水所含的維生素C剛好足夠避免得到這種可怕的疾病。（缺乏維生素C會引起肌肉、骨膜下和牙齦出血。如果沒有緊急服用維生素C，最後會導致極為痛苦的死亡。要避免壞血病，必須飲用狼或狗的鮮血，因為這些動物可以自己合成維生素C。不過最簡單的方法是從年輕雄鹿的鹿角取血，鹿也不會死亡。鹿角在早春時開始生長，也就是食物中的維生素C比例最低的時節。）

石蕊

　　大約早晨的時候，我們的女主人走到地面上，牠的羽翼色彩真是賞心悅目，不過我們的眼皮越來越重。

　　「牠遇到麻煩了。」尼可萊對我們說：「附近有一隻雄松雞，不僅拆散所有黑琴雞夫婦，還會打斷雌雄黑琴雞的求愛舞蹈。我認為我不能置之不理。」

　　「你要怎麼做？」

　　他皺起眉頭，一臉若有所思的吹口哨，然後說：「好吧！既然如此，我就對你們實話實說了：我是治安法官，必須在各種爭執中做出裁決。只要有人舉報，我就必須到某個地方處理糾紛。我已經決定今天晚上七點開庭。不過先睡覺！我們的女主人目前情緒激動到無法庇護我們，不過我們一定可以找到其他黑琴雞讓我們留宿。」

　　我們在不遠處找到另一隻非常和善漂亮的母黑琴雞，整個白天有如照顧雛鳥那般呵護著我們三人，為我們保暖。我們實在太累，立刻就睡著了。

　　我們在五點左右精神飽滿的醒來，和前一天一樣閒聊。我們這輩子永遠不會忘記「在溫暖羽翼下的閒聊」。尼可萊問我們：「你們知道為什麼野生動物都會沿著自然小徑走嗎？因為動物對祕密符號有反應，例如人類感知不到的射線、電磁波、景物變化。或許人類很久以前也擁有感知這些事物的能力，不過現在已經喪失了。他們失去了『天線』。哈士奇之類的雪橇犬就能從雪的顏色、回聲的變化、特定氣味、冰的異常震動，再加上經驗與直覺，察覺到前方被雪蓋住、肉眼不可見的冰層有裂縫，便會停下腳步。試試看吧！」

　　然後我們向母黑琴雞道別。牠似乎很感激我們，顯然牠的母性令牠感到榮幸與受寵若驚。不過我們卻對審判好奇極了。我們滑雪跟在尼可萊身後進入遠方的一片樹林，地點在樹下，已經就緒，中央立著一塊渾圓的石頭。尼可萊從行囊中取出一件以長長的白色帶子裝飾的黑色法袍，頭上也換戴紅色尖帽。我們看到那隻母黑琴雞；一段距離外則站著幾隻松雞。在場的還有幾隻岩雷鳥和各式各樣其他證人。

尼可萊披上法袍，站上石頭就定位後，首先聽母黑琴雞的陳述，受到一大群剛好趕來的雄黑琴雞熱烈掌聲。接著是一群松雞的證詞，證實被告松雞確實做得太過分，連一般的母雞也不放過！被告松雞終於現身時，牠的動機根本薄弱到不值得一提。說真的，我們認為牠不太正常。尼可萊沉著穩重的進行審訊，我們對他的敬意又更高了。嚴謹無私的運用權力、睿智、善於分析思考，還有他的幽默感，一切都令我們印象深刻。我們不約而同的認為，如果犯了錯，最好不要落入他的手中。

尼可萊權衡了正反兩方的不同意見之後,宣布判決結果:他判這隻雄松雞在求偶季時禁止靠近任何一隻雌雞,否則就剪掉翅膀,並且命令牠避免引起其他騷動,判決結果獲得熱烈的掌聲。

接著,由於這一區並沒有收到其他申訴,就此宣布退庭。

「牠會遵守你的判決嗎?」

「牠最好乖乖遵守!」尼可萊回答:「動物當中

可是有我的代理人的！」

　　他換回普通裝束，我們再度啟程。這一夜的北極雖然寒冷，卻十分平靜，我們的心情也很好。滑雪板下的白雪發出嚓啦聲，清洌的空氣充滿我們的肺。我們對尼可萊的敬意只增不減。

　　在暴躁易怒的外表下，他想必藏著一顆靈敏的腦袋和踏實的傳統吧。

　　我們現在明白，由這名小矮人的陪同踏上前往西伯利亞的路途絕對不是偶然，不過我們決定稍後再問他問題。

　　休息時，我們問尼可萊：「你常常處理這類案件嗎？」

　　「沒有結束的一天！申訴源源不絕的湧進來。動物、植物、石頭，甚至溪流之間，為了地盤、損失和賠償、偷竊、詐騙等各種糾紛。從拉普蘭到葉尼塞河這一大片地區，我們共有三個人負責審核，不過得再加一個人，人手才會足夠。我比較喜歡站在高高的

蘑菇上進行審判，可是蘑菇被雪蓋住。我的父親和祖父都曾經擔任治安法官，這一行透過父子相傳不斷精進，我們要在法院實習兩三年。我的祖父依照獾與狐狸在同一個屋簷下相安無事的模式奠定這套律法。西方狍，甚至所有雄性動物，都有權將入侵者趕出自己的地盤，驅逐到地盤界線之外，甚至更遠的地方（但是僅止於此），這規矩比我們的律法更久遠。這是我們嚴格執行的律法。

　　「我的祖父也曾經參與狼和狐狸的案件。狼和狐狸一同奔走，正當餓得半死的時候，牠們發現田地有一匹牝馬和小馬。狐狸要狼問牝馬是否可以將小馬賣給牠們，自己則在籬笆後方等著。『當然好呀。』牝馬回答：『不過價錢我忘得一乾二淨了。可否請狼先生您移駕到我的右後蹄親自看看價錢呢？』然後出其不意的對狼猛踢，力道之大以至於狼昏迷了好幾個小時。狼對狐狸提出告訴，我的祖父負責審理這個案件。狼的提告被駁回，無權獲得損失賠償，因為牠是自己走到牝馬身後，而且應該要表現得更聰明一點才

對，不過祖父也勒令狐狸不准再耍這種下流手段。」

滑雪的同時，尼可萊補充：「而且關於損失的申訴層出不窮。樹抱怨兔子啃樹根或是把樹根翻得亂七八糟。橙木和柳樹要求牽牛花不要再悶得它們透不過氣；充滿攻擊性的螞蟻軍團攻擊並吞噬行經的一切事物；昆蟲咒罵紅褐山蟻（一群紅褐山蟻數量可高達100萬隻，每天會吃掉10萬隻蟻群周圍的昆蟲），諸如此類的事。

去年一群鹿引發岩石墜落堵住溪流，一大片滿是地面鳥巢的區域因此淹水，還正好遇到孵化期。幸好當時只是初春，鳥兒還有時間重新築巢。我判每頭鹿負責保護三個巢，防止掠食者和其他危險，並且提高警覺，直到雛鳥成長到可以跟上母鳥。當然啦，我們

受到許多狐狸、貂、刺蝟、鴉類和鵲的抗議，不過我不理會。

「我還經常要處理到蜂巢偷取蜂蜜的熊。蜜蜂求助於我，牠們實在拿熊沒辦法，因為蜂螫對熊無效，除非螫在眼睛周圍或是嘴唇上，不過熊會驅趕蜜蜂。再說，蜜蜂用一次蜂針就會死掉，但是虎頭蜂卻不會死，這才是令人煩惱的原因。而且蜂蜜是蜜蜂的冬季糧食，沒錯，也有野生蜜蜂，而且族群正在擴張。通常熊一開始會否認，不過在兩萬名目擊證人面前，不得不放棄。我判給熊的唯一懲罰，就是要求牠幫忙蜂巢生產蜂蜜，或者至少是糖，然而在大自然中並不容易。因此，通常熊只會受到訓斥就能脫身，搞得也沒幾隻蜜蜂願意和我當朋友啦！」

小紅帽的故事
不可能是真的。
天下有哪種父母會把自己的女兒取名叫
「小紅帽」？而且她怎麼可能毫髮無傷
的從大野狼肚子裡活著出來？
（這還只是其中兩件荒謬事呢）

不，狼誤吃了一個（頭戴尖頂紅
帽的）小矮人還比較有可能呢。

最早的手偶，其實是小矮人。

以下是由來：
自古以來，小矮人就是天生的演員，總是在遊藝會和年度市集的節目中演出……

……然後把募來的錢發給窮人。

由於小矮人的才智，他們總是能收入滿滿，並且引起……

……專業馴熊獅、音樂家、歌手、噴火表演者與其他雜耍表演者的眼紅。

這就是為何他們在 16 和 17 世紀時，被驅除出原本在社會中占有的一席之地。

當然啦，奸詐的人向來
明白這類娛樂是有賺頭
的。

他們用小型的手偶欺騙
單純的民眾。

隨著歲月流逝，小矮人的
長鬍子變成手偶突出的長
下巴，尖帽也往前彎了！

更後來，人類還發明
愚蠢的不倒翁，

丟人現眼的拉繩跳娃娃
小矮人，

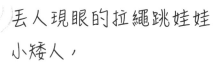

還有又蠢又醜的花園
矮人偶……

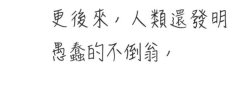

……最常當成狗的玩具……

尼可萊把這一切告訴我們後，我們聞到濃密的森林中有麋鹿的氣味。我們發現一個蹄印，因為實在很難不注意到牠們深陷的足跡，同時我們有時候也要閃避和我們一樣高的糞便堆。

麋鹿的蹄印長11-15公分，寬11-13公分。糞便幾乎和一個小矮人一樣高。

狹義來說，麋鹿就是冰島的迷你馬，擁有彎曲的鼻吻，可用來刨開積雪，找到食物。鼻孔的位置很後面，如此雪就不會跑進去。

終於聽見前方傳來兩陣氣息聲，我們察覺那是一頭年輕麋鹿和一頭年長麋鹿，後者的鹿角不久前才脫落。麋鹿朝地面低下巨大的頭俯視我們。尼可萊和牠們交談；似乎比和狐狸溝通容易些。「年長麋鹿的鹿角剛脫落。」我們的嚮導說：「因此減少了19公斤。牠可以載我們一程。」

　　一個小時後，我們疾速穿梭，來到森林和原野的
高處。風從我們身旁呼嘯而過，年輕麋鹿繼續奔馳，
頭頂載著我們的年長麋鹿在經過低矮枝頭時，小心不
讓我們被掃下來。牠以延伸快步奔跑，顯然可以持續
好幾個小時。麋鹿在清晨時停下，不過答應我們隔天
晚上會再回來載我們。牠們一離開，尼可萊就表示：
「麋鹿沒有固定居所，來來去去的。求偶季節時，牠
們可以移動數百公里之遠呢。」

　　尋找黑琴雞巢的時候，我們注意到一條由小樹構
成的直線。尼可萊解釋：「那是小矮人種的，如此在
藏身處之間移動時就不會被發現。」

　　我們尋找黑琴雞的蹤跡至少一刻鐘，來來回回拐
了好幾個彎，最後終於抵達入口。所有過程就和上一
次相同。

　　尼可萊外出尋找可食用植物時，我們就著火堆的熱度，不時從背包中取出筆記本，打開它的外包裝，書寫繪製這趟旅程。光是打開筆記本彷彿就散發出魔法，而僅是翻閱先前寫下的筆記，我們便意識到身旁所有的無形之物。

　　用餐後，我們再度蜷縮在女主人的翅膀下熟睡到天黑。我們在地球上只會活一遭，尼可萊和我們越來越能欣然接納彼此，這在共同生活的人之間是很正常的事。尼可萊甚至在醒來時輕聲對我們說：「嘿，小鬼們，睡得還好嗎？」這次植物的生命成為談話主題。

「植物當然知道周遭發生的事。」尼可萊說：「它們擁有一種遠在五感出現之前，就存在於活細胞之間的原始感知能力，不受時間和空間的束縛。許多事情正在發生，我們只是其中的一部分。樹遭到砍伐時感受到的體驗，和人類被帶上絞刑台的感覺是一樣的。奇怪的是，你們人類對僅有微弱電脈衝的心臟和腦部功能如此了解，卻對植物發出的相同訊號充耳不聞！」

隔天晚上，麋鹿回來了。東風轉為強勁的西風。尼可萊搓著雙手，凝視天空喃喃說道：「我們待會兒要加快腳步了！」

「你是說搭乘鳥類嗎？」

「耐心等著！」他神祕兮兮的回答。清晨時，麋鹿載著我們走了60公里，然後我們跳下麋鹿，向牠們道謝並目送牠們離開。我們來到林木茂密的高地，藉著月光，我們發現斜坡上有一個洞。尼可萊在我們距離洞口很近的時候，大喊幾個聽不懂的字，當下我們就聽見哈欠聲和一陣忙亂。接著簡直嚇壞我們，一隻肩膀寬厚的醜怪出現了。尼可萊示意要我們冷靜，說道：「嘿，庫爾克，一切都好嗎？」醜怪很開心見到尼可萊，立刻原地跳個不停，扁平的大腳丫四處亂踢。「和我的朋友們握手吧！」尼可萊命令。庫爾克在腋下抹抹手，然後朝我們伸出潮溼粗糙的巨掌。尼可萊問：「都準備好了嗎？」

「你們沒看錯！是氣球。」尼可萊說：「是用猛獁的膀胱做的。裡面裝有1.5立方公尺的天然氣體。」

「猛獁膀胱？」

「正是！冰層下還有一大堆呢。我們剖開猛獁的肚子，取出膀胱，然後縫合。接著把膀胱洗乾淨，抹鹽風乾，就會變得彈性十足，可以隨意充氣膨脹。」

「那氣體呢？」

「氣體是我們勇敢的朋友庫爾克從地底取得的。他進步很多，現在已經可以正確說出十二個詞彙了。他的報酬是食物和黃金，長期維持氣球在隨時可以出發的狀態。從這裡到葉尼塞河，我們共有三隻這樣的醜怪，這隻是庫爾克一號，還有庫爾克二號和庫爾克三號，每800公里處還有一隻庫爾克組長。」

庫爾克聽著這些話語時，臉上掛著大大的微笑。牆上掛著風箱，地上擺放一列蘆葦編成的吊籃，還有細繩和備用的空氣球。

「庫爾克也會維修細繩和吊籃。」尼可萊解釋：「他甚至還能保持身體乾淨呢。不過也是花了好多年才辦到的。」

「那麼氣體到底是從哪裡來的呢？」

「從地底下，用風箱一個個吸取的。不過他的時間很多。小矮人過去累積的氣體仍很足夠。」醜怪的兩隻手臂晃來晃去，溫馴的聽尼可萊說：「庫爾克，我們今天晚上啟程。注意一切都要就緒，另外幫我們加一條毯子。」

庫爾克從壁櫃中取出的毯子冰冰涼涼，彷彿浸泡過山中小溪。尼可萊從另一個櫃子中拿出脆餅乾和核桃，在簡陋的爐子上泡茶。

吃飽後，他就鑽進毯子下睡覺，我們則藉著燈籠的光線繼續寫作畫畫，免得手指冰涼。三個小時後，我們聽見旁邊傳來尼可萊的鼾聲。庫爾克躺在一層松枝上在角落休息。氣球在屋頂上映出巨大的影子，感覺非常奇妙。

醜怪用力點頭表示「準備好了」，我們走進一條小徑，接著進入一個較大的房間，以一盞燈籠照明，天花板上則有⋯⋯一顆氣球！我們滿臉狐疑的盯著氣球。

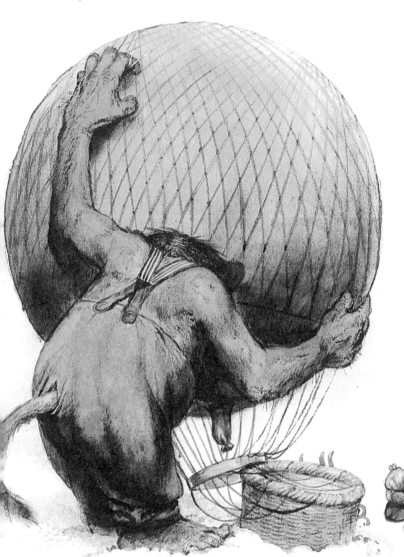

　　我們睡醒時，尼可萊已經準備好三盤熱氣騰騰的粥，上面撒滿糖。氣球已經不見了，我們聽到外頭傳來嘩啦嘩啦的碎石聲。「庫爾克正在吊籃裡裝小石頭，當做我們的壓艙物。」尼可萊說：「我們吃完就動身。」

　　庫爾克拉住氣球讓我們爬進吊籃，然後他慢慢鬆開繩索，讓氣球上升了兩三公尺。尼可萊要我們像習慣搭乘氣球的人那樣，使盡全力在原地跳躍跺腳。「都準備好了嗎？」尼可萊稍微喘著氣大喊：「好。那麼我們就出發囉！庫爾克，全放！」

　　醜怪會落入小矮人的陷阱，不過幾天之後就會重獲自由（透過打結的繩子上每天解開一個結計算）。有時候會讓醜怪在孤立的小島上度過好幾天。醜怪不會游泳，因此非常怕水。幾乎所有的醜怪最後都會一路罵罵咧咧的回到森林，絲毫沒有改善的意思。雖然醜怪的智商很低，卻可以訓練成氣球看守員。小矮人製造氣球和所有配件，醜怪負責準備就緒和填裝氣體。

下頁圖說明捕捉並訓練醜怪的各種陷阱類型。

小矮人設置捕捉醜怪的陷阱不是出於仇恨,而是反對醜怪的惡意和破壞性。此處描繪的是正在雕刻誘餌的小矮人。

醜怪不曉得什麼是木頭雕刻(他們沒什麼想像力),只曉得那是可以騷擾的東西,不過任何稍微有點腦袋的人都會明白,世界上不可能有從尖帽頂被掛著的小矮人!

醜怪踏進這個陷阱後，就會被自己關上的門鎖在裡面，然後在陷阱裡絕望的兜圈子，沒有任何思考能力，直到小矮人放生他。

最簡單但保證有效的陷阱！
（好商品不一定最昂貴！）

不論是花朵、蘑菇、鳥巢，或是其他事物，
醜怪就會像文學評論家一樣衝上去，滿腦子
只有一個念頭：打個稀巴爛！

懲罰之拳的功能原理，就是成立在這股瘋狂打爛一切的原則上。

如果醜怪輕輕踩，就會受到正面一擊。

如果踏得很用力，假的木刻尖帽就發揮功用啦……

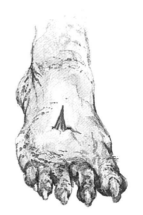

這類題材的變化實在族繁不及備載：
假的小矮人＋笨到自作自受栽進嚴厲
懲罰中的蠢蛋！

即便如此，小矮人仍對這些瘋
癲癡呆的傢伙保有同情心。

廢棄的喜鵲洞穴中安裝的
系統，名叫手腕陷阱。

卑鄙的醜怪才剛剛發現紅
色尖帽……

喀啦！他的拳頭就已經卡
進樹洞，

然後森林的寂靜就被最粗魯
下流的吼叫咒罵聲劃破。

所有和那頂討人厭的帽子相似
的顏色都必須無情的摧毀。

338

醜怪一出生，就開始盲目往四周亂踢。五個小醜怪中，只有最兇惡的才能存活下來。受害者甚至無法向醜怪的媽媽告狀，因為醜怪媽媽顯然對殘殺小鳥更有興趣。

小矮人立起指著錯誤方向的路標，保護動物們的家園免遭報復。小矮人的朋友與值得信賴的訪客，自然知道該往路標的反方向走。

氣球飛到30公尺的高空，順風飛行。森林在我們下方飛快越過，我們也越升越高。氣溫應該天寒地凍，不過冰冷空氣碰不到我們。一段時間後，由於我們以相同的速度飛行，不再注意到風的存在。空中萬籟俱寂。

尼可萊控制一條與閘門連接的細繩，我們想要下降一些時就拉開閘門放掉一些氣體。「我估計風速每小時36公里。」他說：「如果我們以這個速度持續飛

行二十四個小時，很快就能到庫爾克二號那裡了。當然，也可能發生任何狀況，尤其是風速降低或是風向改變時！」

不過我們按照計畫繼續前進，在雲層和地面之間維持速度，保持一定距離。我們必須越過一座小山，因此不得不從空中丟下幾把碎石。

遼闊的森林，偶爾會被耕地或村落取代，不過沒有任何人發現我們，我們就這樣輕輕鬆鬆從高空400公

尺處飄過，避開逆流。大約早晨的時候開始下雪，展開防雪罩的氣球使得我們必須再度扔下碎石。「我們必須在白天航行了。」尼可萊說：「幸好奧涅加湖和北地群島之間的地帶人煙稀少。」

我們吃了些許核桃和乾燥蘑菇，搭配甜葡萄酒。我們依舊搞不懂，尼可萊到底是從哪裡變出這些葡萄酒的。

然後夜色降臨，我們再度整晚沒睡。黎明時分，地平線的東方出現紅色光芒。「這是夕克替夫喀（Syktyvkar）的工業區。」領航者尼可萊說明：「不過那兒有一座機場，要小心別被發現了！」

幸好氣球小到雷達偵測不到。也有可能他們以為這只是小孩的玩具氣球，又或者飛航管制員正在打瞌睡，無論如何，我們毫無障礙的飄過機場上空，不過空氣中偶爾充滿令人窒息的濃煙，腳底下方不遠處還有熊熊燃燒的高爐。

風速並沒有減緩，雲層略微飄散。尼可萊看了看星星，滿意的低聲自言自語。他拉開排氣閥，我們在一陣嘶嘶聲中緩緩接近地面。樹木頂端幾乎要碰到我們的時候，尼可萊要我們拋下所有碎石，使氣球略微上升。在一座深谷上方時，他又再度洩出氣體，氣球斜斜的下降在河流結冰的表面，躲在一座丘陵後方。

尼可萊讓我們在積滿白雪的田野落地，跳出吊籃。

我們伸展緊繃僵硬的雙腿，走幾步路活動一下。接著穿戴滑雪板便上路了。半個小時後，我們抵達一間小屋，就蓋在離地面不遠處鋸斷的樹幹上，從小梯子爬上去。一隻看起來比庫爾克一號聰明許多的醜怪站在門前，一副愁眉苦臉。「庫爾克，一切都還好嗎？」尼可萊問他。

「不好。」醜怪回答：「以前的朋友來了。」

「他們幹了什麼事？」

「全部。氣球破掉。繩子斷掉。偷走吊籃。吃光食物。打我揍我！」

我們爬上梯子進屋檢查損壞程度。庫爾克二號撿起一顆支離破碎的氣球。

被指派準備氣球的醜怪會有一座風向計，指示風吹拂的方向，也就是氣球飄離的方向。除此之外也可以避免醜怪感到孤單，因為醜怪會開心的以為自己不分晝夜皆受到風向計上的小矮人的保護，可以是醜怪的同伴，可以和他聊天，同時保護他不受到其他醜怪的傷害。

尼可萊來回踱步低聲抱怨，怒氣沖沖的亂丟氣球碎片：「他們要給我付出代價！是哪些醜怪？」

「碾壓、破肚、重拳。他們很遠！」

「我會逮住他們的！你去取我們的氣球好嗎？就在上游再過去一點的地方。」

庫爾克二號立刻消失蹤影，快得像一隻獵物。尼可萊說：「我們必須重複使用氣球了。可是充氣就要浪費掉兩天。」我們剩下的核桃和蘑菇只夠再吃一餐，接著我們就睡了。同時間，庫爾克帶著氣球和吊籃回來，不過我們醒來時他已經離開。「他去收集氣體了。」尼可萊解釋：「在附近一個很深的裂洞裡，千百年來，我們都是從那兒汲取天然氣製成氫氣。」然後他便滑雪出發尋找蔬菜，庫爾克這次帶著滿風箱的氣體再度現身。尼可萊回來時，我們已經在土裡生好火，接著一起爬進小屋，大半個晚上都在聊烏拉山另一頭的氣候與其他話題。我們畫插圖、寫筆記，最後在早上睡著了。庫爾克在外頭忙東忙西。他必須很小心，因為白晝的陽光會讓醜怪變成石頭。

庫爾克驕傲的宣布「氣球好了！」的時候吵醒我們。外面是漆黑的夜。庫爾克拿出尼可萊的背包，尼可萊瞅了背包裡一眼，驚喜大呼：「老天爺，是榛果！你在哪裡找到的？」

「我藏的。」庫爾克說：「你找到了！」

「好棒的醜怪。」尼可萊感動的說：「一定會給你榮譽獎！」

　　然後我們滑雪去尋找石蕊。尼可萊教過我們如何在積雪下發現石蕊。一個半小時後起飛。尼可萊不斷對庫爾克說：「我非常高興！你做得非常好。」庫爾克興高采烈，用右上臂抹了抹鼻子。

　　我們從樹林間出發，風把氣球斜斜的往東吹，很快的我們便在溫和的微風中飄曳，距離波浪般起伏的樹林約250公尺高。

　　光是半夜我們就飛了100公里，後來風速變快，我們的加速強勁，氣溫也更冷冽。接下來的100公里甚至快了1.5倍。空氣中滿布碎冰，不斷飛進眼睛、嘴巴和鼻子裡。尼可萊憂心的盯著天空：「我們要遇上暴風雪了。不過我希望可以趁這時候全速飛行。」

　　一陣陣風把吊籃和氣球吹得方向歪七扭八。飛行速度已經快到開始令人擔心。尼可萊要我們丟下碎石，認為越往高處，強風會越減少。暴風雪的威力不斷增強，我們必須大吼才能聽見彼此的聲音，而且飛行非常不舒服，不過前進的速度卻相當驚人。尼可萊依舊保持沉著。破曉時，天空轉為灰黃，氣溫嚴寒到

難以忍受，我們也累壞了。暴風雪現在已然成為颶風。某個時間點時，尼可萊大喊：「風往南吹！我們必須下降，否則會偏離航道。」

　　終於可以鬆一口氣啦！回到安全的地面，參天大樹之間有一座山洞，在猛烈的暴風雪後，這種地方彷彿人間天堂。但當尼可萊拉繩子想要洩出氣體時，卻沒有任何動靜。閥門竟然卡住了！我們一起往下拉，依舊徒勞。颶風斷斷續續的把我們越吹越高，有時甚至朝我們迎面吹來。尼可萊爬上吊索，下來時對我們大喊：「閥門被冰卡住了。我們無能為力，只能看著辦啦！」

　　我們在驚慌的狀態中繼續飛行了十二個小時。白晝來臨，厚重雲層遮蔽陽光，天空時而下冰雹，時而降雪，有時候又是數不清的小冰塊。我們下方的森林已經變成一片綿延無盡的平原。氣球一定是被吹到很北邊了，我們渾身凍到失去知覺，庫爾克二號給我們的飲料和榛果是唯一的慰藉。我們已經因為持續顛簸的吊籃而筋疲力盡，更不用說還為了行囊提心吊膽。

我們絕對航行了上千公里。

接近北極海時，颶風的威力稍微減弱。烏黑的雲層來勢洶洶，先是下雪，接著是冰雹，容我補充，一塊冰雹幾乎和小矮人的腳一樣大呢。

大部分的冰雹都砸在氣球上，不過有幾顆擊中我們，像磚塊一樣硬。上方天空中的冰雹翻騰聲響簡直像電鑽。突然間，尼可萊拿掉保暖耳罩，我們聽見嘶嘶聲，尼可萊爬上氣球，然後對我們說：「氣球漏氣啦！」

氣球無法抵擋如子彈般飛來的冰雹。我們慢慢下降，然後往好幾個小時前就希望能夠抵達的地表迅速斜向墜落，摔得還真不輕。

我們掉在雲一般的雪上，吊籃反彈而起。然後氣球將我們拖過白雪茫茫的平原上，才終於結束這一切。冰雹停了，我們站身起來，全身僵硬痠痛。尼可萊說：「我們不能在這裡停留，必須抵達那些冰山才行。也許可以在上面蓋一座冰屋，或是找到熊的巢穴。不過我需要泥沙，這裡很靠近河流，一定有泥沙。」他在冰上切出一個方塊：「把冰塊綁在吊籃後面，這樣至少可以保持方向。」

我們幫忙尼可萊挖大冰裡的洞，直到鑿了50公分深。尼可萊的做法和愛斯基摩人在雪橇底部的處理一樣：將河底的泥沙抹在滑雪板底部，靜置結凍後打溼，再用刀子把表面弄得光可鑑人。

接著我們把滑雪板固定在吊籃兩側，同時間尼可萊忙著將冰磚固定在吊籃後方。我們摺好氣球，跳進吊籃，利用滑雪杖製造推進力。

抵達位在結冰河口另一頭的高聳冰崖底下，卻不見北極熊的蹤影。「那麼，我們來蓋冰屋吧！」尼可萊宣布。

建造冰屋：鋸出冰磚，從地面開始以圓形排列，然後螺旋狀往上疊，直到完成頂部。排列冰磚的人要待在冰屋內部，冰屋中央最上方會保留一個通風孔。完工後，建

很快的，風自自然然的推送我們前進。我們往右或往左拉冰塊以控制方向。

吊籃輕盈的在看不見盡頭的冰面上滑動，就是最愉悅的體驗之一，不過我們究竟該如何回到荷蘭依舊是令人擔心的謎。三個小時後，我們冷得全身打顫，

造者會在底部切割一個出口，然後在出口前方建造小小的出入通道。造得好的冰屋絕對不會倒塌，自然發生的逐漸下沉甚至會強化冰屋整體。所有可能留下的縫隙，都能以外加一層雪彌補。

冰屋完成後，我們在屋內切出一個突出部放置氣球。睡覺的空間很寬敞，我們便把氣球當成毯子蓋在身上。由於無法生火，只好生吃石蕊。一切麻煩搞得我們心煩意亂，雖然暫時有遮蔽之處，這個狀況可沒辦法一直持續下去。尼可萊沉思一番後宣布：「先睡覺。然後我會去尋求援助。」

「我們呢？就待在這裡嗎？」

「你們在這裡很安全。口渴的話有雪，放在嘴巴裡讓它慢慢融化就可以了。還剩下一些榛果和石蕊。我大概三、四天後回來。我自己去比較快。我還留了一些酒給你們。」

「那你呢？」

他用厚實的大手拍拍肚子，中氣十足的說：「我可以靠雪水和核桃撐好幾天！」我們在大白天哀傷的目送他離開，雖然很清楚凡事對他的鋼鐵身軀都不成問題。

然而幾個小時之後，冰屋中的孤寂感變得難以忍受。我們必須動一動，最好的方法就是去滑雪。只要還看得見冰崖，就幾乎不可能迷路。外面平靜無風，氣溫零下30度，不過因為在活動，即使穿得不夠，還是可以保持溫暖。

放眼望去的景色單調毫無變化。我們肚子餓了，於是吃了核桃。我們會見到大名鼎鼎的極光嗎？據說是淺綠色和紫色的，可是我們一時間什麼都沒看見。連最細微的聲響都能聽得一清二楚，這點倒是非常令人吃驚。

突然間我們發現冰上有個斑點，一大一小。逐漸接近才看出那是兩隻海豹，分別是母獸和幼獸，正從氣孔冒出來，爬上冰面。也許可以請牠們分我們一條魚！小矮人或許吃素，但這和我們倆可沒關係。反正誰知道尼可萊什麼時候才會回來呢？而且牠們吃剩的魚，絕對可以為我們寡淡的餐食加菜。

海豹在同一區鑽出的冰上氣孔
數量最多可達30個。

海豹不怕我們，畢竟我們長得很像小矮人嘛，牠
們用圓滾滾的大眼睛猛盯著我們。小海豹非常可愛，
不過當我們問海豹媽媽能否分我們一條魚時，牠突然
不說話了，視線越過我們頭頂，望著前方發呆。顯然
牠完全不明白小矮人怎麼會有這種要求。我們得自己
想辦法捕一條魚了。牠倒是不反對我們為此使用其中
一個氣孔。

兩個小時後，我們再度來到這裡，用皮帶扣針做
了一根魚鉤，並且用氣球的其中一條吊索當做釣魚
線。我們用牙齒咬碎榛果，壓緊在鉤子末端，靜置等
待榛果結凍，然後小心翼翼的將魚鉤垂放進氣孔。此

時已經不見海豹的蹤影。

由於沒有浮標，只要釣魚線有一點點動靜就必須
快速拉起釣魚線，可是什麼也沒發生。魚不是睡著
了，就是這裡根本就沒有魚。泡水多次之後，魚餌似
乎在水裡融化散開。我們一動也不動的坐在氣孔旁邊
好幾個小時，低溫也變得難以忍受。海豹偶爾會從我
們的氣孔或是鄰近的氣孔探出鼻頭，難怪魚都嚇跑
啦。

幾個小時後，正當我們覺得誘餌毫無作用時，突
然感覺水中傳來一股阻力和咕嚕嚕的氣泡。我們興奮
的合力拉緊釣魚線，這條魚一定很大。

由於怕魚掙脫魚鉤，我們等到魚掙扎累了才收
線。我們成功將魚拉到冰上，是一條長達17公分的鰈
魚！足夠吃上好幾天。我們驕傲的拍拍對方的肩膀，

然後宰殺鰈魚，以免牠繼續白白受苦，然後拖著鰈魚往冰屋走。這時飄起薄霧，不過還是看得見冰崖。

不過回程我們一度害怕到不寒而慄。一隻巨大的怪獸跟著我們，牠的體型有如大象，不過尾巴很長，還有長滿獠牙的大嘴。似乎近在咫尺，我們猜想隨時會被攻擊，驚慌失措下，我們為了保住小命往冰崖的方向狂奔，也許那裡會有洞穴可以藏身。怪物尾隨在後，每一步都跳得好高。其實牠早就該跳到我們身上了。我們丟下鰈魚，緊貼著懸崖壁縮成一團，嚇得臉色發青。怪物繼續小跑步，但似乎沒有靠近的意思。我們背後有一塊冰墜落發出巨響，然而怪物沒有碰我們一根寒毛，一瞬間消失無蹤。我們終於再度抬起頭的時候，看見一隻北極狐走近，牠的鼻子緊貼著冰，原來是跟著魚的氣味而來。我們迅速離開藏身處，走到捕獲的魚旁邊等待，直到那隻動物接近我們。牠驚訝的停下腳步，嗅了嗅空氣以辨別我們的氣味，目光從我們身上移到魚，滿臉不可置信，但是並沒有碰魚。

我們就這樣面對面僵持了好一段時間，最後牠轉身小跑步離去，我們也終於把魚帶回冰屋。

我們把魚拉到冰屋後方的吊籃底下，然後進入冰屋，吃了半顆核桃，沉沉睡去。

晚上時我們醒來，走出屋外。鰈魚還在原處，附近沒有其他狐狸或熊的蹤跡。我們一人切了一大塊魚肉帶進屋內，冷凍生鰈魚對我們來說美味極了。我們配著酒吃了很多，然後又滿足的睡著了。隔天我們在冰上稍微滑雪以活動雙腿並驅除頭痛。

接下來的24小時亦然。尼可萊離開已經幾乎三天，我們的冷凍魚存量撐不了一星期。氣溫嚴寒而且還帶著霧氣，偶爾空氣中甚至飄滿冰晶。再度在寶貴的日光下出門轉轉時，我們又一次遇上可怕的事：聖誕老人正在冰上滑雪接近我們，看起來就和前一天的怪獸一樣近。不過他沒有發出任何聲音，似乎也沒真的接近我們。我們用最快的速度返回冰屋，抵達時回

頭看，他已經不見了。一陣風吹散薄霧，我們面前露出一片荒蕪的遼闊平原。

然而遠方出現一個小點，一刻鐘後，原來那是尼可萊本人，扛著一大捆包裹。他放下包袱後，我們緊緊擁抱他，然後告訴他怪物和聖誕老人的事。他大笑一番後說：「你們看到的是狐狸和我啦！難道你們沒聽過折射現象嗎？空氣中的溼度達到一定百分比的時候，遠方的小東西就會顯得非常巨大，這是一種幻象。不過我確實帶來好消息。一群極地小矮人就住在距離這裡一天半行程的地方。我們要立刻上路了，因為又有新的暴風雪預報。行李就別拿了。先穿上這些北極兄弟們交給我的衣服吧。」

他真的應有盡有：海豹皮靴、內外腳底處有乾草的野兔毛褲襪、內裡是絨毛的鳥皮襯衫，還有野兔毛製成的雪白長褲，要塞進靴筒裡。

除了上述這些衣物，還有份量十足的野兔皮外套，以連帽代替尖頂帽，一人還有一雙軟皮手套。真是國王般的待遇！

「但是從現在起，我必須每幾個小時休息一下，因為我真的太累啦！」於是我們進入冰屋，準備鰈魚和核桃，舉杯慶祝我們在這片荒涼地區重逢。尼可萊很盡興，連魚肉都吃得很開心呢！然後睡得不省人事。

五個小時後，他打開眼皮，起身說：「出發！」

我們越過懸崖，順著山口來到一片冰封的開闊平原。旅途的開頭寸步難行，一路有數不清的冰尖或裂縫，靠滑雪板前進幾乎是不可能的任務。尼可萊正好像北極犬般敏銳，發現白雪底下我們絕對不會察覺到的裂冰，這使我們不得不繞道而行。滑雪板上的冰凍泥沙已經完全脫落了，我們花了好幾個小時才終於到達有些積雪的光滑冰面。

這點解釋了聖誕老人的信仰：在冬季低溫與白雪紛飛的空氣，即便是最普通的小矮人也會因為折射而顯得身形高大，使人類產生錯覺。

我們調整呼吸時順便問尼可萊：「極地小矮人的
毛皮是哪裡來的？他們不是不殺生也不吃肉嗎？」

「這裡的小矮人會吃肉，並取用動物的毛皮。」
他回答：「不過他們並不會殺掉動物。他們必須從動
物身上獲取物資，畢竟這裡什麼也沒有啊。他們從北
極狐的冬季存糧中取得需要的東西，反正小矮人需要
的量非常少，北極狐也不反對。」

12小時後，我們來到另一座冰崖，望見遠處有冰
屋。不久後，一群全身上下裹滿皮草的小矮人朝我們
衝過來。他們扯著嗓子高聲呼喊，差點撞翻我們。他
們親暱的親吻我們，摩擦鼻尖，緊緊擁抱，然後帶我
們走進冰屋。進入小隧道後，極地小矮人將形狀類似
拆信刀的器具放在我們手中，用來刮去毛皮衣物中的
所有雪片，尤其是冰，以免冰雪融化後又重新結凍，
以及可能造成的後果。

插圖顯示出這些雪屋的尺
寸。

在暴風雪中旅行後，刷去衣物上的冰雪可能要花上不少時間，這讓來者有時間大喊「有人來拜訪啦」，並讓客人遵守良好的禮儀。

小矮人帽子的圓錐形可以防止他們被積雪或是任何墜落物壓扁，所有東西都會從側面彈開。

我們鑽進隧道，幾雙熟練的手脫去我們的連帽大衣。我們來到主冰屋，周圍蓋滿較小型的冰屋，皆以隧道連接，如此一來，在大風雪的日子，居民不必出門也能見到彼此。

才剛進入冰屋，尼可萊說的暴風雪就來了。火焰飄散燃燒的煙，由幾名只穿著內褲的女小矮人管照，這番景象令我們大感驚奇，不過顯然在此地是稀鬆平常的事。不久後，男人也脫光所有衣物，其中兩名男子帶來野兔腿，看來他們正在為我們準備慶祝會。小矮人將肉放入大鍋煮沸，其他容器中則正在慢煨海豹臘肉。男人們的個子比我們矮一些。極地小矮人的眼珠漆黑，濃密的頭髮也是同樣顏色，臉孔是寬寬的橢圓形。女人們不停嬉笑，同時用小巧靈活的雙手迅速準備食物。

中央冰屋是用餐和跳舞的集會地，各家顯然就住在彼此相鄰的小冰屋裡。

等待用餐時，尼可萊對我們說：「我要告訴你們一些野地生存基礎法則。」

1. 水永遠比食物更重要。

2. 天氣嚴寒時，一定要從鼻子吸氣，絕對不能用嘴巴吸氣。

3. 萬不得已時，可以整整五天不睡覺。

4. 務必要在下半夜到黎明這段時間移動。

5. 恐慌是最大的敵人。只要有正常份量的存糧，就足以抵抗飢餓、口渴、寒冷、炎熱、孤獨、疲倦、長距離、傷口和失血，然而恐慌絕對會摧毀平衡。務必保持冷靜。無論遭遇什麼事，都要充分利用現況。

6. 如果必須做某件事，首先思考：
   你是快速行動……還是衝動
   勇敢……還是魯莽
   謹慎……還是膽怯
   想很多……還是想太多。

7. 在長年冰封的地區，每天都要喝加入松枝煮沸的水，預防壞血病。到這些地區時務必隨身攜帶。

8. 別忘了，雪是絕佳的絕緣物。看看雪橇犬，晚上時牠們會鑽進雪裡只露出鼻頭（然後用毛茸茸的大尾巴蓋在身上）。

9. 失去知覺就是結冰的預兆，務必留意。臉上凍壞的部分會變灰，或呈現黃白色。千萬不要摩擦！否則皮膚會裂開。用手臂蓋住凍壞的部分，或用溫水使結冰慢慢融化。

10. 定位方法：
    水面上的雲是深灰色
    雪上或冰上的雲是白色
    鳥兒早晨從陸地往大海飛
    晚間從大海往陸地飛
    （海鷗、海鸚、猛禽）

「這些內容《神祕寶經》裡都有。」尼可萊補充。他還給我們看雪怪與其他小矮人種族的圖片。

雪怪的正面　　　　　　　　　　　雪怪的背面

這些就是「雪怪」的實際圖片，又稱恐怖的雪男
（他們一點也不喜歡第二種名稱！），
而且他們是隱身高手。

為了讓各位看得更清楚，這張是比較不自然的示意圖。

這樣就能清楚表示身高的差異

雪男　　　　智人　　　小矮人

恐怖的雪女

母乳泌乳量很高，不過很快就會為小雪怪（恐怖的雪寶寶）換成其他食物，像是甜筒餅乾、冰棒糖、冰淇淋、白巧克力雪球等等。

雪怪平常直立行走。感覺到有人盯著自己看的時候，
就會改為四足前進。

這解釋了為何千百年來，北極
或喜馬拉雅的旅人一直以為自
己看見的是北極熊。

他能在結冰的湖面或池塘
上高速滑行。

其他國家的小矮人

作家卡爾・邁（Karl May）一定認識
印第安小矮人，不過他隻字未提。

極地小矮人與酋長，零下
60度。

很不幸的，體蝨（學名
Pediculus vestimenti）耐得
了這種低溫，頭蝨（學名
Pediculus capitis）則蟄伏
在溫暖的地方。

蘇格蘭小矮人或是洛克（Loch）小矮人似乎過於相信隨身酒瓶中的威士忌對於風溼性關節炎的療效。他們和尼斯湖水怪的關係很好。

峇里島小矮人熱愛跳舞、甘美朗的聲音、皮影戲和米食宴（Rijsttafel）等印尼料理。

非常非常古老的小矮人──中國苦力。一天只要吃兩粒米就飽了！

上一次吃春捲已經是好多好多個月以前的事了。

來自高海拔寒冷地區的祕魯小矮人

駱馬毛或羊駝毛製成的斗篷

澳洲小矮人。澳洲小矮人比原
住民更早開始用迴力鏢，熱
衷於朋友之間的迴力鏢雜
耍遊戲，並用來打下這片
貧瘠大地上的漿果。

女性一次只會生一個孩
子，不過可以生產兩次。

布希曼小矮人用三叉箭射下
樹上的果實。
他們的手臂很短，必須躺在
地上才能拉滿弓。

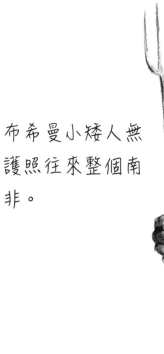

布希曼小矮人無
護照往來整個南
非。

敘利亞小矮人數千年前就馴養黃金鼠當作寵物。西歐直到1931年才發現這種動物。

面紗下藏著中東女性的驚人美貌⋯⋯

巴布亞小矮人不太友善。可能不只他鼻子上穿的骨頭，可能連傳統服飾，都深深影響著他的心情。

正統派猶太
小矮人

和他的阿拉伯弟兄會為了
半顆柳橙爭執不休，然而
柳橙早就已經過磅、被摸
過，甚至已經切成兩半了。

希臘小矮人，一大杯
烏佐酒和一大份斯潘納
奇阿維里莫諾（spanaki
avgolimono，菠菜蛋湯）下肚
後，就會開始大跳瑟塔基舞
或兔子舞。

奧地利小矮人，下雪時他們必須拿掉尖帽
上的山羚絨毛，以免被雪水弄溼變得太重。
吊帶皮短褲下露出一對長滿厚繭的膝蓋。

荷蘭也充滿魅力呢……

沃倫丹的淘氣女小矮人

斯塔普霍斯特的少女，
內斂靦腆但很惹人愛，
只唱全音。

澤蘭的兩名快樂
女小矮人

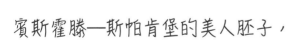

賓斯霍滕—斯帕肯堡的美人胚子，

不過還是散發
淡淡魚腥味。

我們終於圍著餐桌一圈坐下，準備開飯時，小矮人長老說，他希望我們不會太餓，因為肉的品質欠佳，給客人吃實在有失體面，還比較像狗食。尼可萊似乎很熟悉遊戲規則，立刻回話，表示我們一點也不餓，有他們陪伴就很開心了。年老的小矮人切了一片肉，放入口中咀嚼一番，然後宣布：「正如我方才說的，這個肉實在不值得一提，已經有點變質了，而且煮得也很差勁。我絕對不敢拿給像你們這樣的貴客吃！」話才剛說完，大家就湧向食物。我們大啖此生吃過最美味的野兔腿直到深夜，然後是鴨腿，全都混入海豹臘肉。開飯之前先自貶食物是他們的禮貌習俗，我們笑得太開心，連一個字都無法完整說出來。這頓大餐中，我們聽到無數在冰雪中生活的故事，令我們對這群友善開朗、並且盡最大努力招待客人的小矮人更加尊敬。

最後我們還是去睡覺了。有人帶我們分別到獨立的小冰屋，這是有原因的。事實上，兩位紳士慷慨將他們的妻子交給我們隨意使用，這項習俗是由不得我們拒絕的，否則就會冒犯人家，那我們只好恭敬不如從命啦……

　　我們醒來時，暴風雪依舊狂暴猛烈。極地小矮人向我們保證，暴風雪最多只會持續三、四天，沒理由現在離開。我們就在談天說地、聽古老的故事、觀察極地小矮人的生活方式中度過好幾天。

他們以類似扯鈴的東西玩耍，也就是一塊骨頭或是一枚鈕扣，上面打兩個洞，以雙繩穿過，然後彼此不斷拋接。

　　女性縫製皮草的景象精彩萬分。她們用中間有柄的小刀，將皮毛切割成小塊，以咀嚼的方式鞣製皮革。不用量身就將裁片並列，然後以獨角鯨骨針和海象皮線縫合。衣服完成後，看不出任何縫線，而且非常合身。

縫製毛皮時裁片的精準度至關重要，因為如果縫得不好，可能會導致凍傷。

　　我們繼續閱讀他們的《神祕寶經》，並不斷更新我們的筆記。第三天時，暴風雪果真開始緩和下來。

　　到了第四天，風突然停了，所有人都跑到外面好好活動筋骨。而且這次我們運氣很好，眼前是藍色和紫色彩帶妝點著夜空，地平線處則是浮出黃綠與淺紅色彩。這就是大名鼎鼎的極光：太陽電子和質子與地球大氣層中的氧氣與氮氣分子碰撞，產生出的壯麗景象。

　　突然間，我們發現小矮人正盯著某個我們看不見的東西。在我們身旁的尼可萊笑著說：「這就是我們去找庫爾克三號的方法⋯⋯沒錯。」由於我們一臉茫然，他補上一句：「看仔細點。難道沒發現任何東西接近嗎？」

　　我們非常認真的看，過了好久才辨認出一個朦朧的形狀。「沒錯！」尼可萊說：「是雪怪。」

　　「他們不是只居住在喜馬拉雅嗎？」

　　「世界上的雪怪比你們以為的還要多。不過他們太會隱身，至今還沒有人類親眼見過他們呢。」

　　小矮人長老也來到我們身旁。尼可萊問他：「你可以請雪怪帶我們到庫爾克三號那裡嗎？」我們跟在年老小矮人身後，滑向從遠處看不見蹤影的生物，現在才看得清清楚楚。半個小時後我們追上雪怪。

　　雪怪一動也不動。極地小矮人彎腰行禮後說：「零，你好呀，好久沒見面了。凜達和格拉欣冽都還好嗎？」

　　巨大的輪廓沒有回應，滿臉懷疑的打量我們。最後他用低沉的聲音說：「這兩個看起來像縮小的人類。你確定我不會被發現嗎？」

　　「我以自己的生命擔保。」我們的朋友表示，同一時間尼可萊在我們耳邊悄聲說：「他們只擔心一件事，那就是被人類看見。」

　　「那好。」零說：「雖然我很討厭冒險就是了。我能為你們效勞嗎？」

　　十五分鐘後，我們達成協議：他帶我們到東南邊80公里處的阿爾泰山，不過隔天晚上再出發。

　　「此外，我不想讓你們看到我的行進路線。」他又說：「包括你，小矮人。我家有一塊舊毯子，移動時你們就待在裡面吧！」

　　他確實遵守諾言：第二天晚上，牠的大掌抓著一塊紅色和灰色的毯子。與極地小矮人經過一番彷彿沒有止盡的道別後，零在地上攤開毯子。我們走到毯子上時，尼可萊問：「你從哪裡弄來這條毯子的？我好像認得它！」

「一百年前，我在圖博北部找到的。我去拜訪住在喜馬拉雅的姪子姪女，當時正在回家路上。」

「我的老天！」尼可萊高呼：「這是尼古拉‧普爾熱瓦爾斯基*的毯子，他確實曾到過圖博北部。我在路上告訴你們。」

零抓起毯子的四個角，把我們溫暖舒服的包起，然後立刻上路。我們任由他擺布。「沒什麼好怕的。」尼可萊說：「雪怪非常可靠。」毯子裡一片漆黑，氣味也不太好聞。「對了，普爾熱瓦爾斯基⋯⋯1871年11月，我看見他從恰克圖進入蒙古。他可是個硬漢，騎著駱駝旅行。他在蒙古度過三年，然後往上走到圖博北部。可是他的駱駝再也走不動了。當時我正好在那兒，在他的帳篷裡睡覺。我們找不到精神飽滿的駱駝，在我的建議下，他轉而選擇氂牛。氂牛是無與倫比的山區動物，最高可到海拔6000公尺，還能負重120公斤，爬上連山羊或山地綿羊都害怕、緊鄰懸崖峭壁邊的小山路。」

「但是最後現金不夠了，普爾熱瓦爾斯基只好打道回府。他發現的馬以他命名，野生駱駝也是。他一定是在途中某處弄丟這條毯子。總之，這種旅行方式還真奇怪！我們小矮人就有其他交通工具。」

野生氂牛最高可生活在海拔6000公尺處。公氂牛體重可達1噸，雌性可達400公斤。全身長滿黑褐色的長毛。馴養的氂牛：雄性最重700公斤，雌性350公斤。毛色淺，偶爾也帶有斑點。乳汁油潤濃稠。可騎乘。在暴風雪中牠們可以保持一動也不動，乍看還以為死了呢。

氂牛

普氏野馬

尼古拉‧米哈伊洛維奇‧普爾熱瓦爾斯基

*尼古拉‧普爾熱瓦爾斯基（Nicolaï M. Przjewalski, 1839-1888），俄羅斯將軍，完成四趟亞洲和圖博的探險之旅，制定了一部分地圖。

三套雪橇、麋鹿和北極狐
可不是唯一的交通方式！

步行：天氣好的時候，小矮
人可達到時速20公里……

……即使拖著沉甸甸的堅果……

……或是把著黑琴雞雛鳥、舊
背包或一籃水果，這些都不算
什麼。

需要快速傳達訊息時，
小矮人會利用（11,000
年歷史的）**腳踏車**。

可以慢慢來的訊息，
就用有點麻煩又累人
的**單輪推車**。

運送大重量的東西，例如泥灰沙，
就用**三輪車**。

運載從鳥巢跌落的貓頭鷹
寶寶，就用可**背式雪橇**。

小矮人總是維持
雙腳乾燥，

可以輕鬆立定跳 80 公
分，加上衝刺，可以跳
躍 2.4 公尺！

雖然陡峭河岸邊的植物
或溼軟土地會讓小矮人
無法衝刺，不過他可以
撐竿跳，以驚人的距離
降落在對岸，而且保持
全身乾爽。

水獺也是渡河時可以依靠的動物。

木筏完全不用釘子組成。

即使小矮人嘴裡罵個不停，偶爾還是不得不游泳。

腰帶用來保持衣物乾燥。

對小矮人來說，雪和冰
從來不成問題（除了融
化的雪），因為他們不
會陷進雪裡。

滑雪下坡和跳躍
是一大享受。

如果遲到了，小矮人就會呼喚環頸雉！

此外，他還有各式各樣的運輸用
雪橇、針雪橇（仔細看，就會
發現雪地上有 針刺的小
孔）。

冰上舞蹈很受小矮人
喜愛。

↙

不需要繁複的繩結、繩索、登山鎬，小矮人也能在最陡峭險峻的斜坡上下。當然，下坡比上坡快多了：不需要隨著山勢曲折前進，利用竿子越過所有崎嶇起伏的**地形**，直線下山。

空中旅行

這是用來長途飛行，越過新開墾的農地，檢視河流、河口和河水氾濫，並記錄綠地面積的增加或減少。全家人常會藉此機會出門，讓整趟飛行充滿樂趣。

鸛的交通方式最令人安心，

不過僅限春夏兩季。

鸛會送來新生兒的傳說，
就是觀察錯誤的結果。

即便對方樂意之至，當然
也有小矮人無法利用的交
通服務……

雖然有點傷人，不過必須實話
實說：騎刺蝟是不可能的，烏
龜則是速度太慢了。

至於松鼠，牠們全
身都是跳蚤。

對小矮人來說，白天或是
晚上都一樣：
他們的眼睛看得一清二楚。

就算在地底前進，小矮人也能找到方向。

如果想在雪地裡前進又不被人看見，
小矮人就會用尖得要命的尖帽開路，
從容自若地爬行（細心的觀察者絕
對不會看錯）。

必要的時候，小矮人也能在鬆軟
的土中前進。

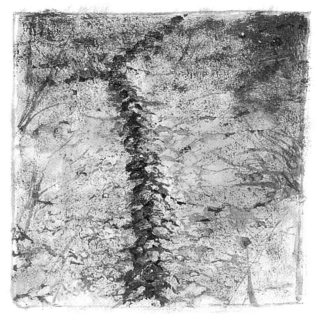

不過人們太常搞混小矮人的地底路徑與鼴
鼠洞。在安裝鼴鼠陷阱之前，再謹慎三思
都不為過。

我們陷入半睡半醒的狀態，沒有任何關於接下來數小時甚至數天的記憶。很可能是雪怪讓我們睡著，因為直到聽見他說：「你們到了！」我們才恢復意識。走出毯子時，我們看見一座圓滾滾的山，正前方鑿出一扇粗糙的大門，旁邊刻著：「三號氣球」。零確實的把我們帶到阿爾泰山的氣球站。

不過雪怪非常不自在，不停驚恐的往四周張望，一邊喃喃唸著：「不能被看見！快走！太多人了！」

「你要我幫你量身建造一座冰屋嗎？」尼可萊問他：「這樣你就可以躲在裡面了。」

不過雪怪已經頭也不回的逃跑了。尼可萊聳聳肩，然後敲門。一隻女醜怪前來應門。

「你好呀，骨蕾特。庫爾克三號在家嗎？」

「庫爾克生病了。」醜怪妻子回答。

「這裡是庫爾克三號家傳的洞穴。他和他的太太受訓為我們工作後，就把其他家族成員趕走了。」

裡面是貨真價實的醜怪巢穴。有一道小溪流經洞穴，甚至還保留用來監禁被偷來的小孩的牢房。洞穴最裡面有兩顆氣球。一隻胖嘟嘟的醜怪倒臥在鋪著一層松枝的角落。他抱著肚子不停哀號。我們檢查了一番。

「暴飲暴食導致的普通便祕。」尼可萊下診斷：

「不嚴重。他需要灌腸！」他開始切割打磨一支巨大的煙斗，向我們展示如何製作他稱之為「菸草注射器」的東西。一切準備就緒後，他從數不清的口袋之一掏出菸草袋，在煙斗中填滿菸草，點燃後交給醜怪太太，她吐出一口濃煙後，尼可萊就把注射器塞進庫爾克三號的屁股，吩咐他的妻子往裡面吹煙。煙霧進入庫爾克三號的體內後，引起一陣唏哩呼嚕的聲響。起初什麼也沒發生，經過一刻鐘後，庫爾克三號突然

使用菸草煙霧灌腸是1774年時從小矮人那兒學來的方法，荷蘭協會首度應用在救援溺水者身上。效果顯而易見。

扯掉注射器，從床鋪跳起來便往外面衝，連門都來不及關。不久後，整片森林迴盪著驚天動地的炸裂聲。

「他還需要好一段時間呢。」尼可萊懶洋洋的關上門說。

當時晚上八點，我們肚子餓了。尼可萊從櫃子裡搜刮各式各樣的食物，一瞬間我們以為自己置身於文

明世界，而不是在西伯利亞的寒帶針葉林裡。無論如何，我們都遠離天寒地凍的北極地帶，而且終於可以再度搭乘氣球，不過尼可萊口風很緊，完全沒有透露我們被叫來葉尼塞河畔做什麼。半個小時後，庫爾克三號從森林回來了，毫無血色，額頭上掛著斗大汗珠，不過看起來輕鬆許多。

　　尼可萊立刻要他拿出氣球，一個小時後，我們乘著一陣輕風前往位於葉尼塞河畔的庫爾克組長家，就在葉尼塞斯克山的葛羅多克坑附近。最後這段旅途非常順利，持續整整三天，什麼事也沒發生。某次我們越過光禿禿的山丘時，看到一頭體型極小的麋鹿正在刨開積雪吃苔蘚。尼可萊和麋鹿互相打招呼。

　　「那是獨眼，一頭侏儒麋鹿。」尼可萊解釋：

「牠出生就叫這個名字。我在河邊發現牠，半死不活的，當時牠只有四個月大呢。蚊子猛叮牠，這一帶偶爾會出現這種事。牠的眼睛、鼻子、嘴巴和耳朵上全都是蚊子，被叮得太慘，遠看根本一團血肉模糊。牠想泡進水裡驅趕蚊子，但是沒有用。我盡力把牠清理乾淨，但是左眼已經沒救了，不得不摘除。牠的發育遲緩，雖然我設法找到牠的媽媽，不過由於幾乎沒有足夠的奶水餵養牠，母麋鹿很乾脆的拋棄獨眼。」

　　四號氣球站比前三個更大，我們在那兒遇到有著寬厚肩膀的高大小矮人，他們正在等適合的風向。積雪很厚，因此我們穿戴好滑雪板。

　　庫爾克組長是一隻沒有尾巴的年老醜怪，鼻子上掛著一副眼鏡，或許因為鏡片是白色玻璃，使他看起

袋獾,又稱狼獾、月熊,是北極地帶山區的鼬科動物,
身長可達85公分。毛皮極受西伯利亞人喜愛,因為不會
抓住呼吸時吐出的水氣,因此毛皮不會結霜。

來像隻貓頭鷹。他認得一些字,並制定了一份毫無用處的飛行時間表,畢竟一切取決於難以預測的風。不過他表現得彷彿連最微不足道的小事都不能沒有時間表,而且一直找我們的滑雪板麻煩,直到尼可萊叫他去散步。

接著我們往尼可萊的家出發,就在南方40公里處。白雪皚皚的寒帶針葉林景色令人難忘,我們與數不清的動物足跡交錯而過,甚至看見一隻紫貂和一頭狼獾。

當我們繞了一大圈避開一座村莊時,遇到一隻困在陷阱裡的狍。牠還活著,但是驚恐和疼痛讓牠嚇昏

了頭。尼可萊試圖安撫牠,否則沒辦法鋸斷困住牠的鋼索,然而每次掙扎都令陷阱更緊縮。景象實在太駭人,血沫從牠的口中流出,牠快不行了。當牠因為筋疲力盡而稍微安靜下來時,我們便靠近陷阱,輪流用口袋小刀的鋸齒鋸金屬細線。兩個人負責拉起鋼索,同時間另一人個負責鋸。可是我們實在割不斷編織而成的鋼索,狍的抽動也很讓我們傷腦筋。終於剩下最後一根鋼線,尼可萊要我們離遠一點,因為只要一重獲自由,狍就會立刻跳起。

才剛割斷最後一根鋼線,狍立刻彈跳起來,死命奔向自由。

尼可萊被猛力拋到樹幹上，然後跌落地面，一動也不動。我們爬到他的身邊時，他一臉泰然的說：「我弄斷一條腿啦！快幫我脫掉靴子。」

他的脛骨確實斷了，這是動物弄傷小矮人的極少數例子。尼可萊的右腿下方像短刀一樣往上翹，這表示他的腓骨也斷了。我們四周都是雪松、松樹、冷杉、樺木、花楸，卻沒有任何接骨木，只好將就使用兩根柔軟的花楸樹枝。而且整片寒帶針葉林中，竟然找不到可以加速癒合的紫草和山金車。我們一人把斷腿拉到和另一條腿相同的高度，一人把樹枝放在斷腿兩側仔細綁起。這一定很痛，不過尼可萊毫無怯色，只喝了幾杯很烈的白蘭地。接著我們把他的襪子和靴子割成長條狀包住他的腳，以免受寒。

距離他家還有15公里。我們砍下附近河岸邊的柳樹枝條編成擔架。

背包的背帶正好足以支撐全部的重量。

一切準備好後，尼可萊低聲表示讚賞。我們套上滑雪板，謹慎的上路。一開始不太順利，我們絆倒了兩三次，引起傷患的驚叫，不過數百公尺後，我們便掌握了節奏和默契。

尼可萊為我們指路。兩個小時後，我們來到一棵參天雪松底下，他家的入口就藏在下方。我們正要進去時，他大喊：「停！絕對不能這樣從旋轉門進去。去叫我的太太。」

東方狍的體型比西方狍大，體重也較重，角有六個叉。

我們進入後，穿過長廊，敲了敲門。一名胸部圓滾滾的西伯利亞女小矮人開門後，立刻和我們衝出去。尼可萊站起身，她緊緊抱住他說：「我的熊寶貝，你怎麼了？」她名叫索菲亞‧弗拉第米諾弗那，尼可萊堅持瘸著腿進去。我們讓他躺下，取出腿上的碎骨頭，在皮膚上塗抹山金車，並製作另一個比較好的固定夾板。

隨後用餐時，他對我們說：「我終於可以告訴你們這番模稜兩可的情況是怎麼回事了。我的同胞對你們五年前關於西伯利亞的段落感到非常憤怒，想要讓你們在法庭接受審判。到拉普蘭的旅行是為了讓西方小矮人滿意，不過我們想要讓你們接著到西伯利亞。

米爾柯一開始反對，但是在統治者的堅持下只能退讓。我必須到拉普蘭接你們，並根據治安法官所賦予我的權力，研究你們的行為。起初我對你們的態度非常無禮，因為還不知道接下來會發生什麼事，我為此你們致歉。國王也禁止我們讓你們閱讀《神祕寶經》的完整內容。即使滿心好奇，你們竟然還是能夠保持安分，很令人欽佩。庫爾克組長傳達的祕密訊息中，我接獲命令，可以自由決定是否仍有必要控告你們。這條斷腿做出了決定：我勸小矮人不要對你們提出告訴。你們可以回家，但是要滿足三個條件！至於這些條件嘛，先讓我疲累的身體睡飽八個小時後再說。」

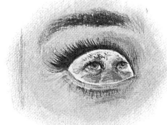

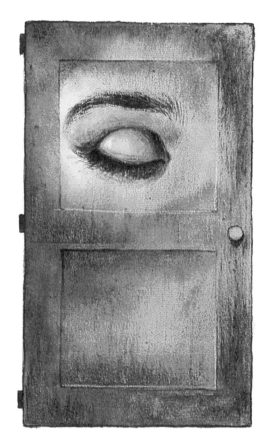

我們迷惘困惑的睡倒在床上。索菲亞似乎認為我們多少算是救了她的丈夫一命，親自為我們蓋好棉被，不過我們幾乎沒有力氣注意。

醒來時仍感覺非常疲倦，我們到飯桌前吃早餐時，尼可萊宣布：現在，三個條件！

1. 你們要修正對西伯利亞小矮人的惡劣描述。

2. 你們還要經過幾項資格測驗。

3. 你們會帶著任務離開，因此會被帶到一個特別的地點。我不會再說更多了！

我們感覺既難過又迫不及待。究竟還有什麼在等著我們？尼可萊沉默的與我們握手。我們問他這是否是永別的時候，他什麼也沒說。

索菲亞帶我們到深山裡位於高處的洞穴後便離開

了。我們沿著一條通道走，來到一扇以眼睛裝飾的門前，我們敲門時眼睛會張開。門自動打開，我們面前出現一名掛著大大微笑的高個子小矮人，滿臉慈祥。

他很親切的對我們開口：「啊！我們的荷蘭客人……尼可萊已經透過訊息提過了。歡迎到摩耳甫斯的懷裡。我是睡魔。」

西伯利亞中心的睡魔？我們十分驚奇，坐在長椅上，視線在各面牆面游移。我們以為睡意和睡覺的諺語只是比喻，沒想到真有其事！

睡魔的臉孔令人想起秋天的金黃雷內特蘋果，布

滿皺紋。他不想向我們透露用什麼方法傳送睡意，不過似乎與第四維度相關的魔法平流層手法有關。「一如時間會在宇宙某處的黑洞邊緣靜止，我也將人們帶往永恆之境。」他簡單的解釋。

接著，我們可以稍微看看他存放無數袋睡沙的地窖，某些袋子上面標示「冬眠必備」。稍後我們玩了一些遊戲。

「你不用去讓人們睡著嗎？」

「不用，有些夜晚，人必須靠自己。我不能總是在世界各地到處跑吧。我已經太老了，和這個世界一樣老。」

然後他對我們說了幾個精彩卻又極其令人昏昏欲睡的故事，是關於難以入睡的名人。我們最後差點倒在他的寶座上，眼睛裡全是沙子，我們要提早幾個小時躺入摩耳弗斯的懷抱裡了。

第一項任務

　　我們在綠意盎然的熱帶河谷中醒來。太陽逐漸西沉，暑氣逼人。我們在哪裡？現在又是何時？

　　然而沒有半個人影能告訴我們，我們懷著沉重的心情討論眼前情況。小矮人很可能正等著我們做些什麼，但要做什麼呢？也許小矮人把我們空投到大自然中，看看我們是否確實記住生存之道。

　　一條河流經我們腳下，既然不能杵在原地發呆，我們認為往下游走是明智的做法（尼可萊曾教過我們迷路時可以這麼做），因為水位很低，而且在沙岸上也較容易行走。一大群不停叮人的蚊子軍團緊跟著我們，還有其他會飛的動物，兩隻烏鴉在山峰上空盤旋。路途中，我們把尖帽邊緣壓上青草，做成防蚊面罩，雙手則放在鬍鬚裡。突然間，我們注意到河底碎石中有小矮人的訊息：「危險！向左走！」這表示附近有小矮人！唯一讓我們苦惱的是，如果我們往左走就會直接進入山裡，會迷路。河底指示看起來年代久遠，我們認為在山裡遇到小矮人的機率很低，於是鼓起勇氣決定繼續直走。

自古以來，小矮人便
使用以森林和原野中
撿到的樹枝製作的祕
密訊息，例如：「一
般的危險訊號」

「往右 300 公尺處」

「從右向左找，反之亦然」

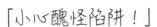

「小心醜怪陷阱！」

……掛在橡樹枝上的松果表
示醜怪本身的愚蠢。

或是雉雞長著黑琴雞的尾羽，表示醜
怪的荒謬可笑外表。

（並不是說小矮人很介意，
只是自然而然聯想到。）

或是有鴨子尾羽的
山鷸，

或是長著歐洲盤
羊角的狍，

或是長著野豬獠牙的
狐狸，

或是有長尾巴的兔子，

或是長著狍角的野豬，或是有
雞冠的喜鵲，

或是長著雉雞尾羽的無辜的鵝，
以此類推！

還走不到100公尺，我們就愚蠢的掉進埋藏在河岸白沙下的陷阱，四周都是峭壁。凌晨時我們醒了過來，渾身淤青，被關在籠子裡，一個尼安德塔人抓著籠子，他沒有鬍子，圍著裹腰布，掛著一條黃牙串成的項鍊。他上下左右的搖晃籠子，粗野的大笑。然後他把我們掛在用來居住的小房間內壁。兩名安靜的女人正在工作，一名被當成奴隸的矮小男子送來一盤濃稠的肉糜，我們不得不和老鼠一起分著吃。面向我們的牆上有個挖鑿出的凹洞，我們發現一對小矮人被固定在架子上，頭髮凌亂，看起來可憐兮兮的。

「喂！這裡！你們從哪來的？」男小矮人用他的語言問。

「從西伯利亞的睡魔那兒來的。」

他滿臉懷疑的打量我們。我們問他：「你沒辦法從那個籠子出去嗎？」

「我們被困在架子上。」女小矮人回答：「我們被當成晴雨計，是這個國家僅剩的小矮人。盲第嚼把其他小矮人都吃掉或殺掉了。」

男小矮人接著說：「一名女巫在盲第嚼出生時，預言他將終生不孕，因此盲第嚼的妻子們都沒有小孩。不過她又說，只有小矮人能解救他，於是他下令抓住國內所有的小矮人。起初，他哀求小矮人幫他，然後是逼問、折磨，他那未開化的腦袋最後浮現一個想法，那就是先灌食養肥小矮人，再把他們吃掉，就能吸收他們的力量。你們也是，會被灌食養肥後被吃掉。」

其中一個女人朝籠子丟來一塊布，不讓我們和其他小矮人說話。不過到了早上，我們已經想出辦法。盲第嚼掀起蓋子餵食我們時，我們告訴他可以幫得上忙。我們花了好幾個小時才取得他的信任，不過他最後接受我們的提議，他必須設法讓生育年齡的女性在石鍋裡小便。

雖然我們獲得自由活動的許可，同時也保住了小命，不過我們必須處理接下來的事。

我們把熱帶硬木削尖做成最原始簡陋的針筒，以小火加熱尿液，然後一週三次注射在頑強的盲第嚼的屁股上。針實在太粗，不過這名被詛咒的壯漢很習慣吃苦。必須補充一點，盲第嚼是自願接受治療的。

從尿液中取得的荷爾蒙也充分發揮作用，盲第嚼最年輕的妻子懷孕了。盲第嚼歡喜得不得了，我們則成了老大。第一個要求就是讓被當成晴雨計的小矮人夫婦恢復自由身，可憐的小傢伙必須重新學走路，不過他們恢復得很好。然後我們要求保護所有即將從各地回歸的小矮人。不過我們和盲第嚼之間還沒結束呢，雖然我們是向部落巫醫學到這套注射法，不過他很堅持要我們接生第一個孩子。我們跟著他到各地征討，因此看到了大象、獅子、老虎和駱駝。

然而我們受夠了酷熱和蚊子，更不用說對鄰近部落的血腥攻擊、被活活打死的野牛，最糟的是以陷阱捕捉猛瑪。我們在黎明時分，花了好個小時努力想出可以脫身但又不打破承諾的方法。

突然間我們在睡魔家醒來！他布滿皺紋的笑臉探入帳幕，說：「這個任務對身處原始國度的現代西方人來說很簡單，你們不這麼認為嗎？你們沒有把信號當一回事，這點很愚蠢。不過信守承諾這部分真的非常好！我讓你們回來是因為已經超過三個月了，不過在這裡只過了三天。」

那天夜裡，他向我們解釋睡眠的本質，睡眠建立在腦幹網狀結構（formatio reticularis）和灰質的交互作用上，完全不讓我們插話。

然後他對我們講睡美人的故事，不過他的敘事栩栩如生，連古斯塔夫‧多雷（Gustav Doré）本人都無法這般精彩的描繪被無法穿越的荊棘包圍的城堡。接著是白雪公主和七矮人的故事。當然不只如此，依舊是引人入勝的語調。「你瞧，在很久很久以前，大部分童話故事誕生的過去，小矮人是非常普通的生物。你們明白小矮人在這些故事的保存中扮演多麼重要的角色嗎？童話故事就是遠古時代的經驗與心願，以詩意加以轉化。壞人會受到懲罰，俘虜或被魔法困住的人會獲得自由，醜的會變成美的，惡龍變得溫和無害，愚蠢殘酷都會被消滅。弱小精明的人變得無敵，巨人則變得軟弱無力。這正是我們小矮人曾經擁有的世界。

「小矮人顯然出現在無數故事裡，不過口耳相傳（畢竟那個時代誰識字呢？）卻扭曲了小矮人的存在，甚至抹去小矮人的存在。別忘了，無數童話起源自石器時代晚期和前印歐文化時代！也別以為這些故事是為小孩而創作！童話故事出自成人世界，而

古代成年人的智力發展相當於今日的兒童，聽故事的人會全神貫注，眼神迷濛，就像現代聽故事的小孩那樣。」

過了一會兒，他又說：「當然啦，我們的潛意識，或者你們說的無意識，在這些童話中扮演非常重大的角色，通常以湖泊或無法進入的森林形式展現。湖泊和森林構成未知危險世界的象徵，過去、現在和未來彼此交織，在這裡一切都有可能，然而又只是最平凡的湖泊和森林，因此讓夢的內容如此強烈。我們相信的一切都存在。在你們心中，這些事物就是活生生的現實，因此你們很容易就能將這些事物投射到外界的特定景觀或地方。總之，人們只會看見想看的事物！如果你們能夠再待久一點，我就能讓你們看見我們的奇幻世界，一定會讓你們印象深刻。不過我會把這部分的《神祕寶經》寄到荷蘭給你們。」

大約早上的時候，我們的眼皮開始乾澀沉重，他為我們講一個悲慘的樵夫與他的七個兒子的故事。

「這是小拇指的故事！」

「正是！小拇指並不是人類！這又是一個誤解。那是一名小矮人，也就是大名鼎鼎的提姆——小提姆。我想應該是在1697年吧，我向夏爾‧佩羅（Charles Perrault）解釋，人類小孩的身高不可能只有15公分，可是他就是想把他寫成一個小男孩。他告訴我，對於用兒子的名字寫下這些好笑故事感到很羞愧，不過反正沒有人會讀，因為嚴格來說他是學者，不是說書人。」

知名童話中的小拇指，此處穿著七里靴，實際上是一名小矮人。

第二項任務

我們在一個飽受狼人摧殘的國度醒來。村莊被燒毀，牲口不是被屠殺就是被偷走，獵物被侵占盜獵，女人被強姦，男人被殺害。我們來到15世紀，絕望的民眾由於恐懼和迷信而潰散，狼人在夜間同時襲擊多個地方一事，使情況更加惡化。我們被丟在狼人出沒的國度的邊緣，已經很久沒有人敢踏進這裡一步。我們尋找動物的足跡，卻只看見人類的腳印。第二夜，我們運氣好多了，從樹上的藏身處看見狼人穿越林間空地。不過那並不是狼人，事實上是三個男人，披著給人錯覺的狼皮。這三名無賴不知道自己已經被揭穿，直立走路，一邊若無其事的閒聊。後面就是兒戲了：我們挖了一個陷阱，鋪滿自製的刺鐵絲。

隔天他們出現時，我們趁他們仍直立行走的時候

吸引他們的注意力。他們發現被揭穿後便追上來，我們引誘他們往陷阱的方向跑，體重輕盈的我們輕鬆跳過陷阱，然後在另一頭等著。他們掉進陷阱，不停咒罵，狼皮則被刺鐵絲勾著而掛在上方。隔天，幾名壯漢制服他們，並燒掉狼皮。

　　我們又一次在睡魔家醒來，他坐在床邊，欣喜的說：「真是越來越好！簡直是真的小矮人了。」

　　他捧著我們還沒讀過的《神祕寶經》的部分，指著書中夾著的兩張紙條說：「來，拿去讀吧！」他翻開書，我們跟著他皺巴巴的手指，迫不及待：「上一個冰河時期之前的溫暖期間，也就是最後一次冰河期之前的13萬年時，小矮人馴服了殘暴的盲第嚼，拯救了亞洲的所有小矮人。」

　　過程寫得非常詳細，還註明我們的名字。接著是中世紀黑暗時期的狼人歷史，實在太驚人了。睡魔哈哈大笑：「你們瞧，這趟艱辛的西伯利亞之旅很值得吧。你們必須來到此處，因為我是唯一能讓你們進入深沉睡眠的人，讓你們在過去自由穿梭，此外還獲得在《神祕寶經》裡留名的殊榮呢！」

他越來越生氣⋯⋯

第三項任務與啟程

吃完早餐後，他若有所思的吸著煙斗，倒滿三杯葡萄酒。「現在你們該離開了。」他慈愛的端詳我們說道：「你們成功通過我們設下的測驗，不過那是為了讓你們實際演練。還有第三項測驗，也是最困難的！」

笑意突然從他的臉上消失，他又溫柔的補充：「曾經有一只瓶子裡的靈魂，是個渺小、赤裸、無力的靈魂。它被關在瓶子裡很久很久，不過人類最後放它出來了，現在它變成擁有七顆頭的怪物。如果你們不能戰勝這隻威脅世界的怪物，最後會導致永恆的虛無！」我們並不明白他想說什麼。

「世界的警鐘已經敲響，」睡魔繼續說：「我們正沿著越來越深的裂縫，走在越來越狹隘的道路上。我說的怪物就是污染之龍。牠的第一顆頭：時間會證明一切。第二顆頭：只要我活著就好。第三顆頭：假裝不知情。第四顆頭：我死後就與我無關。第五顆頭：我們看著辦。第六顆頭：會解決的。然後是第七顆頭：視而不見。」

由於情緒有點激動，他起身走了一百步。我們沉默不語。他說得沒錯，世界末日正步步逼近。他都還沒提到緘默的污染！

「不要再送需要電力才能啟動的禮物了；每一種工具都會瓜分能源；幾乎全世界的河流都散發惡臭；放射性廢棄物裝在幾年內就會鏽蝕的容器丟進大海；噴霧器中的氯氟烴污染了平流層；從車窗扔出紙屑的汽車會開罰單，不過人類對於自己汽車排放的廢氣倒是絕口不提！為了造紙而把浪漫的溪流變成充滿黑泥的臭水溝，卻不會被起訴。我開始認為這一切都太瘋狂了！」

他越來越生氣。我們才剛認識他不久，不過他說的確實沒錯。

「我從周遭觀察到的淨是水污染、土壤污染、空氣污染。三到五大洲，每天都有數百平方公里的森林消失。對地球而言，這不只是氧氣供給的大災難，更攸關無數動物的存亡，終有一日，牠們只會存在於動物園，有如自身的陰慘幽影。」

他稍微冷靜後坐下，凝視著我們：「這就是你們最大的戰爭，同時也是你們必須奉獻一生的任務：阻止這頭惡龍，擊退牠、殲滅牠，否則你們的子孫不會有未來。

「我要告訴你們，哪些事情與你們有關。尼可萊已經說過，我們原本有意控告並且要懲罰你們，像是不讓你們恢復原本的身高。不過我要求大家不要計較這些，而且要將這項更重大的任務交託給你們。尼可萊分享他的旅途報告後，我們已經對你們產生信心，這也讓事情變得單純許多。一如米爾柯把你們帶到拉普蘭，以及尼可萊將你們帶到葉尼塞河，身為全世界最老的小矮人，我的職責就是將這項任務託付給你們：限制人口過剩，當然不是透過殺人，而是從問題的根本下手。減少人類過度奢侈的需求，實踐小矮人的生活方式。這就是小矮人的呼籲！」

「現在回去吧。」天亮前他說：「在我的睡眠之屋睡最後一次，不過接下來你們要在世界各地對抗七頭怪。不要再被蒙蔽了。人類正走在必然通往深淵的道路上。快回頭！必須改變一切！」

他拿著蠟燭走向門口說：「再見了。去努力發揚理念吧！」

歸途

我們醒來的時候已經是早上了，全身微微冒汗，直打哆嗦。我們睡了24小時，惡夢中滿滿的怪物和災難，因此睡得很不安穩。我們躺在木頭房間的地面上，底下墊著我們的「人類」衣物，身上蓋著牛角扣羊毛大衣。角落有一座暖爐正在燃燒。

我們起身，像個普通大人那樣穿好衣服。窗外是一片陌生的寒帶針葉林，地面顯得好遠好低，我們不自覺的舉起手臂，確認天花板只比頭頂高一些。桌上放著一封信：「跟著日出走到下午一點，你們會在葉尼塞河對岸看見一座村莊。你們還是可以走在冰上，運用小矮人的知識避開裂縫！越過河流後，去左邊第五間房子。再會！尼可萊。」

我們的行李擱在角落，一樣都沒少，還放了兩疊盧布，以及放大至我們的尺寸的筆記本，還有我們的小矮人衣服與尖帽，雖然沒有變大，卻摺得整整齊齊。

尼可萊一定事先都規劃好了，甚至還幫我們的手錶上鍊，他一定知道我們要離開的那天會放晴。

走了一個小時後，我們看見野生小馬的足跡。由於牠們的路線與我們前進的方向大致相同，我們便決

立刻蹦跳逃得不見蹤影。我們又變回動物們恐懼的兩足行走物種，而且牠們的恐懼非常合理。我們不知所措，心情也變得沉重。這就是人類與小矮人深入接觸後，無法逆轉的結局。我們無力改變這一切，必須走自己的路。我們離開小木屋的時候，也關上了那個世界的門。

正當我們躊躇不決，森林的樹幹之間透出第一道日出的光束。尼可萊在病床上安排了這一切，我們朝

定往那兒走。不過小馬很快就改變方向，我們連上前詢問是否能載我們一段路的機會都沒有。我們繼續跟著麋鹿的足跡，逐漸接近時試著不發出聲響前進，然而麋鹿忽然毫不猶豫的一躍逃跑了。我們哀傷的意識到，過去幾週裡我們和大自然的密切接觸，讓我們得以用一種不言而喻的方式和動物溝通交流，然而這一切已經消逝。

又走了一小段路，我們來到一片林間空地，另一端站著四隻狍。如果我們還是小矮人，就能夠接近牠們，欣賞纖細優雅的身形與灰褐色的皮毛，然而牠們

著太陽前進。我們本能的放慢步伐，因為雙眼離地面很遠，已經無法看清楚小型障礙物與高低起伏的地形，再也無法近距離觀察荊棘了。

由於以為自己還戴著尖帽，遇到樹枝時還是習慣壓低身子。才離開木屋100公尺，我們就看見樵夫路過，我們以小矮人的習慣保持不動，樵夫完全沒看見我們，直接走進木屋。

接著我們繼續前進。森林彷彿沒有邊際，樹冠滲進的陽光是我們唯一可見的指標。我們跟著陽光，走出一大段弧線。

　　跟著體型回歸的重力，對於要背著行囊穿越深達好幾公尺的積雪的我們而言，確實是件苦差事。我們已經太習慣不會陷入雪裡。不過尼可萊連這點造成的延誤也考慮到了，不多不少，一個小時後我們就走到森林的盡頭，置身一面長坡的頂端。腳下是寬廣綿延的葉尼塞河，完全結冰了，河邊長滿矮小的灌木。我們認出對岸的村莊。踏上冰面時，我們看見輪胎的痕跡，展開漫漫橫越。這就是葉尼塞河，西伯利亞最長的河流之一，流入北極海。過去這裡曾是松雞的天堂，數量多到河岸看起來是「黑色」的，不過大部分

都因為盜獵而消失。儘管受到尖銳魚鉤和盜獵者的無情摧殘，葉尼塞河深處一定還藏著大量鱘魚、歐白鮭、鮭魚、鱒魚和白斑狗魚吧。

　　到了河的另一頭，我們發現村莊其實是許多寒傖破爛的小屋組成，只有幾棟比較大的房屋。我們經過一架雪橇前，有些人好奇的盯著我們，不過沒有人和我們說話，就這樣，我們來到第五間房屋前。一名頭戴軍帽的男子以懷疑的眼光從遠處監視著我們。這棟木造房子周圍都是維護得宜的玻璃屋，最外面以木造柵欄圍起。

娜塔希亞・菲力波夫納

我們走近時，房門突然開了一半，一名上了年紀
的婦人向我們示意。

靠近門口後，她將我們拉進屋裡，關上大門。我
們在走廊等著，她從正面的窗戶查看那名男子走過，
然後回到走廊以生澀的德語告訴我們一切都很順利。
她走在前頭，帶著我們走上二樓，那兒擺放著兩張乾
淨的床，我們的行李也在那裡。我們用一桶水和一小
塊肥皂梳洗清爽，然後下樓。女主人看起來不那麼擔
憂了，她名叫娜塔希亞・菲力波夫納，為我們準備了
美味的羅宋湯，搭配一大杯啤酒。我們餓得要命。

路上那名男
子的速寫

看來，小矮人連到這裡似乎一切都安排好了：我們位在知名的西伯利亞鐵路的一條偏僻支線上，這條鐵路由尼古拉二世建造，橫越西伯利亞連接莫斯科和海參崴，全長幾近1萬公里。我們必須等待四天，才有從村莊出發前往阿欽斯克（Achinsk）的列車，再從那兒轉乘西伯利亞大鐵路，不過這是唯一的困難。回程車票全都符合法規，甚至連旅行許可證都已經蓋章簽名。小矮人即使在這個國家也有朋友吧。

我們身上的盧布很充足，夠我們度過在火車上的日子。娜塔希亞向我們解釋，這四天中我們不能出門，從窗戶往外看的時候務必謹慎小心，以免徒生不必要的敵人。雖然所有文件都符合法規，不過我們越不引人注意越好，因此我們就這樣度過四天。娜塔西亞把一切都打點好，我們完全不用操心。她已故的丈夫曾在戰爭期間擔任德國俘虜的口譯，因此她也學了幾句；五個孩子都成家了，住在很遠的地方。這四天期間，我們懷著既焦躁又感傷的心情寫完最後的段落，決定回去後要呈現給編輯揚·威赫曼斯（Jan Weggemans）。我們還有很長的路要走，睡魔最後說的話仍迴盪在耳際，我們回到家後，一定要認真面對這件事。不過即使沒有這項任務，受到小矮人召喚之後的人生，再也不會和之前一樣了。我們逐漸習慣普通的身體，也不再下意識的在進門時彎腰，不過內心深處，我們永遠是小矮人。我們曾經是小矮人，這點是永遠不會磨滅的，即使我們很快就要再度見到心愛的人，而我們在他們心中也占有一席之地。

在娜塔西亞家二樓房間書寫繪圖的漫長時間中，
我們常常回過神來，發現自己正凝視著遼闊無垠的針
葉林與遠方寬廣結冰的葉尼塞河，或是把之前戴過的
尖帽放在食指指尖，讓尖帽在桌上跑來跑去：彼時彼
刻，話語文字都是多餘的。

在一個多雲無風、氣溫略低於零度的日子，我們搭上火車；再也沒有小矮人的消息，不過我們確信他們正密切注意我們的一舉一動。無數針葉林樹幹開始從窗邊飛掠而過，然後潛入深邃虛幻的森林，不過我們知道森林深處藏著一群值得信賴的生物，那就是動物和小矮人。

轉頭望向消失在霧氣和白雪中的小車站時，我們都認為自己看見了一個小紅點，他向再平凡不過的人類傳達一份迫切的訊息，就像西塞羅（Cicéron）的哀嘆：

QUE USQUE TANDEM?
（我們還有多少時間？）

美育陶冶與科學洗禮
——小矮人欣賞

林良

西方民間傳中的「小矮人」，是一種神奇的生靈。他們的身高只有十五公分，還不如一支毛筆高。除了「小」以外，他們的生理構造與人類幾乎完全一樣，而且比人類有更高的智慧。

傳說畢竟是傳說，它的特質是點點滴滴，神奇莫測。但是在荷蘭，卻冒出了兩個有高度創作力的人，認真的要對這種奇異的「民族」作一番徹底的研究，前後用去了二十年的光陰。這兩個人，一位就是本書的畫家瑞安・普特伍里葉，另外一位是科學讀物作家威爾・海根。他們是一對好朋友，一位貢獻繪畫的才能，一位貢獻科學的知識。整件事情就好像是一場玩笑，但是那賞心悅目的圖畫，那頭頭是道的知識，使你讀完本書以後，不得不承認你剛剛接受過一番美育的陶冶和科學的洗禮。這就是這本書的價值所在和值得珍藏的原因。

讀者翻開這本書，認真的讀下去，就可能有兩種情況發生，而且他必定會遭遇到其中之一。

第一種情況是：他以為他讀的是一本科學讀物，一篇研究報告，後來才發現他進入了一個童話似的境界。

第二種情況是：他以為他讀的是一本極富想像力的童話，後來竟發現他已經學會了科學家觀察事物的態度和精確的口吻。

這一對創作力豐富的朋友，在這本書中，除了繪畫技藝和科學知識相互輝映之外，還有一個共同的才能——文學的才能。這一點，可以從書中處處閃耀著迷人光芒的高妙想像，以及貫穿全書的風趣語風看出來。

從這本書的多方面成就看來，我們可以確定的說，他們那二十年的時光並不是等閒度過的。這本不尋常的書，一點一滴，都是心血！

值得我們注意的，還有這一對朋友的思想。本書第一部的最後，附有兩篇優美的散文。在那兩篇文章裡，這一對朋友借「小矮人」的口，以「小矮人」的觀點，對我們人類作了不客氣的批評，列舉人類的種種缺失。例如精神生活的空虛，對天才的忽視，沉溺於屠殺、人口壓力、環境污染、資源浪費、對大自然均衡的破壞、抹殺其他物類的生存權利，以及過度迷戀物質文明造成天賦敏銳官能的遲鈍退化等等。難怪書中的「小矮人」要為人類的愚蠢大搖其頭，指出人類如果想尋回幸福，只有不再叛離宇宙的大社會，重新和大自然結合在一起。

讀者讀完這本書以後，必定會忍不住的探索一個我們料想得到的問題：「是什麼使我能一直維持高度興趣的讀完整本書而不覺得厭倦？在這些文字和圖畫中，究竟藏了些什麼？」這個問題的答案只有兩個字：「人性」！

藝術的精神在人性，藝術的動人在人性，藝術的成功在人性，藝術的奧祕在人性！一本能使你渾然忘我的書，是因為它在精神上和你合一。本書的每一頁，無論圖畫或文字，處處都是刻畫人性的筆觸。你的「著迷」，原因就在這裡。

也許你會面含滿足的笑容，用種種方式來形容這本書；這是一本杜撰書，這是一份編造的研究報告，這是一本亦莊亦諧的書，這是一本真真假假、假假真真的書……但是你真正要說的，實在只有一句嚴肅的話：「這是一本傑出的創作！」（原文出自台灣英文雜誌社版《小矮人》）

導讀者簡介

林良，兒童文學作家，以本名寫兒童讀物，而用筆名「子敏」發表散文；作品《小太陽》一書奠定他「好爸爸」形象。

小矮人出版大事紀

1977 荷蘭版 *Leven en werken van de Kabouter*／初版

1977 英文版 *Gnomes*（譯自 *Leven en werken van de Kabouter*）／初版

1981 荷蘭版 *De oproep der kabouters*／初版

1981 《小矮人》（譯自英文版 *Gnomes*）／初版・台灣英文雜誌社

1982 英文版 *Secrets of the Gnomes*（譯自 *De oproep der kabouters*）／初版

1982 法文版 *Le Livre secret des Gnomes*（譯自 *De oproep der kabouters* 與 *Secrets of the Gnomes*）／初版

2022 《小矮人全書》（「*Gnomes* 台灣英文雜誌社譯本」與「*Le Le Livre secret des Gnomes* 新譯」合集）／初版・積木文化

小矮人回來了！

在感性與理性的交織下，記錄著小矮人生命中的每一刻，而心也跟著那書筆下淳厚的世界變得柔軟起來。——yukito｜插畫家、兒童島 KIDSLAND

我見過小矮人，就在我坐在新落成的公寓四樓書房裡。三十多歲的我，正在替西班牙電視台撰寫《小矮人》的動畫劇本。冷冷的冬天，書桌上有熱熱的茶葉蛋，小矮人問我，這是什麼？那是生命中最有想像力的快樂時光。最近小矮人又出現了，他問我：「你一直沒有搬家嗎？」「我在等你出現啊。」我伸出手，他爬上了我的手掌，輕輕的搔三下，然後笑了起來。這是我們的暗號。——小野｜作家

每當我幾乎遺忘小矮人，他們就會留下蛛絲馬跡，提醒我，他們真實存在。這一次，小矮人搬出這本大部頭書，預告他們即將轟動江湖。——王家珍｜童書作家

值得一輩子收藏，也適合帶去荒島，把漫長時光變得豐富又有趣；萬一遇到小矮人，還能立刻變身專家，融入他們的世界。——周惠玲｜兒童文學研究者

絕無僅有的「精靈民族誌」、妙趣橫生的「小矮人百科全書」！堪稱一本正經的想像力之書！帶你一窺想像力所能抵達的奇幻國度。——林世仁｜兒童文學作家

「如果你保有童心，嚮往歐洲田園生活，對手繪藝術著迷，走進神奇的《小矮人全書》世界就對了。」——林朱綺｜兒童文學工作者

插畫家的書櫃裡怎麼可以沒有這本書呢！擁有這本書就可以體會為什麼《艾蜜莉的異想世界》如此迷人。——洪福田｜版畫插畫家

推開奇思異想之門，以《小矮人全書》之名探索自然與人文知識：小時候，父親的書架上總有能滿足我好奇心的各種書冊。厚厚的，有著寫實圖畫風格，和優雅手寫美術字的《小矮人》，就這麼自然的映入眼簾，成為我的「必讀書」。精緻到細微處的繪圖，能讓沒什麼耐心細讀文字的小孩，也樂意多翻看幾次，不知不覺間，連文字也讀過好幾遍了。而書中描述的小矮人，並非以精靈的形式存在，而就像是真真實實的一個人類物種。全書像是一份研究者的民族誌，更是圖文並茂的田野報導，嚴謹卻也輕鬆。打開書頁，接連不斷的章節，綿密的向我這個出生在次熱帶台灣的小孩，深度介紹了在高緯度、遙遠的歐洲森林裡，某種「異民族」的生活型態。這樣的閱讀，大大的滿足了成長期的小孩，書中寫實的畫風，先吸引了眼球，有趣的分析和故事，像是自然科學專輯，也好比偵探小說。民族風味的傳說故事，穿插其中，再次增添傳奇色彩。轉眼間，沒想到自己已經成了「上一代」，開心此書能夠再次出版中譯本，當然要向喜歡圖文閱讀的大小朋友們，強力推薦！——曹泰容｜繪本作家、資深視覺藝術教師

這是一本令人著迷的一本書，不管是幽默的文字，還是精緻的插畫，把小矮人的傳說活生生又鉅細靡遺的呈現在我們的面前，虛虛實實，奇幻真實，都讓人忍不住讚嘆。——陳郁如｜少年奇幻作家

懷著幻想與好奇倘佯在小矮人的神奇世界裡，享受細膩與溫暖的文學之美，開展更宏觀的視野關心古往今來。——葉嘉青｜臺灣師範大學講師暨臺灣閱讀協會常務理事

小矮人的壽命大約是 400 歲？透過這本書，為您揭開小矮人的神祕面紗！讓我們一起進入「小矮人」的世界。——趙珍蓮｜樓下婆婆說故事版主

有些故事持續流傳，當中有著寓意也有著智慧，翻閱起這本書，再次提醒著我們把好奇心找回來，讓生命再次精彩。——鄭俊德｜閱讀人社群主編

這本書擴展了我的認知領域與想像空間，讓我相信世上無奇不有，生活充滿了無限可能。——賴曉珍｜兒童文學作家

翻開這本《小矮人》如果你看到了文字和圖片，表示你的純真和好奇心已經被小矮人們檢驗和接受，將來臺灣山林河谷間的小矮人可能也會出現我們眼前（如果我們還能保有純真和好奇心），在閱讀時也更能瞭解小矮人和其他童話生物的事蹟和傳說。——顏銘新｜小茉莉親子共讀版主

在大人尚未消失的童心裡，在孩子們熱切需要的時刻，當你翻開書頁；小矮人就能無比真實的存在。——譚淑娟｜閱讀推廣人

編輯室報告

　　1981年，台灣英文雜誌社首度將《小矮人》引進中文世界，並邀集當時頂尖的兒童文學專家參與，促成這本讓幾個世代、大小讀者都愛不釋手的傑出創作。時光流轉，書迷殷切詢問再版可能，讓編輯好奇研究版權，竟發現原來作者曾寫過兩本小矮人的著作。現在，積木文化興奮的向大家宣布：小矮人回來了！而且是集結兩本內容的完整版——《小矮人全書》。感謝台灣英文雜誌社，讓前版優美譯文在新版「第一部」原味重現，而「第二部」則將帶領讀者發掘更多小矮人的祕密，並且最後能夠了解，小矮人對人類的深切召喚。

第一部（台灣英文雜誌社版編譯團隊，依前版排序）

編譯｜潘人木

本名潘佛彬，小說家、兒童文學作家。曾任《中華兒童叢書》、《中華兒童百科全書》等數百冊兒童讀物主編。一手寫小說，一手編書、寫兒童文學以及翻譯。翻譯代表作如《愛蜜莉》，以及小說《蓮漪表妹》、《馬蘭的故事》，屢獲文壇肯定。

編譯｜馬景賢

知名兒圖文學作家。潛心於翻譯和兒童文學創作，並曾任《國語日報》兒童文學周刊主編、海峽兩岸兒童文學研究會理事長等。創作題材涵納兒歌、童話、小說、散文、戲劇、相聲及翻譯，如《小英雄與老郵差》、《國王的長壽麵》、《誰怕大野狼》等，皆是為人津津樂道的經典兒童文學作品。

編譯｜林良

兒童文學作家，說話喜歡簡潔活潑的日常用語，為兒童寫作時更會貼近兒童心情。他以本名寫兒童讀物，而用筆名「子敏」發表散文；「看圖說話」專欄廣受小讀者喜愛，作品《小太陽》一書奠定他「好爸爸」形象。出版作品兩百餘冊，如《現代爸爸》、《小方舟》、《和諧人生》等，是為臺灣兒童文學的領航人及播種者。

美術編輯｜曹俊彥

圖畫書創作家、資深童書編輯、臺灣兒童文學教育推廣者。從事兒童文學美術六十年，歷任中華兒童讀物編輯小組美術編輯、信誼基金會總編輯等，也是創作量多樣豐碩的創作者、教育推廣者，出版作品兩百餘冊，如《小紅計程車》、《小黑大變身》、《有一顆水藍色的星球》等，備受大小讀者喜愛。

第二部

翻譯｜韓書妍

法國蒙貝里耶第三大學（Université Paul Valéry）造型藝術系畢。為專職英法譯者，常常因為翻譯認識新的事物而入坑。譯有《香氣探集者》、《向大師學素描》、《Dior：穿迪奧的女孩》（皆為積木文化出版）等多本生活風格與藝術類書籍。
聯絡信箱：shurealisme@gmail.com

書名及全書標題手寫字

葉曄

曾榮獲橐研齋、右軍盃等全國硬筆書法比賽佳績。著有《美字練習日：靜心寫好字》、《美字工學》、《手寫美行》、《21天美字計畫》。近年致力於推廣手寫字教育，讓人們能從學習過程的每個書寫當下，找到純粹的喜悅。獲得更多習字資源，歡迎搜尋「葉曄習字網」。IG@ohyayeh

小矮人全書 Gnomes

原文書名	Leven en werken van de kabouter, De oproep der kabouters
作　　者	威爾·海根（Wil Huygen）
繪　　者	瑞安·普特伍里葉（Rien Poortvliet）
編　　譯	潘人木、林良、馬景賢、曹俊彥（第一部：p.4~208）
譯　　者	韓書妍（第二部：p.214~409）
手 寫 字	葉曄
特約編輯	陳錦輝
總 編 輯	王秀婷
責任編輯	李華
版　　權	徐昉驊
行銷業務	黃明雪
發 行 人	凃玉雲
出　　版	積木文化
	104台北市民生東路二段141號5樓
	電話：(02) 2500-7696｜傳真：(02) 2500-1953
	官方部落格：www.cubepress.com.tw
	讀者服務信箱：service_cube@hmg.com.tw
發　　行	英屬蓋曼群島商家庭傳媒股份有限公司城邦分公司
	台北市民生東路二段141號11樓
	讀者服務專線：(02)25007718-9｜24小時傳真專線：(02)25001990-1
	服務時間：週一至週五09:30-12:00、13:30-17:00
	郵撥：19863813｜戶名：書虫股份有限公司
	網站：城邦讀書花園｜網址：www.cite.com.tw
香港發行所	城邦（香港）出版集團有限公司
	香港灣仔駱克道193號東超商業中心1樓
	電話：+852-25086231｜傳真：+852-25789337
	電子信箱：hkcite@biznetvigator.com
馬新發行所	城邦（馬新）出版集團 Cite (M) Sdn Bhd
	41, Jalan Radin Anum, Bandar Baru Sri Petaling, 57000 Kuala Lumpur, Malaysia.
	Tel:(603)90563833 Fax:(603)90576622 Email:services@cite.my

封面設計	葉若蒂
內頁排版	PURE
製版印刷	上晴彩色印刷製版有限公司

城邦讀書花園
www.cite.com.tw

【印刷版】
2022年12月13日　初版一刷
定　價／NT$2400
特　價／NT$1800
ISBN 978-986-459-465-8

【電子版】
2022年12月
ISBN 9789864594665（EPUB）
有著作權·侵害必究

國家圖書館出版品預行編目資料

小矮人全書/威爾.海根(Wil Huygen)作；瑞
安.普特伍里葉(Rien Poortvliet)繪；潘人木,
林良,馬景賢,曹俊彥編譯；韓書妍譯. -- 初
版. -- 臺北市：積木文化出版：英屬蓋曼群島
商家庭傳媒股份有限公司城邦分公司發行,
2022.12
　面；　公分
譯自：Leven en werken van de kabouter, De
　　　oproep der kabouters
ISBN 978-986-459-465-8(精裝)

881.6596　　　　　　　　　　　111017427